Les Chevaliers d'Antarès

Tome 6
Les sorciers

Déjà parus dans la même collection :

Les Chevaliers d'Antarès, tome 1 – Descente aux enfers
Les Chevaliers d'Antarès, tome 2 – Basilics
Les Chevaliers d'Antarès, tome 3 – Manticores
Les Chevaliers d'Antarès, tome 4 – Chimères
Les Chevaliers d'Antarès, tome 5 – Salamandres

À paraître en 2017 :

Les Chevaliers d'Antarès, tome 7 – Vent de trahison
Les Chevaliers d'Antarès, tome 8 – Porteur d'espoir

À ce jour, Anne Robillard a publié plus de soixante romans.
Parmi eux, les sagas à succès *Les Chevaliers d'Émeraude*
et *Les héritiers d'Enkidiev*, la mystérieuse série *A.N.G.E.*,
Qui est Terra Wilder ?, *Capitaine Wilder*,
la série surnaturelle *Les ailes d'Alexanne*,
la trilogie ésotérique *Le retour de l'oiseau-tonnerre*,
la série rock'n roll *Les cordes de cristal*
ainsi que plusieurs livres compagnons et BD.

Ses œuvres ont franchi les frontières du Québec
et font la joie de lecteurs partout dans le monde.

Pour obtenir plus de détails sur ces autres
parutions, n'hésitez pas à consulter
son site officiel et sa boutique en ligne :

www.anne-robillard.com / www.parandar.com

ANNE ROBILLARD

Les Chevaliers d'Antarès

Tome 6
Les sorciers

Catalogage avant publication de Bibliothèque et Archives
nationales du Québec et Bibliothèque et Archives Canada

Robillard, Anne

    Les Chevaliers d'Antarès

    Sommaire : t. 6. Les sorciers.

    ISBN 978-2-924442-59-3 (vol. 6)

    I. Robillard, Anne. Sorciers. II. Titre.

PS8585.O325C42 2016   C843'.6   C2015-942610-3
PS9585.O325C42 2016

Wellan Inc.
C.P. 85059 – IGA
Mont-Saint-Hilaire, QC   J3H 5W1
Courriel : info@anne-robillard.com

Illustration de la couverture et du titre : Aurélie Laget
Illustration de la carte : Jean-Pierre Lapointe
Mise en pages et typographie : Claudia Robillard
Révision et correction d'épreuves : Annie Pronovost

Distribution : Prologue
1650, boul. Lionel-Bertrand
Boisbriand, QC   J7H 1N7
Téléphone : 450 434-0306 / 1 800 363-2864
Télécopieur : 450 434-2627 / 1 800 361-8088

Dépôt légal – Bibliothèque et Archives nationales du Québec, 2017
Dépôt légal – Bibliothèque et Archives Canada, 2017

« Ceux qui rêvent éveillés ont conscience de mille choses qui échappent à ceux qui ne rêvent qu'endormis. » — Edgar Allan Poe

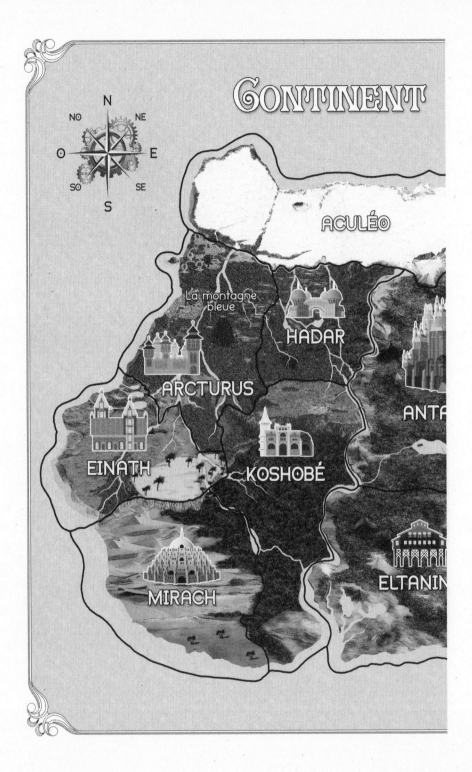

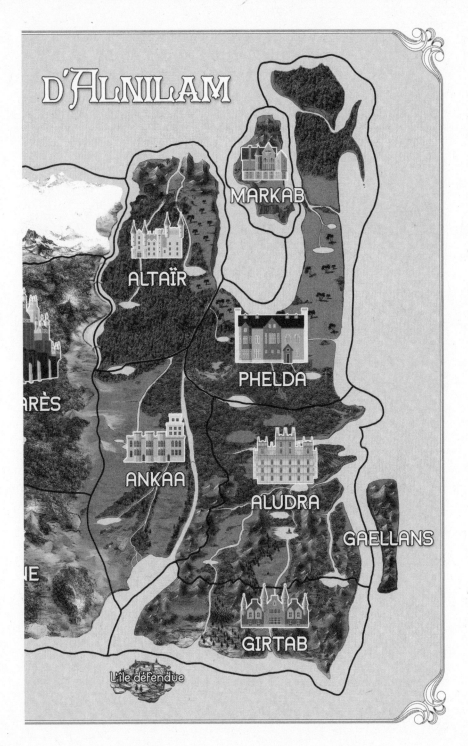

D'ALNILAM

MARKAB

ALTAÏR

PHELDA

...ARÈS

ANKAA

ALUDRA

GAELLANS

...NE

GIRTAB

L'île défendue

WHOBOURG

Tout comme dans les autres pays d'Alnilam, les usines et les mines d'Arcturus se situaient complètement au nord du continent et étaient protégées par une des quatre divisions des Chevaliers d'Antarès. Les Manticores n'avaient pas pu empêcher la destruction des villes le long de la rive septentrionale de la rivière Centaurée, mais elles s'étaient juré de ne jamais laisser les Aculéos escalader la colline qui leur permettrait de pousser plus loin vers le sud.

Afin de mener une enquête à Einath sur les faits et gestes du Prince Lavrenti, Sierra et Wellan avaient quitté le campement des Salamandres pour se rendre directement à celui des Manticores, grâce au vortex de l'ancien soldat. Ils avaient ensuite demandé à Apollonia de les faire conduire jusqu'à la gare la plus proche. Puisque la grande commandante ne désirait pas y abandonner leurs chevaux, le chef des Manticores avait ordonné à Priène et à Koulia de les accompagner et de ramener ensuite les bêtes au campement.

Les quatre cavaliers partirent sur-le-champ. Ils commencèrent par se rendre à la rivière Pyrèthre et en suivirent le cours en maintenant une bonne vitesse, car Sierra était pressée d'arriver à Einath. Sans prêter attention au paysage, elle songeait plutôt aux prédictions d'Apollonia au sujet de leurs futurs combats contre des créatures qui n'étaient pas des Aculéos. Celle-ci lui avait aussi annoncé des morts, mais il y en avait à chaque affrontement. Sierra aurait aimé en discuter avec Wellan, mais elle ne voulait pas le faire en présence des deux Manticores.

Le groupe ne s'arrêta qu'au coucher du soleil, dans une ville minière abandonnée depuis plusieurs années, à la jonction de la rivière Pyrèthre et de la rivière Chélidoine.

– Nous allons camper près du pont, décida Sierra.

Pour atteindre la gare de Whobourg, ils devaient traverser sur l'autre rive, mais ils ne le feraient qu'au matin. La commandante ne désirait pas s'aventurer en terrain inconnu dans le noir. Wellan lui avait offert d'utiliser la lumière de ses paumes pour les guider, mais Sierra avait refusé, lui rappelant qu'ils avaient aussi besoin de repos.

Priène et Koulia allumèrent un feu et préparèrent le repas pendant que Wellan nourrissait les chevaux avec du fourrage qu'il venait de trouver dans les écuries de la forteresse d'Antarès. Sierra fit plutôt le tour de la petite ville pour s'assurer que personne ne s'y cachait. Son prisonnier avait déjà scruté lui-même les lieux avec sa magie, mais il ne voulait pas la priver de cette tâche qui faisait partie de son rôle de commandante.

– Nous sommes vraiment seuls et il ne reste plus rien nulle part, déclara Sierra en rejoignant ses compagnons de route.

L'obscurité envahissait de plus en plus l'endroit. Elle s'installa devant le feu pour se réchauffer. Priène lui tendit une écuelle de ragoût qu'elle se mit aussitôt à manger avec appétit.

– Maintenant que les Chevaliers réussissent à contenir les Aculéos au pied des falaises, pourquoi les Alnilamiens ne sont-ils pas revenus dans les villes minières ? demanda Wellan.

– À Hadar, ils le font déjà, répondit Sierra, mais ce n'est pas une mince affaire de rassurer tous les autres. Grâce au bon travail des Manticores, je suis certaine que ça ne saurait tarder.

Priène et Koulia se tapèrent fièrement dans la main.

Curieux comme toujours, Wellan ne put s'empêcher de questionner les deux guerrières.

– Pourriez-vous me parler un peu de vous ? J'aimerais savoir d'où vous venez, comment vous êtes devenues soldats et pourquoi vous avez été choisies par les Manticores.

Sierra continua de savourer son repas sans intervenir.

– Commence, dit Koulia à Priène.

– Si tu veux. Je suis née à Aludra. Je suis l'aînée de trois enfants. Nous vivions dans une belle villa sur le bord de l'océan. Mon père est dentiste et ma mère, assistante dentaire. Sais-tu ce que c'est ?

– Oui. Sierra m'a expliqué en quoi consistait cette profession.

– Mes parents étaient sévères et autoritaires. Ils voulaient que nous réussissions dans la vie et que nous devenions des citoyens modèles. Ils ne nous permettaient donc pas de jouer dehors comme les autres enfants du quartier et ils exigeaient plutôt que nous passions tous nos temps libres à étudier. Mes frères sont finalement devenus des experts en biologie moléculaire et sont allés travailler à Girtab.

– Là, par contre, je ne sais pas de quoi il s'agit, avoua Wellan.

– C'est l'étude du fonctionnement des cellules du corps humain. Leurs recherches aident énormément les médecins dans leur travail.

– Pourquoi n'as-tu pas étudié la même chose qu'eux ?

– J'avais commencé des études en médecine, mais j'ai craqué sous la pression et je me suis retrouvée en état de détresse à l'hôpital. Je n'étais plus capable de subir d'épreuves et d'examens à l'université, malgré toutes les promesses de mes parents de me venir en aide. Alors, avant qu'ils remettent le grappin sur moi, j'ai quitté l'aile psychiatrique en douce, sans attendre mon congé. Je me suis réfugiée chez mon amie Koulia et j'ai menti à mes parents. Je les ai appelés à partir d'un stationarius à la gare de Hillbourg et je leur ai dit que je me rendais dans une station thermale de Mirach pour terminer ma convalescence.

— Comment as-tu réussi à te faire une amie si tu n'avais jamais de temps libre ? s'étonna Wellan.

— Grâce à l'école. Koulia et moi avons le même âge. Nous n'habitions pas le même quartier, mais nous avons fréquenté les mêmes établissements scolaires jusqu'à l'université. Nous avions des goûts communs, alors elle m'a convaincue de suivre des leçons d'escrime après nos cours en disant que ça m'aiderait à calmer mon anxiété. Elle avait tellement raison. Nous sommes devenues les meilleures combattantes de l'école.

— C'est facile d'atteindre l'excellence quand on se bat pour se débarrasser de ses démons, fit remarquer Koulia.

— Elle m'a cachée chez elle pendant plusieurs jours. Nous avons longuement discuté de notre avenir. Nous voulions toutes deux nous rendre utiles à la société, mais pas en tant que médecins. C'est à ce moment-là que nous avons décidé de devenir soldats. Nous nous sommes donc rendues à Antarès avec l'intention de trouver une meilleure école d'arts martiaux. À notre arrivée à la forteresse, les Chevaliers procédaient déjà au recrutement, alors nous avons tenté notre chance. Heureusement, ce que nous avions appris auprès de notre premier maître d'armes nous a servi. Nous avons été acceptées dans l'Ordre sur-le-champ.

— Pourquoi chez les Manticores ?

— Nous voulions tellement impressionner les Chevaliers que nous nous sommes battues comme des forcenées, ce qui a attiré l'attention d'Apollonia. Elle aime les guerriers fougueux et audacieux. Notre première année sur le front, à Arcturus,

14

n'a pas été facile, mais nous nous y sommes adaptées. En fait, nous sommes vraiment heureuses de faire partie des Manticores. Nous serions mortes d'ennui chez les Basilics, qui ne font que grimper aux arbres pour surveiller la falaise et qui se battent furtivement, et nous serions devenues folles chez les Salamandres, qui préfèrent s'amuser plutôt que de se livrer à un vrai entraînement militaire. Sans doute aurions-nous pu survivre chez les Chimères, parce que nous sommes disciplinées, mais, à mon avis, elles n'arrivent pas à la cheville des Manticores.

Sierra déposa son assiette en arquant un sourcil, mais elle n'eut pas le temps de protester.

– Les Chevaliers ne sont-ils pas censés ne former qu'une seule armée, peu importe la division à laquelle ils appartiennent ? s'enquit Wellan.

– Oui, affirma Priène, mais ça n'empêche pas que certaines garnisons sont vraiment plus étranges que d'autres.

– Toutefois, elles oublient leurs différends pendant le répit, précisa Sierra.

Wellan se tourna vers Koulia, qui avait écouté le récit de Priène sans afficher la moindre émotion.

– Et toi ? la pria-t-il.

– Je n'ai pas mené le même genre d'existence que mon amie. Comme elle, je suis née à Aludra, sur le bord de l'océan. Cependant, ma vie de famille était bien différente. Je suis la plus jeune de deux filles choyées par leurs parents et libres de faire tout ce dont elles avaient envie.

– Sont-ils aussi dentistes ?

– Non. Médecins légistes.

– Que veut dire « légistes » ?

– En plus de leurs études de médecine, ils ont suivi une formation juridique. Ils procèdent donc à des autopsies lors de morts suspectes et rédigent ensuite des rapports qui sont utilisés par les policiers ou les avocats. Les médecins légistes peuvent aussi faire des constats en cas de viols, de traces de coups sur une victime qui a été battue ou émettre une opinion lors d'un procès sur les causes de la mort d'une personne.

– Avais-tu l'intention de marcher dans les pas de tes parents ?

– Certainement. Je voulais devenir aussi célèbre qu'eux, mais je n'étais pas aussi douée que ma sœur aînée, qui avait toujours les meilleures notes de sa classe. Je trouvais lassant de me faire dire sans cesse par mes professeurs : « Êtes-vous bien la sœur de Jéromine ? Parce qu'on dirait que vous n'avez pas hérité du même talent naturel ».

– Les professeurs ont le droit de vous parler de cette façon ? se troubla Wellan.

– En théorie, non, intervint Sierra.

– Alors, quand Priène m'a proposé de m'enrôler dans l'armée, j'ai compris que ce serait enfin ma chance de me démarquer.

– Es-tu heureuse toi aussi chez les Manticores ?

– C'est la meilleure division, surtout que Priène est avec moi.

– Et l'amour ?

– C'est une question trop personnelle. Je ne veux pas y répondre.

– Pareil pour moi, lui fit écho Priène.

– D'accord. Pouvez-vous me dire quel type de guerrière vous êtes ?

– Ce n'est peut-être pas évident en la regardant, mais Koulia est encore plus dangereuse que Baenrhée, lui apprit Priène. Avec son fouet, elle est capable de décapiter un Aculéos.

– Un fouet ? Je n'ai pas encore vu un Chevalier d'Antarès en utiliser.

– Quand tu te trouvais parmi les Manticores et que les hommes-scorpions nous ont attaqués, tu as combattu trop loin de nous pour la voir à l'œuvre. Koulia est la seule à s'en servir à la guerre, parce que les autres ne sont pas suffisamment rapides pour être vraiment efficaces.

Wellan jeta un œil inquisiteur à Sierra, qui lui fit signe qu'elle non plus n'avait pas ce talent.

– Priène préfère l'arbalète, l'informa Koulia. Elle s'en sert bien plus souvent qu'Apollonia et avec beaucoup plus d'adresse aussi.

– Notre commandante préfère donner des ordres plutôt que de se battre, souligna sa sœur d'armes.

– Êtes-vous aussi des championnes du parcours d'obstacles ?

– Ce n'est pas difficile d'être meilleurs que toi, le piqua Koulia.

Sierra mit sa main sur sa bouche pour ne pas éclater de rire, car l'image de Wellan écrasé de tout son long dans la boue venait de surgir dans son esprit.

– Je n'étais pas en forme lorsque vous m'avez mis au défi ! se défendit l'ancien soldat.

– Alors, quand tu reviendras à Arcturus, je t'invite à nous faire montre de tes véritables aptitudes, le défia Priène.

– Avec grand plaisir.

Sierra exigea que ses compagnons s'installent pour la nuit, car elle voulait repartir à l'aube. Wellan s'enroula dans sa cape et s'allongea près du feu. Il observa les étoiles pendant un moment en se promettant que dès qu'il maîtriserait l'écriture d'Alnilam, il étudierait l'astronomie. Quelques minutes plus tard, il sombra dans le sommeil. Sierra ne s'endormit pas aussi facilement. Le visage de sa mère naturelle continuait de l'obséder. Ce fut finalement la respiration tranquille de son prisonnier qui lui permit de fermer l'œil.

Au matin, les arômes du premier repas de la journée réveillèrent Wellan. Le soleil n'était pas encore levé et le ciel au-dessus des immeubles de la petite ville était rose et turquoise. L'Émérien eut juste le temps de se redresser que Koulia déposait dans ses mains une écuelle remplie de saucisses rôties et de pommes de terre hachées. Il se mit à manger en observant les alentours et sirota un thé avant d'aller seller son cheval.

– Dans combien de temps serons-nous à Whobourg? s'enquit-il.

– Une demi-journée, à mon avis, répondit Priène.

– Selon la carte géographique, la route de l'autre côté du pont s'y rend directement, ajouta Koulia.

– Traverse-t-elle plusieurs villes?

– Pas vraiment, mais il y a certainement quelques hameaux par-ci, par-là.

– Nous allons bientôt le découvrir, tenta de l'encourager Sierra. Allez, en selle.

Après avoir éteint le feu avec du sable, les quatre voyageurs grimpèrent sur leurs chevaux et se remirent en route. Ils traversèrent un pont en métal semblable à celui qui reliait Antarès et Altaïr, sauf que plus personne ne l'utilisait. Même le train ne l'empruntait plus. Il s'arrêtait désormais à Whobourg. Le temps s'adoucit petit à petit et bientôt, les cavaliers purent enlever leur cape. Ils la roulèrent et l'attachèrent derrière eux sur leur selle. Ils chevauchèrent jusqu'à midi et s'arrêtèrent sur le bord de la route pour manger.

– Je n'ai encore aperçu aucun village, déplora Wellan.

– La carte n'en indique pas, lui rappela Koulia.

La Manticore avait raison. Pendant tout le reste du trajet, ils ne virent que de petits regroupements de maisons et des jardins abandonnés. Wellan s'efforçait de mémoriser tous les détails de ce qu'il observait pour les noter plus tard dans son journal. Ils arrivèrent à Whobourg au milieu de l'après-midi.

Cette ville minière ressemblait à plusieurs autres que Wellan avait traversées à Altaïr.

– Les ouvriers et les commerçants viennent à peine de revenir à Whobourg, expliqua Sierra. Une fois que tous les autres auront compris que les Chevaliers ne laissent pas passer les Aculéos, ils repeupleront la région.

– Mais sous leur nouvelle apparence, les hommes-scorpions pourraient-ils se rendre jusqu'ici ? s'inquiéta Wellan.

– Pas si nous demeurons vigilants.

Le quatuor remonta lentement la rue principale pour ne pas inquiéter la population. Wellan remarqua alors qu'il n'y avait presque pas de boutiques à Whobourg. Sierra arrêta le groupe devant la gare, un petit immeuble en bois de deux étages, à quelques pas à peine des rails.

Les Chevaliers mirent pied à terre. Sierra et Wellan prirent leurs sacoches et leur cape.

– Menez à bien votre mission, leur souhaita Koulia.

– Merci de nous avoir conduits jusqu'ici, répliqua Sierra.

La commandante étreignit les bras des Chevaliers et appuya son front contre le leur.

– Faites bonne route, leur dit Wellan.

Il regarda partir les deux guerrières, qui ramenaient les chevaux au campement des Manticores, puis suivit Sierra dans la gare. Elle acheta leurs billets à destination de Philipsbourg.

– Le train ne sera là que dans deux heures, annonça-t-elle à Wellan. Veux-tu explorer la ville ?

– Je ne demande que ça.

Ils marchèrent dans les rues, salués par les quelques passants qu'ils croisèrent, et découvrirent que l'hôtel était toujours fermé. Il n'y avait aucun restaurant. Les habitants se ravitaillaient au magasin général et cuisinaient chez eux.

– J'imagine qu'il y aura quelque chose à manger à bord du train, soupira Sierra.

– Nous pourrions aussi faire un pique-nique en l'attendant, proposa Wellan.

– Pourquoi pas ? Émerveille-moi encore une fois.

Ils allèrent s'asseoir sur un quai en bois au bord de la rivière Pyrèthre. Il avait dû jadis servir à des pêcheurs ou à des barques de marchands. Wellan s'assura que personne ne se trouvait dans les parages et fit apparaître deux bols de potage aux carottes, du pain chaud et du fromage qu'il venait de trouver dans le hall de la forteresse d'Antarès.

– Je reconnais cette cuisine, se réjouit Sierra, après avoir avalé quelques cuillerées de la soupe épicée.

– Je savais que ça te plairait. Que t'attends-tu à trouver à Einath ?

– Nous ne serons au palais que dans quatre jours, alors il est possible que le roi soit rentré de la chasse.

– Crois-tu que le Prince Lavrenti y sera aussi ?

– Non. Selon moi, le roi nous apprendra qu'il leur a faussé compagnie dès les premiers jours et qu'il ne l'a pas revu depuis. Nous nous rendons à Einath surtout pour confirmer que le prince a eu suffisamment de temps pour retourner à Antarès commettre son horrible crime.

– J'imagine qu'une fois ce fait établi, tu voudras te rendre à la forteresse ?

– Tout dépendra de ce que nous découvrirons. J'ai réservé un compartiment privé avec des couchettes, cette fois-ci, étant donné que nous serons dans le train pendant plusieurs jours. J'espère qu'ils ont un wagon-restaurant, sinon, il y a toujours ta magie.

– Je suis à ton service.

Lorsqu'ils eurent terminé leur repas, il retourna la vaisselle dans le hall d'Antarès et accompagna Sierra à la gare. Il entendait déjà le sifflet du train au loin. Puisqu'il ne pouvait pas encore déchiffrer les indications qui l'auraient mené à son wagon, il suivit docilement la commandante. Il s'étonna d'entrer dans un compartiment très spacieux et surtout richement décoré.

— Vous ne faites rien à moitié à Alnilam, on dirait.

— Si tu ne m'avais pas remis l'argent que tu as trouvé à Paulbourg, nous aurions fait tout le trajet sur des bancs de bois, ironisa-t-elle. Nous avons heureusement les moyens de nous payer du luxe. Choisis ta banquette.

Wellan lança ses affaires du côté gauche. Le lit se trouvait au-dessus du long siège et il fallait le faire descendre du plafond grâce à un ingénieux mécanisme.

— Je sens que ce sera une autre merveilleuse expérience, laissa-t-il tomber.

Sierra secoua la tête avec amusement et s'installa sur le moelleux siège de droite.

EINATH

Einath était le royaume d'Alnilam qui offrait la plus grande diversité de paysages. On y trouvait des plages de galets, des falaises érodées par les vagues de l'océan, de vertes collines, de grands lacs, des plateaux fertiles et même un désert de sable blond.

Ce pays se situait en plein centre de la côte ouest du continent. Il avait si bien résisté aux efforts de modernisation d'Alnilam qu'il avait conservé tous ses vieux immeubles, préférant les rénover plutôt que de les démolir. Les dirigeants d'Einath préservaient également les anciennes traditions et ses habitants continuaient de fréquenter ses magnifiques temples comme ils le faisaient depuis des siècles. Les villes de ce coin du monde ne ressemblaient à aucune de celles que Wellan avait vues jusqu'à présent.

Les premiers jours de son périple sur le chemin de fer, les paysages qui défilaient sous les yeux de l'Émérien furent surtout rustiques. Le train longeait la rivière Pyrèthre, mais le compartiment réservé par Sierra se trouvait du côté ouest. Wellan ne pouvait donc pas voir le cours d'eau. Il divisa son temps entre la contemplation de la campagne einathienne, les exercices dans son cahier d'écriture, les entrées dans son journal, les siestes sur la couchette, les repas dans le wagon-restaurant et les longues conversations philosophiques avec Sierra.

– J'admire ta détermination, Wellan, avoua la commandante en revenant dans le compartiment après l'excellent repas du soir. Je ne crois pas que j'aurais pris le temps d'apprendre une langue étrangère si je m'étais retrouvée comme toi dans un autre univers.

– C'est parce que tu es davantage une guerrière qu'une érudite.

– Tu as sans doute raison.

Ils s'installèrent sur leur banquette respective et admirèrent les couleurs du couchant par la large fenêtre.

– Quand tu es revenu à la vie, après avoir péri à la guerre, pourquoi n'as-tu pas cherché à reprendre ta femme ? demanda Sierra à brûle-pourpoint.

– Parce que des décennies nous séparaient désormais. J'étais un adolescent lorsque ma famille a découvert qui j'étais vraiment et Bridgess était sur le point de devenir grand-mère. De plus, elle avait refait sa vie avec mon meilleur ami et elle était vraiment heureuse. Je n'avais pas le droit de détruire son bonheur.

– Tes valeurs sont si nobles que je me demande souvent si tu existes pour de vrai.

– J'avoue que, de mon côté, les vôtres me déroutent souvent. Alors je me rappelle que vous êtes aux prises avec des problèmes bien différents de ceux que j'ai connus et je me fais un devoir de ne pas vous juger.

– Revenons à ta femme. Je comprends que tu ne pouvais plus être avec elle en raison de ton âge, mais pourquoi t'es-tu désintéressé de l'amour ? Tu es pourtant un homme séduisant avec de belles qualités.

– Tu as vraiment le don de poser des questions difficiles, répliqua Wellan, amusé.

– J'exige une réponse.

– Quand j'ai quitté ma famille pour explorer le monde, je me suis dit que si j'avais à me remarier, ce ne serait pas avant mes trente ans. Je voulais profiter de la vie. Je suis donc parti pour Enlilkisar, de l'autre côté des volcans, et je suis tombé sur Onyx.

– Le père de Nemeroff, c'est bien ça ?

– Le seul et unique. Je l'ai accompagné dans sa mission de paix. Onyx possède la merveilleuse faculté de deviner les désirs les plus chers de ses amis. Il a découvert, en cours de route, que mon ancienne apparence me manquait beaucoup et il me l'a redonnée.

– Tu as quel âge, en réalité ?

– Je suis né pour la deuxième fois il y a dix-neuf ans. Ce nouveau corps est certainement à la fin de la vingtaine, mais mon esprit en a plus de soixante.

– Tu es un vieillard ? le taquina Sierra.

– Je préfère dire que je suis un vieux sage.

– À quoi ressemblais-tu avant cette transformation physique ?

– À Ilo.

– Très drôle.

– Les réflexus n'existent pas dans mon monde, alors je n'ai malheureusement aucune façon de te le prouver.

Pour changer de sujet, Wellan ouvrit son journal et se mit à écrire. Puis il le retourna vers la commandante qui put y lire « Je dis la vérité » dans la langue d'Alnilam.

– Bravo !

– D'ici quelques semaines, je pourrai lire le journal !

– Je ne serais pas étonnée que tu y arrives.

Lorsqu'ils atteignirent enfin Philipsbourg, Sierra informa Wellan qu'ils devaient changer de train, puisque celui où ils se trouvaient continuait vers Mirach. Pour atteindre le palais, ils devaient faire un crochet vers l'ouest.

– Nous y serons dans quelques heures, indiqua Sierra à Wellan.

Ils grimpèrent dans l'autre train, qui attendait sur une voie ferrée parallèle, et s'installèrent dans un compartiment plus petit, mais tout aussi luxueux. Une fenêtre panoramique offrait une vue sensationnelle des environs. Le locomotivus se mit en marche et Wellan se colla le nez contre la vitre. Sierra vit se transformer l'expression de son visage. Pour la première fois depuis qu'il était arrivé dans cet univers parallèle, Wellan avait l'impression de reconnaître le paysage ! Descendant du nord, le train contourna une immense falaise. L'océan apparut avec ses plages de galets à perte de vue. « On dirait Zénor… » songea Wellan.

– Mais qu'est-ce qui te fascine autant ? demanda finalement Sierra, qui l'observait avec curiosité.

– On dirait que je suis revenu chez moi…

– J'espère que ce n'est qu'une impression.

– Même si Alnilam est la copie conforme de nos deux continents, à part les falaises enneigées des Aculéos qui sont semblables aux falaises du nord d'Enkidiev, Einath est le premier endroit qui ressemble à l'un de nos royaumes.

Ils descendirent du train à un kilomètre du château, où des véhiculums à roues attendaient les passagers pour les conduire à leur destination finale.

– Jusqu'où va ce train ? s'enquit Wellan, qui avait repris son aplomb.

– Il continue vers le sud et s'arrête à la frontière de Mirach, où s'étendent de vastes plages de sable doré et où les Einathiens aiment bien aller passer la journée en famille.

– Et le premier train que nous avons pris ?

– Il suit la falaise et se rend jusqu'au palais de Mirach qui se dresse tout au nord, puis poursuit sa route vers Koshobé et Hadar, où il fait une boucle pour revenir sur ses pas.

– Pourquoi ne va-t-il pas plus loin ?

– Parce que les Eltaniens ont refusé que les voies ferrées passent sur leurs terres. En fait, il y a trois circuits différents à Alnilam. Celui-ci qui couvre l'ouest, celui du centre qui relie

Antarès, Altaïr et Phelda, et celui de l'est qui rattache Ankaa, Aludra et Girtab. Chacun possède une station qui le raccorde au circuit voisin, ce qui permet à qui le désire de parcourir tout le continent en quelques semaines.

– C'est fascinant.

Ils montèrent dans un véhiculum allongé qui contenait une vingtaine de bancs en bois verni.

– C'est un omnibus, précisa Sierra. Il va nous conduire directement à la forteresse du Roi Iakov.

Même si les roues étaient recouvertes de caoutchouc soufflé, le court trajet ne fut pas aussi confortable que le voyage en train. Ils descendirent de l'omnibus quelques minutes plus tard.

Wellan s'immobilisa, les yeux écarquillés.

– De quoi s'agit-il, cette fois ? s'inquiéta Sierra.

– Le château est bâti exactement au même endroit que celui de Zénor !

– Allons nous annoncer au palais, puis tu pourras inspecter les lieux s'il nous reste un peu de temps.

Wellan la suivit jusqu'à l'entrée, où ils furent aussitôt interceptés par la garde royale.

– Je suis la grande commandante Sierra d'Antarès, se présenta la guerrière. Le Roi Iakov est-il rentré de la chasse ?

– Pas encore, madame, répondit l'un des hommes.

– Puis-je voir le Conseiller Layne, dans ce cas ?

– Certainement. Par ici, je vous prie.

Le soldat conduisit les deux visiteurs dans un luxueux salon, où il leur fit servir du vin blanc.

– Est-ce que tu es en train d'avoir d'autres déjà-vu ? demanda Sierra à Wellan.

– Pas à l'intérieur. Nos châteaux ne sont pas décorés à outrance comme les vôtres.

– À outrance ? répéta-t-elle, amusée.

– Leurs murs ne sont pas entièrement recouverts de papier peint et de lambris en bois précieux. Ils sont en pierre et on n'y trouve que quelques tapisseries ou des tableaux.

– Vous devez y mourir de froid, l'hiver.

– Parfois, oui.

Le Conseiller Layne fit irruption dans la pièce sans cacher son étonnement d'y trouver la grande commandante en personne.

– Vous avez décidé de voyager jusqu'ici au lieu d'utiliser le stationarius, madame ?

– C'était nécessaire, répondit Sierra. Je soupçonne le Prince Lavrenti d'avoir commis un odieux crime. Je dois le ramener à la forteresse dans les meilleurs délais.

Wellan comprit qu'elle omettait de lui dire ce qui s'était passé à Antarès, car elle ignorait la nature des liens qui existaient entre le prince et le conseiller.

– Il n'est pas encore rentré et nous sommes sans nouvelles de Sa Majesté. Lorsqu'elle chasse, elle exige que nous la laissions tranquille.

– Pouvez-vous m'indiquer son itinéraire ?

– Difficilement, mais je peux par contre vous fournir un guide qui connaît bien la région où le roi aime poursuivre le cerf. Quand aimeriez-vous y aller ?

– Est-ce que c'est très loin du palais ?

– À quatre ou cinq heures d'ici, sur les hauts plateaux. Si vous partiez maintenant, vous n'y seriez pas avant le coucher du soleil.

– Le temps nous est compté, conseiller.

– Je convoque donc cet homme à l'instant.

Layne se courba poliment devant les visiteurs et quitta le salon d'un pas pressé. Sierra attendit qu'il se soit suffisamment éloigné avant de se tourner vers Wellan.

– As-tu pris le temps de le sonder ? s'enquit-elle.

– Oui et tout comme nous, il est inquiet pour le roi. Puisqu'il a reçu l'ordre de ne pas l'importuner, il a les mains liées, alors ta requête le soulage beaucoup.

– Il n'est donc pas de mèche avec Lavrenti ?

– Non.

Sierra déposa sa coupe sur un guéridon.

– J'ai un mauvais pressentiment, Wellan.

Elle se mit à arpenter la pièce pour apaiser son angoisse. Wellan choisit plutôt d'admirer les innombrables bibelots sur le manteau de la cheminée. Il se tourna ensuite vers les portes vitrées qui donnaient sur un vaste balcon et décida de sortir prendre l'air.

Il s'approcha de la balustrade pour regarder sous lui. Même les rochers sur lesquels était bâtie la résidence royale ressemblaient à ceux de Zénor… Il retourna à l'intérieur, fouilla dans ses sacoches et en sortit son journal et une plume. Sierra l'observa en se demandant ce qu'il pouvait bien être en train d'écrire, cette fois. Au bout de quelques minutes, il s'approcha d'elle et lui montra deux esquisses qu'il avait faites côte à côte.

– À gauche, c'est la forteresse du Roi Iakov et ses alentours et à droite, c'est celle de Zénor.

– Il est étonnant que dans un aussi grand pays qu'Einath, ses dirigeants aient décidé de l'ériger exactement au même endroit, lui fit-elle remarquer.

– Dans mon monde, ces lieux sont chargés d'énergies tant positives que négatives. Nos batailles les plus décisives ont eu lieu ici… là-bas, je veux dire.

– Cette similitude te perturbe beaucoup.

– Oui, je l'avoue.

Le Conseiller Layne arriva quelques minutes plus tard en compagnie d'un homme d'une quarantaine d'années à la peau tannée, qui portait l'uniforme de la garde d'Einath : une redingote noire ornée de deux rangées de boutons dorés, un pantalon blanc et des bottes en cuir.

– Je vous présente Arville, le meilleur traqueur du pays.

Wellan ne put s'empêcher de penser qu'il n'était pas du tout habillé pour une expédition en forêt.

– Veuillez me suivre, les pria Arville. Je sais exactement où se trouve le roi.

Il conduisit Sierra et Wellan dans la grande cour de la forteresse et les invita à monter dans un véhiculum à chenilles. Plutôt confortable tant qu'il circula sur la route de macadam qui grimpait au sommet de la falaise, il le devint beaucoup moins lorsqu'il s'engagea sur un sentier dans la forêt. Ils se firent secouer pendant de longues heures. Puis Wellan remarqua un signe indiquant que des chasseurs avaient sans doute laissé des carcasses sur le sol : une volée de vautours tournait en rond dans le ciel. Arville aussi les avait aperçus. Il se dirigea tant bien que mal entre les arbres et arrêta net le véhicule en pénétrant dans la clairière. Une dizaine de cadavres gisaient sur le sol et il ne s'agissait pas de cerfs.

– Par tous les dieux, s'étrangla Arville.

Sierra et Wellan bondirent de leur siège et se penchèrent sur les corps. Ils ne trouvèrent aucun survivant, mais pas de sang sur eux non plus. En fait, il n'y en avait nulle part !

– Arville, approchez et identifiez ces hommes, ordonna la commandante.

Le traqueur reconnut le roi, ses amis et ses gardes du corps.

– Et le prince ? demanda Wellan.

– Il n'est pas parmi eux, signala Sierra. Toute la forêt devra être passée au peigne fin pour le retrouver.

– Mais…

Sierra le coupa en demanda à Arville de retourner au palais et d'informer le Conseiller Layne et les constables de ce qu'ils venaient de découvrir.

– Et vous ? s'inquiéta l'homme.

– Nous resterons ici jusqu'à votre retour.

Arville hocha lentement la tête. Il était profondément bouleversé. Sierra attendit qu'il se soit considérablement éloigné avant de se tourner vers Wellan.

– Mais nous savons tous les deux que le prince se trouve à Antarès et pas ici, put-il enfin lui dire.

– Nous ne devons rien supposer et tout vérifier, répliqua-t-elle comme une Chimère. J'ai renvoyé le traqueur au palais pour te permettre de mener une enquête à ta façon sans le traumatiser.

– Ça, je l'avais bien compris.

– Il est évident que ces hommes sont morts depuis longtemps et pourtant, les bêtes sauvages ne les ont pas dévorés. Dis-moi pourquoi.

L'Émérien se mit donc au travail. Il passa la main au-dessus de chaque corps. La femme Chevalier suivit ses progrès avec intérêt.

– De quoi sont-ils morts ? demanda-t-elle lorsque Wellan se redressa.

– Ils ont été étranglés avec de la magie.

– Donc, ce n'est pas Lavrenti leur meurtrier. Es-tu capable de le localiser ?

– S'il a perdu la vie en même temps que le roi, ce ne sera pas vraiment possible à partir d'ici. J'ai besoin d'une source d'énergie pour retrouver quelqu'un et celle-ci disparaît lors du décès. Si le prince a échappé à ce massacre, je pourrais peut-être y arriver à l'aide d'un objet lui ayant appartenu.

– On nous fournira certainement quelque chose au palais. Nous devrons être patients.

– J'imagine que si je nous ramenais maintenant à la forteresse, nous risquerions d'éveiller des soupçons.

– Alors, profitons-en pour inspecter les alentours avant l'arrivée de la police.

Ils ratissèrent la forêt autour de la scène de crime, mais ne trouvèrent que les petits véhiculums que les hommes avaient utilisés pour se rendre jusque-là. Ils revinrent donc bredouilles dans la clairière. Puisqu'il commençait à faire sombre, Wellan voulut faire apparaître un feu magique mais Sierra s'y opposa.

– Comment l'expliquerais-tu aux constables ? Contentons-nous d'un vrai feu.

Ils ramassèrent du bois et l'empilèrent au centre de la trouée.

– Puis-je au moins utiliser mes pouvoirs pour l'allumer ? demanda Wellan avec un air suppliant.

Sierra lui jeta un coup d'œil amusé qu'il prit pour un acquiescement.

– Nous l'alimenterons jusqu'à ce qu'Arville revienne avec les forces de l'ordre, lui dit-elle en prenant place devant les flammes bienfaisantes.

Elle sortit le movibilis de ses sacoches de selle et tenta de communiquer avec Ilo, en vain. Elle n'obtint pas le moindre signal sonore.

– Les antennes sont sans doute trop éloignées, déduisit Wellan.

– Tu as raison. Surtout, ne révèle aucune de nos conclusions aux Einathiens. Laissons les médecins légistes faire leur travail.

– Bien compris. As-tu faim ?

– Oui, mais attendons d'être rentrés au château avant de manger.

– Ça ne devrait plus tarder, puisque je capte l'approche d'un important groupe de personnes.

Une demi-heure plus tard, les constables envahirent la clairière. Sierra et Wellan répondirent aux questions de leur chef, puis furent libérés pendant que les policiers prenaient des réflexus des corps en utilisant des flashs pour les éclairer, un procédé qui intéressa grandement Wellan. Puis les victimes furent transportées à bord des véhiculums. Les soldats s'éloignèrent discrètement entre les arbres pour ne pas nuire au travail des constables. Wellan prit la main de Sierra et les transporta tous les deux dans le petit salon du palais d'Einath. À partir de là, ils grimpèrent à l'étage et interceptèrent une servante.

– Je suis Sierra, la grande commandante des Chevaliers d'Antarès. Conduisez-moi aux appartements du Prince Lavrenti, je vous prie.

– À cette heure ?

– C'est très important.

Sierra et Wellan emboîtèrent le pas à la jeune femme qui leur ouvrit la porte d'une grande suite, mais qui resta sur le seuil pour les surveiller. Ils examinèrent les lieux sans rien y trouver d'anormal. Sierra aperçut alors la bague de la famille royale d'Antarès sur la table de chevet et s'en empara subtilement. « Pourquoi Lavrenti serait-il parti sans elle ? » s'étonna-t-elle.

– Vous êtes déjà de retour ? s'étonna le Conseiller Layne en arrivant derrière la servante.

Sierra s'avança vers l'homme visiblement très inquiet et glissa adroitement le bijou à Wellan en passant près de lui.

– Les constables sont sur les lieux et nous ne voulions pas nuire à leur enquête. Veuillez accepter nos plus sincères condoléances.

– Merci, s'étrangla-t-il en essuyant une larme. Il est très tard. Puis-je vous offrir l'hospitalité au nom des souverains d'Einath ?

– Volontiers.

Layne conduisit les visiteurs jusqu'à une grande chambre et promit de les faire chercher pour le repas du matin. Il referma la porte, incapable de contenir plus longtemps ses émotions.

– Mon estomac me fait souffrir, avoua Sierra.

Wellan fit tout de suite apparaître un repas complet sur la petite table près de la fenêtre. Sierra s'y précipita et se mit à manger. Son prisonnier prit place devant elle avec moins d'empressement.

– La bague fera-t-elle l'affaire ? demanda la commandante entre deux bouchées.

– Je ferai de mon mieux, promit Wellan.

LES FUGITIFS

Après s'être heurté à la sorcellerie d'Olsson sur le plateau enneigé des Aculéos, le général Arniann de la grande armée bovine d'Achéron avait dû battre en retraite et ramener ses hommes sur les vastes plaines qui entouraient la cité céleste. Ne possédant aucune magie, il avait préféré ne pas affronter Olsson et ainsi éviter de subir trop de pertes. Furieux, il était retourné au palais du dieu-rhinocéros et s'était rendu directement aux appartements de Javad. Le soldat-taureau de garde lui en ouvrit aussitôt la porte. Arniann marcha jusqu'au fauteuil où était affalé le fils d'Achéron.

– Est-ce enfin terminé ? lança Javad, plein d'espoir.

– Ce n'est même pas commencé, Votre Altesse. Nous avons été repoussés par un mage noir avant même d'avoir pu avancer.

– Repoussée ? Ma puissante armée ?

– Elle peut anéantir n'importe quel adversaire, sauf s'il possède de la magie. Pour tout vous dire, même si nous avions trouvé les Deusalas sur ces terres, je ne suis même pas certain que nous les aurions défaits. Si vous voulez vous débarrasser des dieux ailés, vous devrez mener la charge vous-même comme l'a fait jadis votre frère Kimaati.

À quelques pas des deux hommes, dans les passages secrets, Rewain écoutait leur conversation en retenant son souffle. « Javad ne veut pas accompagner son armée parce qu'il n'est qu'un lâche », constata le jeune dieu-zèbre.

– Parle-moi de ce sorcier, exigea alors le dieu-rhinocéros pour changer de sujet. Est-ce celui que tes hommes ont laissé s'échapper sur la place publique ? Ou est-ce la sorcière que je cherche ?

– Ni l'un ni l'autre. Nous n'aurions jamais pu capturer celui qui défend les Aculéos. Sans même lever le petit doigt, il nous a opposé un mur de flammes qui s'étendait sur des lieues.

Furieux, Javad se mit à faire les cent pas devant le général.

– Si je comprends bien, celui que j'ai capturé ici même s'est laissé prendre pour m'induire en erreur ? maugréa-t-il.

– C'est bien ce qu'il semble, acquiesça Arniann.

– Mais dans quel but ?

– Sans doute parce que les sorciers ont décidé de se ranger du côté des Deusalas et qu'ils tentent de les protéger.

– Je suis mille fois plus puissant que ces dieux ailés ! hurla Javad.

– Mais les sorciers n'ont pas tenté de les assassiner comme Achéron l'a fait.

– Laisse-moi !

Arniann se courba devant son dieu et tourna les talons. Il quitta la pièce avant que Javad éclate de colère. Rewain resta encore un instant l'œil collé contre le trou du boulon qui lui permettait d'espionner son frère. Lorsque celui-ci se changea en rhinocéros et qu'il se mit à foncer dans les murs et à faire voler tous les meubles dans les airs, le dieu-zèbre jugea qu'il en avait assez vu. Sans faire de bruit, il revint sur ses pas et sortit des passages secrets à l'étage qu'avaient occupé ses défunts frères. Il entrouvrit la porte et attendit que le soldat-taureau qui patrouillait le couloir se soit éloigné avant de courir jusqu'à l'entrée du logement qu'il partageait avec sa mère. Haletant, il se versa d'abord un grand verre d'eau. Il avait cru que Javad était un cruel assassin, mais là, il venait de découvrir qu'il faisait commettre ses crimes par ses soldats.

« De quels sorciers parlait-il ? » se demanda-t-il en déposant le verre vide sur le comptoir. Il alla s'assurer que sa mère était toujours en train de se prélasser dans sa piscine, puis appela Tatchey. Le toucan le rejoignit dans ses appartements privés quelques minutes plus tard. Rewain était assis sur le bord de sa fenêtre, songeur.

– Votre Altesse me semble bien pâle, remarqua le serviteur ailé en se posant sur le dossier d'une bergère.

– On dirait que je me réveille d'un long sommeil, Tatchey. Mes parents m'ont tenu dans l'ignorance toute ma vie et j'en ai assez. Je veux tout savoir sur le passé de ma famille.

– C'est le rôle des parents de répondre aux questions de leurs enfants au sujet de leurs origines.

– Tu sais mieux que quiconque comment sont les miens. Mon père et mon frère me traitent comme si j'étais un moins que rien et ma mère, comme si je venais de sortir de son sein.

– Mais qu'est-ce qui peut bien causer ce soudain ton de révolte ?

– Peut-être que je commence enfin à mûrir.

– Que voulez-vous savoir au juste, jeune prince ?

– Ma famille a-t-elle tué beaucoup de gens ?

– Votre père et vos trois frères, oui, mais certainement pas votre mère.

– Donc, Javad aussi ?

– Est-il vraiment nécessaire que vous entendiez parler de toutes ces atrocités, Votre Altesse ?

– Je dois le savoir pour déterminer mon propre rôle dans tout ça.

– Je comprends. Commençons par Viatla. Ce sera plus facile. Votre mère a un grand cœur, mais elle refuse catégoriquement de voir ce qui ne lui plaît pas. Elle n'a donc jamais pu régler les problèmes auxquels votre famille a fait face au cours des siècles. Son époux Achéron est plutôt un homme foncièrement égoïste qui ne pense qu'à son propre plaisir. Il n'aime pas les complications, alors il les règle en faisant disparaître sans le moindre remords tous ceux qui lui résistent.

– Par disparaître, tu veux dire qu'il assassine ces gens ?

– Malheureusement, oui.

– Parle-moi de mes frères.

– Amecareth, le dieu-scarabée, ne ressemblait certes pas physiquement à votre père, mais il avait aussi la vilaine habitude de faire le vide autour de lui. S'il n'était pas parti dominer son propre monde, je suis certain que les choses auraient bien mal tourné pour lui au palais.

– Où est-il allé, Tatchey ?

– Dans un monde parallèle habité par des humains, mais, apparemment, le panthéon de cet univers a très mal réagi à ses projets de conquête et il a fini par être tué avec tous les hybrides qu'il avait emmenés avec lui.

– Oh…

– Kimaati était le plus ambitieux du lot, mais pas le plus intelligent. C'est ce qui l'a mené à sa perte. Vous êtes sûrement au courant qu'il a tenté de détrôner Achéron en retournant une partie de son armée contre lui.

– Mon père ne cesse d'en parler.

– Votre frère a échoué et il a fui dans le même monde qu'Amecareth. Je ne suis pas au courant de tous les détails, mais apparemment, il ne s'est pas très bien comporté et il a trouvé une fin horrible. N'avez-vous pas remarqué sa tête à l'entrée de la cité céleste lors de votre petite escapade ?

– Sa tête ?

– Plantée sur une pique ?

– Non ! Mais c'est horrible ! Qui a bien pu faire une chose pareille ?

– Achéron, afin de montrer aux serviteurs ce qu'il en coûte de le trahir.

– Kimaati était son fils !

– En qui il voyait un dangereux rival.

Ébranlé, Rewain se cacha le visage dans les mains.

– Si vous le désirez, nous pourrions poursuivre cette conversation un autre jour, offrit Tatchey.

-Non ! s'exclama le jeune dieu en baissant les mains. Parle-moi de Javad.

– Ceux qui vivent dans la peur sont des ennemis dangereux, Votre Altesse. Ne lui faites jamais confiance. Quand il se lasse de ses maîtresses, il les étrangle. Ses autres victimes ont été tuées par ses assassins à cornes.

– Pourquoi suis-je si différent, Tatchey ?

– Parce que vous avez hérité de la bonté de votre mère. Toutefois, n'allez surtout pas penser qu'elle est inoffensive. Lorsqu'elle est en colère, Viatla est terrifiante.

– J'ai si honte de faire partie de cette famille…

– Ce panthéon devrait être dirigé par une belle âme comme la vôtre.

– Je ne pourrai jamais prendre les armes contre mon frère. Je ne suis pas violent.

– Soyez patient, jeune prince. Si vous voulez mon avis, Achéron et Javad finiront par s'entretuer et alors, ce sera à vous d'instaurer une nouvelle ère de paix.

Rewain descendit sur le sol et s'approcha du toucan.

– Qu'en est-il des sorciers ? Pas ceux qui ressemblent à des noctules, mais les autres qui se sont enfuis jadis.

– Il y a fort longtemps, Achéron a décidé de faire créer par ses généticiens des créatures hybrides qui lui serviraient de domestiques. Certaines se sont avérées dociles, mais d'autres se sont révoltées contre les conditions dans lesquelles il les forçait à vivre.

– Les sorciers, donc ?

– C'est exact. Votre père s'est débarrassé de la majorité d'entre eux, mais quelques-uns se sont échappés.

– Pourquoi nos serviteurs ne possèdent-ils pas de magie comme eux ?

– Une brillante idée de votre frère Amecareth, qui a volontairement offert une partie de sa force vitale aux généticiens pour qu'ils créent une armée de sombres mages qui protégeraient ce palais au péril de leur vie. Cette force vitale a été uniquement injectée aux femelles chauves-souris et humaines. Les petits des premières se sont montrés soumis, mais pas les autres.

– Combien de sorciers ont réussi à quitter le palais ?

– Seulement sept, il me semble.

– Étaient-ils nombreux, à l'origine ?

– Il y en avait certainement une centaine. Les soldats les gardaient dans des cages sous le palais.

– C'est inconcevable…

– Mais tout ça, c'est du passé, Votre Altesse. Je pense vous en avoir assez dit pour aujourd'hui.

– Tatchey, je vous en conjure ! Je veux savoir qui sont les Deusalas et pourquoi mon père et mon frère les détestent tant.

– Ce sont des dieux tout comme vous, mais au lieu de leur accorder leur propre univers, Patris les a déposés ici, sans doute par erreur.

– Donc, ils ne nous ont jamais rien fait ?

– Rien du tout. Allez, reposez-vous maintenant, sinon vous inquiéterez inutilement votre mère.

Le toucan ne donna pas le temps à Rewain de protester. Il quitta l'étage par l'un des conduits d'aération près du plafond. Le dieu-zèbre tourna en rond pendant un long moment. Il avait beaucoup de difficulté à croire qu'il vivait dans le même palais que tous ces meurtriers. Il entendit alors le pas lourd de sa mère. « Comment fait-elle pour accepter toute cette violence ? » Viatla se transforma en humaine et entra dans la chambre de son benjamin, tenant quelque chose à la main.

Lorsqu'elle s'approcha davantage, Rewain vit qu'il s'agissait d'une feuille de papier. Il ne s'en inquiéta pas, car sa mère faisait souvent des esquisses des tableaux qu'elle désirait peindre. Il sonda plutôt son humeur. Viatla était manifestement contrariée, mais elle s'efforçait de le lui cacher.

– Comment vas-tu, mon petit cœur ?

– Je vieillis de jour en jour, mère.

– Surtout, ne précipite rien. Tu as toute l'éternité pour grandir.

– En êtes-vous bien certaine ?

– Ne me dis pas que tu as encore des idées noires ?

Elle déposa le papier sur le lit et alla serrer son plus jeune contre elle. En s'étirant le cou, Rewain réussit à distinguer ce qu'il y avait sur la feuille. C'était une affiche où apparaissait le visage de Maridz !

– Pourquoi recherche-t-on cette femme ? s'inquiéta-t-il en se libérant de l'étreinte de sa mère.

– Elle fait partie de la bande de traîtres qui se sont échappés du palais lorsque tu n'étais encore qu'un enfant. Imagine-toi qu'elle se cachait dans ma cité !

– Comment savez-vous que c'étaient des traîtres ?

– Ton père me l'a dit. Il a protégé sa famille en retournant ces criminels dans le néant.

– En les massacrant, vous voulez dire.

– Il a fait son devoir, Rewain. Sa priorité, c'est d'éloigner de nous tout danger et de préserver la paix de notre monde. Surtout sois sans crainte, mon poussin. Achéron a demandé à ton frère de traquer les fuyards et de les faire disparaître une fois pour toutes.

– Ont-ils recommencé à nous menacer ?

– Ton père ne me l'a pas mentionné, mais il a certainement une bonne raison de remettre cette mission entre les mains de Javad.

– Si on avait aussi tenté de vous tuer, n'agiriez-vous pas de la même façon que ces sorciers ?

– Certainement pas. Combien de fois t'ai-je répété que la vengeance ne règle jamais rien, Rewain ? Allez, cesse de penser à tout ça et va te préparer pour le repas.

– Puis-je conserver l'affiche ?

– Pour qu'elle te terrorise davantage ?

– Non, mère. J'aimerais mémoriser les traits de cette sorcière afin de ne pas tomber dans l'un de ses pièges.

– Puisque tu ne sortiras pas d'ici avant que ton frère nous en ait débarrassés, je ne vois pas en quoi cela te serait utile.

– S'il vous plaît…

– D'accord, mais tu devras me la rendre lorsque tu viendras à table tout à l'heure.

– Mangeons-nous en famille ?

– Pas cette fois. Ce ne sera que toi et moi.

– J'aime mieux ça, avoua Rewain avec un large sourire qui rassura sa mère.

– Ne sois pas en retard.

– Je vous le promets.

Avant de se changer et de se laver les mains, le jeune dieu s'assit sur son lit et contempla longuement l'avis de recherche. Il n'avait bavardé que quelques minutes avec cette sorcière, mais elle ne lui avait nullement semblé dangereuse. Rewain se demanda si elle était assez puissante pour échapper aux soldats-taureaux de son frère. Après tout, un seul sorcier venait de les faire battre en retraite dans le monde des humains en utilisant sa magie… « Si seulement je savais comment lui venir en aide ! » se désespéra-t-il. Il aurait été bien inutile de demander à Achéron d'intercéder en sa faveur. C'était lui qui avait donné l'ordre à Javad d'éliminer les mages noirs.

Le cœur en peine, il se hâta de rejoindre sa mère dans la salle à manger. Elle avait conservé son apparence humaine, mais revêtu une belle robe bleue composée de multiples voiles et relevé ses longs cheveux châtains sur le dessus de sa tête.

— Vous êtes ravissante, mère, la complimenta Rewain.

— Tu es bien le seul à le remarquer, maintenant, regretta Viatla.

— Que voulez-vous, mon père et mon frère sont grossiers.

— Rewain !

— Vous savez bien que j'ai raison.

Il prit place devant elle en faisant bien attention à ses manières.

— Depuis que j'ai commencé à m'émanciper, je vois les choses plus clairement, ajouta-t-il.

— Mais pas très charitablement, on dirait.

— Mère, pourquoi ne sommes-nous pas des dieux plus indulgents ?

— J'aimerais bien le savoir, soupira la déesse.

— Pourquoi assassinons-nous tous ceux qui nous déplaisent ?

— Cesse de te torturer avec ces histoires, Rewain.

— Je sais que vous êtes bonne et généreuse avec vos serviteurs et vos sujets, mais pourquoi mon père n'est-il pas comme vous ? Pourquoi a-t-il si peur des Deusalas ?

Viatla abattit son poing sur la table, ce qui fit trembler les couverts.

— Assez ! exigea-t-elle.

Le dieu-zèbre baissa la tête, repentant.

— Mange et ne m'en reparle plus.

Rewain garda le silence et mangea en écoutant sa mère vanter ses dernières créations artistiques. Dès qu'il put sortir de table, au lieu de retourner à sa chambre, le dieu-zèbre se glissa en douce dans le couloir et le suivit jusqu'à l'étage le plus bas du palais. Il arriva finalement devant deux portes en métal qui n'étaient pas gardées. Prudemment, il les poussa.

Elles s'ouvrirent sur une sombre pièce. Il chercha l'interrupteur sur le mur près de la porte et finit par le trouver. La lumière envahit une immense salle remplie de cages d'environ deux mètres par deux mètres. Stupéfait, il s'avança entre les rangées. «Des gens ont vraiment vécu là-dedans ?» se désola-t-il. Il n'y avait aucune fenêtre. La seule aération était fournie par de gros tuyaux qui sortaient du plafond. «Maridz a-t-elle vraiment grandi ici ?» Les yeux chargés de larmes, le dieu-zèbre fit demi-tour et courut jusqu'à ses appartements.

OBSESSION

À la forteresse d'Antarès, l'enquête sur l'assassinat de la Haute-Reine Agafia n'en finissait plus. Skaïe était toujours le seul suspect de ce crime, mais, faute de preuves, il était libre de circuler où il le désirait, sans toutefois quitter le pays. Même si cela le chagrinait beaucoup, il avait respecté le vœu de Kharla de ne pas chercher à la revoir ou à lui parler. Il faisait aussi bien attention de ne pas nuire au travail des constables. Il avait d'ailleurs laissé son collègue Odranoel leur présenter la liste des pistes auxquelles les deux savants avaient pensé. Il ne voulait surtout pas que Kennedy croie qu'il tentait de se disculper.

Skaïe s'était habitué à l'étroite surveillance que la police exerçait sur ses faits et gestes, mais les soupçons qui pesaient sur lui commençaient à avoir raison de sa santé. Toutes les nuits, il faisait d'horribles cauchemars. Il se réveillait en hurlant et n'arrivait plus à se recoucher, si bien qu'il ne dormait presque plus. Il évitait de parler de ce problème à Odranoel, mais ce dernier le voyait dépérir. Skaïe était de plus en plus pâle et cerné. Il avait du mal à reprendre son souffle quand il arrivait au travail et ne restait jamais longtemps concentré sur quoi que ce soit.

— Skaïe, tu ne peux pas continuer ainsi, l'avertit Odranoel lorsqu'il le trouva un matin assis à sa table, le regard vague et les mains tremblantes.

— C'est seulement de la fatigue.

– Tu n'as rien fait de bon ces derniers jours. J'insiste pour que tu prennes un long congé, comme je te l'ai déjà suggéré.

– Laisse-moi y réfléchir encore un peu.

Lorsque son ami le quitta enfin, Skaïe fit l'effort de relire les formules chimiques que lui avait procurées son nouvel ordinis spécialisé en biologie. Mais les lettres et les chiffres se mirent à danser devant ses yeux.

– Odranoel a raison. Je suis en train de m'affaiblir dangereusement.

Il croisa ses bras sur la table et s'y appuya le front pour se reposer quelques minutes. Le seul choix qui s'offrait vraiment à lui, c'était de se faire soigner par un professionnel. Il se résigna finalement à rentrer chez lui.

– Qui dois-je consulter en premier? soupira-t-il en poussant la porte de son appartement. Le docteur Eaodhin ou le docteur Leinad? S'agit-il d'un problème physique ou psychologique? Ce pourrait aussi être une grande détresse émotionnelle.

Il décida donc de commencer par le psychiatre. Puisque c'était l'heure du repas du midi et que tous les bureaux seraient fermés pendant au moins une heure, Skaïe dut se résoudre à attendre dans sa chambre avant de se mettre en route pour l'immeuble médical. Il s'assit sur son lit en surveillant le pendulus sur sa table de chevet. Il était si fatigué que les cliquetis réguliers de l'appareil lui firent fermer les yeux et le plongèrent finalement dans le sommeil. Il tomba sur le côté sans même s'en rendre compte.

Il se mit à rêver que des Aculéos avaient réussi à se rendre jusqu'à la forteresse d'Antarès, déguisés en humains, et que la garde royale n'avait pas pu les empêcher de faire irruption dans le grand hall. Skaïe était en train de manger lorsque les hommes-scorpions avaient sorti de longs couteaux de leur manteau.

— Fuyez ! s'entendit crier le savant.

Les monstres se mirent à poignarder tout le monde en poussant des grognements barbares. Skaïe se réveilla encore une fois en hurlant de terreur. Couvert de sueur, il se débarrassa de ses vêtements et jeta un œil au pendulus. Il n'avait dormi que quinze minutes ! Il se réfugia sous la douche, où il laissa couler l'eau chaude sur sa peau en pleurant.

— Il faut que ça cesse, hoqueta-t-il.

Il se sécha et s'habilla en tentant de reprendre son aplomb. Lorsqu'il s'en sentit le courage, il se rendit à l'hôpital de la forteresse. La longue marche lui fit le plus grand bien et il parvint à sécher ses larmes.

Dans la salle de surveillance de la police, Fuller se redressa vivement sur sa chaise en voyant l'inventeur partir dans la direction opposée à celle des laboratoires, lui qui ne dérogeait jamais à sa routine ! Il pianota furieusement sur le clavier de son ordinis afin d'utiliser d'autres détectors pour ne pas perdre Skaïe de vue. Tendu, il suivit sa route, prêt à lancer ses collègues à ses trousses, lorsqu'il se rendit compte que le savant se dirigeait vers la section médicale. Il nota aussitôt sur son bloc-notes que le suspect venait d'entrer dans le bureau du psychiatre.

Skaïe s'adressa à l'assistante, assise derrière un magnifique bureau de chêne ouvré. Elle classait des papiers dans une pile de dossiers.

— Bonjour, madame. Je m'appelle Skaïe. Je n'ai pas de rendez-vous, mais j'aimerais consulter le docteur Leinad, je vous prie.

— Il a un horaire chargé, répondit-elle, mais laissez-moi voir ce que je peux faire pour vous.

Elle lui décocha un sourire rassurant et disparut dans l'étroit couloir derrière elle. Quelques secondes plus tard, ce fut le psychiatre lui-même qui en ressortit.

– Bonjour, monsieur Skaïe, le salua-t-il en serrant la main de l'inventeur. Comment puis-je vous être utile ?

– Traitez-vous les cauchemars ?

– De plus en plus souvent. Allons en parler dans un endroit plus tranquille, si vous le voulez bien.

Skaïe le suivit jusqu'à une pièce de taille moyenne dont les murs étaient recouverts d'une immense bibliothèque chargée de livres. Il s'y trouvait aussi un bureau semblable à celui de son adjointe, deux fauteuils placés juste devant et plus loin, un grand sofa. C'est là que Leinad convia l'inventeur à s'asseoir, avant de prendre place à côté de lui.

– Dites-moi ce qui vous hante.

– Les Aculéos… Au début, je les voyais attaquer de pauvres gens dans les villes au nord d'Alnilam. Chaque fois, j'essayais de les détruire de toutes les façons possibles, mais ils finissaient toujours par me transpercer avec leur dard ou à me trancher la tête avec leurs pinces.

Leinad fit la grimace.

– Mais tout à l'heure, j'ai rêvé qu'ils s'infiltraient dans la forteresse et qu'ils se mettaient à tuer tout le monde. Je suis incapable de me rendormir après ces rêves terrifiants et je me rends bien compte que ça affecte ma santé. Je veux que ça cesse, docteur.

– Je suis tout à fait d'accord avec vous. Mais voyons d'abord ce qui a bien pu les déclencher.

– Je le sais parfaitement. Ces cauchemars ont commencé à mon retour du front. Ce que je veux, c'est qu'ils disparaissent.

– À l'aide de puissants médicaments, je pourrais vous rendre un sommeil profond et sans rêve, mais si vous désirez vraiment vous exorciser de ces monstres, nous devons découvrir pourquoi ils vous font si peur.

– Puis-je avoir une feuille de papier et de quoi dessiner, s'il vous plaît ?

— Certainement.

Leinad alla lui chercher un bloc-notes et un stylo, les lui tendit et s'assit de nouveau près de lui. En quelques secondes, Skaïe esquissa un Aculéos et le retourna vers le psychiatre.

— Il y a d'abord leur apparence, expliqua-t-il.

— J'avoue que je n'aimerais pas rencontrer une telle créature et encore moins des centaines en même temps.

— Des centaines, vous dites ? Il y en a des millions !

— Ressentez-vous une profonde impuissance à les empêcher de commettre toutes ces atrocités ?

— Mais oui, c'est ça ! s'exclama l'inventeur. C'est parce que je n'ai pas encore trouvé la façon de les contenir chez eux qu'ils m'attaquent toutes les nuits !

— Qu'est-ce qui vous empêche d'y parvenir ?

— L'immensité de leur territoire, d'une part, et leur nature, d'autre part. Ils sont capables d'escalader les falaises les plus escarpées avec leurs pinces, alors une barrière ne les découragerait pas. D'ailleurs une telle construction d'un bout à l'autre du continent coûterait si cher qu'aucun royaume ne voudrait en payer la note.

— Même si leur vie en dépendait ?

— Personne ne prend cette menace au sérieux, docteur. Même moi, je pensais que les Chevaliers exagéraient avant l'intervention de Wellan. Il m'a ouvert les yeux.

— Si les Alnilamiens pouvaient voir dans votre tête, sans doute seraient-ils plus sensibilisés au danger qu'ils courent.

— Vous avez absolument raison ! Car il serait impensable de tous les transporter sur la frontière pour qu'ils constatent personnellement l'étendue de la menace. Merci mille fois, docteur Leinad.

— Je ne suis là que pour provoquer dans votre esprit l'étincelle qui vous permettra de résoudre vous-même vos problèmes. Désirez-vous un échantillon du somnifère dont je vous ai parlé tout à l'heure ?

– Oh oui. J'ai vraiment besoin de sommeil.

– S'il vous convient, je vous en procurerai une bouteille.

Le psychiatre alla fouiller dans l'énorme pharmacie derrière son bureau et revint avec un petit sachet en plastique transparent qui contenait deux comprimés.

– N'en prenez qu'un seul. Ils sont puissants.

– Bien compris.

Skaïe glissa le petit sac dans la poche intérieure de sa redingote, serra la main de Leinad et quitta la section médicale. Pas question de retourner travailler avant de pouvoir garder les yeux ouverts. Il revint donc à son appartement, avala un des somnifères et se coucha. Le psychiatre avait dit vrai : Skaïe dormit comme un bébé jusqu'au lendemain matin. En meilleure forme, il fit sa toilette, alla manger dans le grand hall et se dirigea vers les laboratoires. C'est là qu'Odranoel le trouva une heure plus tard, absorbé par les formules chimiques qui s'affichaient sur l'écran de son nouvel ordinis.

– Tu as meilleure mine, dis donc.

– J'ai enfin réussi à dormir.

– Ce nouvel appareil t'aide-t-il dans tes recherches ?

– Crois-tu qu'on puisse extirper les rêves du cerveau d'une personne ? demanda Skaïe, qui n'avait pas écouté sa question.

– Pourquoi n'es-tu jamais capable de te concentrer sur un seul projet à la fois ? soupira Odranoel. Je te permets de travailler sur la miniaturisation des movibilis, mais tu fabriques une mistraille. Je te laisse concevoir des antennes, mais tu deviens obsédé par la création d'un vortex. Ensuite, tu te lances dans le projet d'inventer une substance qui rendrait les Aculéos stériles. Je fais des pieds et des mains pour t'obtenir les outils qui te permettront d'y parvenir et là, tu veux inventer un détector de rêves ?

– C'est essentiellement ça, oui, sauf que je n'ai pas abandonné l'idée des contraceptifs. Je progresse de ce côté-là aussi.

Je n'y peux rien si mon esprit a besoin de traiter plusieurs sujets en même temps.

– Quels sont ces rêves que tu désires étudier ?

– Les miens.

– Personne ne t'a jamais dit que c'est le champ d'expertise des psychiatres ?

– J'ai justement vu le docteur Leinad hier et c'est lui qui me l'a suggéré.

– Vraiment ?

Skaïe hocha vivement la tête.

– D'aussi loin que je me souvienne, personne n'a jamais inventé un appareil capable d'enregistrer visuellement les rêves, Skaïe. D'ailleurs, à quoi cela pourrait-il servir ?

– À montrer aux autres ce que je vois.

– Nous commençons à peine à comprendre le fonctionnement du cerveau humain.

– Si nous sommes capables de filmer le mouvement des étoiles dans le ciel, nous pouvons certainement retourner le processus à l'intérieur de nous-mêmes et enregistrer ce qui se passe dans nos synapses la nuit.

– Tu es désespérant… Avant que je sois forcé de te congédier, prouve-moi que je n'ai pas acheté ce nouvel ordinis pour rien. Je veux que tu me rendes un rapport sur ce projet avant la fin de la journée.

– Sans problème.

– Je vais retourner travailler sur la seconde partie de ton idée : l'appareil volant qui déversera le contraceptif sur les terres des Aculéos.

– Oui, ça aussi, c'est très important.

– Que je ne te surprenne pas à te planter des électrodes dans la tête, compris ?

– Promis.

Odranoel quitta la salle et Skaïe se remit aussitôt à ajouter des composantes dans l'ordinis pour voir si elles aboutiraient au résultat qu'il recherchait. Depuis l'invention de ces appareils de simulation, le travail des théoriciens pouvait enfin progresser sans qu'ils risquent à tout moment de faire exploser leurs laboratoires. Puis, l'inventeur se rappela les formules auxquelles il avait rêvé quelques semaines auparavant et les soumit à l'ordinis. Celui-ci lui signala aussitôt que ses programmes ne comprenaient pas la transformation du gaz en plasma.

— C'est à ça que servent ces formules ? s'étonna-t-il. Odranoel va me tuer si je lui demande un autre ordinis de simulation…

Il laissa errer ses pensées pour tenter de comprendre ce que son cerveau avait tenté de lui dire jusqu'à ce qu'un plateau de nourriture atterrisse brutalement à côté de lui, le faisant sursauter.

— Je t'ai demandé trois fois si tu venais manger, mais quand j'ai constaté que tu étais encore une fois dans un état catatonique, j'y suis allé seul et je t'ai rapporté quelque chose pour que tu ne tombes pas d'inanition avant la fin de ton quart de travail. Bon appétit.

— Euh… merci… bredouilla le jeune savant.

Odranoel lui servit un regard mécontent et tourna les talons. Skaïe entendit se plaindre son estomac et dut en venir à l'évidence qu'il avait faim. Il retira le cure-dent qui maintenait le jambon entre deux tranches de pain et eut alors une autre vision. Il remonta lentement le petit bâton pointu jusqu'à la hauteur de ses yeux pour l'examiner. Dans son imagination, une lumière intense jaillit de l'une de ses extrémités. Skaïe le laissa aussitôt tomber dans l'assiette.

— Une arme au plasma ! s'exclama-t-il. Une épée aveuglante aussi brûlante que du feu !

Il mangea mécaniquement en essayant d'imaginer comment il pourrait enfermer une telle puissance dans une arme ensiforme. Il continua ensuite de travailler sur ses formules chimiques pour le produit anticonceptionnel, puis, à la fin de la journée, remit à Odranoel le rapport de ses efforts, comme il le lui avait demandé.

– Merci, Skaïe.

– Tu voulais que je redevienne moi-même, alors voilà, c'est fait. Je te promets que tu n'auras plus à te soucier de moi.

Il le salua et s'apprêta à rentrer à son appartement. Il n'alla pas très loin : deux constables lui barrèrent la route.

– Monsieur Kennedy aimerait vous poser quelques questions.

– Encore ?

Ils l'escortèrent jusqu'à l'immeuble de la police. Incapable de supporter les regards accusateurs de ceux qu'ils croisaient dans le couloir, le savant baissa la tête pour regarder le plancher tandis qu'il marchait entre les deux hommes. Ses gardiens le firent entrer dans une pièce et refermèrent la porte derrière lui. Au lieu de recevoir Skaïe dans la salle d'interrogatoire, Kennedy le fit plutôt asseoir devant lui dans son bureau.

– Est-ce que vous m'arrêtez ? s'inquiéta Skaïe.

– Non, monsieur Skaïe. Je veux juste savoir pourquoi vous vous intéressez à la chimie, tout à coup.

– Comment le savez-vous ?

– Il y a des détectors partout.

– Dans ce cas, vous pouvez déjà voir ce qui s'affiche sur l'écran de mon ordinis, non ?

– Mes constables n'ont malheureusement pas la formation requise pour interpréter vos formules.

– Je cherche une façon de rendre les Aculéos stériles pour qu'ils arrêtent de concevoir des millions d'enfants qui deviendront tout autant de guerriers.

– Vraiment ?

– Oui, vraiment. Nous devons aider les Chevaliers à arrêter ce fléau avant qu'il arrive à nos portes. En passant, moi aussi j'ai une question pour vous. Quand pourrai-je revoir la princesse ?

– Vous semblez oublier que vous êtes toujours un suspect, monsieur Skaïe. Nous ne vous laisserons pas l'approcher avant la fin de l'enquête.

– Suis-je le seul qui éveille vos soupçons ?

Kennedy garda le silence.

– Ça veut donc dire que le véritable coupable est toujours en liberté ?

– Vous êtes libre de rentrer chez vous, monsieur Skaïe.

– Si je lui écrivais une courte lettre, pourriez-vous la remettre à Kharla ?

– Je suis désolé.

– Mon seul but, c'est de la rassurer.

– Elle est sous bonne surveillance.

Kennedy appuya sur un des nombreux boutons de son gros stationarius et se leva.

– Cet entretien est terminé.

Les constables ouvrirent la porte et firent signe au savant de sortir. Skaïe soupira profondément et suivit les deux hommes. Les mains dans les poches de sa redingote, il quitta l'immeuble et se dirigea vers le grand hall pour se mettre quelque chose sous la dent. L'image de l'arme foudroyante qui apparut encore une fois dans son esprit lui redonna le sourire.

MÉTAMORPHOSE

De plus en plus fort physiquement, Zakhar maniait maintenant sa massue avec beaucoup d'aisance au milieu de son hall souterrain. Il tournait sur lui-même, la balançant dans les airs comme s'il s'attaquait à toute une armée imaginaire. Il s'était souvent battu avec ses pinces autrefois, mais jamais il n'avait fait preuve d'autant d'agilité et de vitesse. « C'est tout à fait fantastique ! » se réjouit-il.

Olsson apparut à l'autre bout de la caverne et déposa un vêtement sur le sol, près du trône. Zakhar mit fin à son entraînement et marcha vers lui.

– J'ai trouvé cette réplique d'un uniforme de guerre dans un musée d'Antarès, l'informa le sorcier. Il remonte à une époque antérieure à la création des Chevaliers. J'ai dû utiliser ma magie pour en ranimer un peu le cuir, mais je crois qu'il vous plaira. Toutefois, je devrai réduire votre taille pour que vous puissiez l'enfiler.

– Je suis prêt à tout, Olsson.

Le sorcier le rapetissa jusqu'à ce qu'il atteigne la taille de l'humain qui avait porté ces vêtements. Zakhar se pencha pour examiner sa nouvelle tenue. Il détacha son pagne et le laissa glisser sur le sol. Il n'eut aucune difficulté à comprendre comment enfiler le pantalon, mais tourna le plastron dans tous les sens. Olsson lui vint en aide et lui montra comment passer sa tête dans l'ouverture. Il attacha même les sangles de chaque côté de son torse. Zakhar mit ensuite les bottes.

– Ce n'est pas du tout confortable, grommela-t-il.

– C'est ainsi que s'habillent les humains. Je vous conseille de ne les porter que quelques heures par jour au début.

– J'aimerais bien voir à quoi je ressemble, maintenant.

Olsson fit tout de suite apparaître une grande psyché devant lui.

– Je vous en fais cadeau. La reine à laquelle elle appartenait n'en aura plus besoin.

Le roi s'admira un long moment dans le miroir, satisfait.

– Et mes cheveux ? demanda-t-il.

– Justement, j'y arrivais. Que diriez-vous de cette couleur ?

Les teintes criardes de la longue chevelure de Zakhar firent place à une seule couleur, soit le noir.

– Je n'aime pas ça du tout, avoua-t-il.

Ses cheveux passèrent alors du noir au marron.

– Non plus.

Olsson comprit que c'était le ton uni qui déplaisait au roi. Il opta donc pour un gris sombre parsemé de mèches argentées.

– C'est beaucoup mieux. Resteront-ils ainsi en poussant ?

– Je vous le garantis.

– Je veux être le seul Aculéos dont les cheveux seront de cette couleur. Que tous les autres aient les cheveux noirs.

– Il en sera fait selon votre volonté. Maintenant, à vous de convaincre votre peuple de changer sa façon de s'habiller.

– Serez-vous à mes côtés lorsque je le lui annoncerai ?

– Oui, mais je me ferai discret afin de ne pas miner votre autorité.

– Alors finissons-en avec cette métamorphose.

Olsson pencha respectueusement la tête et disparut.

Zakhar continua de contempler sa nouvelle apparence en se demandant comment il avait pu se passer d'une telle glace toute sa vie.

Il dut rassurer ses serviteurs lorsqu'ils se présentèrent avec son repas, pour qu'ils ne sonnent pas l'alarme, croyant avoir trouvé un inconnu dans le palais.

– Vous n'avez rien à craindre, c'est le nouveau moi ! s'exclama-t-il.

Sa voix leur était familière, mais ils s'approchèrent tout de même prudemment. Une fois qu'ils eurent déposé les plats, Zakhar leur ordonna de convoquer tous les membres de son clan à l'extérieur sur la grande place au début de l'après-midi. Il s'installa ensuite pour manger en faisant bien attention de ne pas tacher ses vêtements avec le sang de ses quartiers de viande. Il se lava ensuite les mains et le visage dans le bol d'eau placé près du trône et retourna devant la psyché.

À l'heure convenue, il quitta le palais et remonta la galerie en direction de la surface, aussitôt suivi de ses gardes du corps. Tout comme les serviteurs, les Aculéos, surpris par sa petite taille et sa nouvelle couleur de cheveux, eurent un premier mouvement de recul en l'apercevant, mais ils reconnurent son visage. Désormais sans pinces et sans dard, ils se massèrent autour de lui en murmurant leur étonnement. Pas tout à fait remis de ses amputations, Quihoit resta en retrait pour pouvoir entendre ce que son père avait à dire sans entrer dans son champ de vision.

– Voyez ce que nous sommes en train de devenir ! s'exclama Zakhar.

Sa voix résonna entre les glaciers.

– S'il est vrai que mon accoutrement, ma taille et mes cheveux me font ressembler à un humain, je n'en demeure pas moins un Aculéos jusqu'au fond des os !

Le peuple hésita à manifester son acquiescement.

– Devrons-nous tous nous habiller comme toi ? s'inquiéta le général Genric.

– Absolument tous.

– Mais où trouverons-nous des vêtements pour tout le monde ?

– Ce sont vos femmes qui devront coudre ces nouveaux habits.

– Je suis là, murmura Olsson à l'oreille de Zakhar. Pointez le doigt vers votre général.

Le roi des Aculéos fit ce qu'il demandait. À sa grande surprise, Genric se retrouva de la même taille que son roi, mais vêtu d'une chemise beige, d'un pantalon marron et de bottes de la même couleur. Mais ce fut surtout la transformation de sa longue chevelure qui fit reculer ceux qui l'entouraient. Elle passa du bleu, orange et gris à un noir uniforme de la racine jusqu'aux pointes.

– Qu'est-ce que vous avez à me regarder comme ça ? se fâcha-t-il.

– Continuez, chuchota Olsson. Vous êtes de plus en plus convaincant.

Zakhar pointa donc l'homme qui se tenait à côté du général. Son pagne fit immédiatement place à une chemise et un pantalon gris. Tout comme Genric, il fut rapetissé et se retrouva avec les cheveux entièrement noirs. Enivré par ce semblant de pouvoir, le roi leva ses bras au-dessus de sa tête et tapa dans ses mains. Les cheveux de tous les Aculéos, tant ceux qui se tenaient devant le roi que ceux qui se trouvaient dans les tunnels, devinrent aussi sombres que la nuit.

– Laissez-moi parler par votre bouche, réclama Olsson.

– Je vous en prie, faites, murmura Zakhar.

– Comment nos femmes apprendront-elles à faire ça ? s'inquiéta le général.

– Je leur fournirai des patrons, ainsi que des ciseaux et des rubans à mesurer, s'entendit dire le roi. Vous trouverez tous chez vous des rouleaux de tissu et du fil. Demain, je montrerai à une centaine de vos femmes comment les utiliser et, à leur tour, elles l'enseigneront aux autres, jusqu'à ce qu'elles soient toutes instruites.

– Devront-elles aussi s'accoutrer comme nous ?

– Je leur fournirai des vêtements beaucoup plus féminins. Comme les femmes sont déjà petites, je n'aurai nul besoin de réduire leur taille.

– Je vous rends la parole, chuchota le sorcier.

– Nous pourrons bientôt descendre sur les terres des humains sans qu'ils se doutent de notre présence ! proclama Zakhar. Si vous êtes prêts à troquer vos pagnes pour ces habits différents, nous pourrons enfin conquérir le monde !

Les Aculéos poussèrent des cris de guerre. C'est alors qu'apparurent dans leurs mains des bocks de bois remplis d'un liquide doré.

– C'est de la bière ! les informa Olsson en empruntant une dernière fois la voix du roi. C'est ce que boivent les humains lorsqu'ils ont quelque chose à fêter !

Les hommes-scorpions levèrent les récipients en direction de leur chef.

– À ta santé, Zakhar !

Ils burent tous ensemble, même le roi, qui s'étonna du goût amer de la boisson.

Quihoit n'avait écouté qu'une partie du discours de son père, mais encore furieux contre lui, il avait décidé de contourner la foule et d'entrer dans le palais pendant que le roi se gonflait d'orgueil devant ses sujets. Il n'avait même pas remarqué qu'il avait subi la même transformation capillaire que tous les autres Aculéos. Il parvint à se rendre jusqu'à la grotte de sa mère, la seule qui le comprenait vraiment.

– Mais qu'est-ce que tu as fait à tes cheveux ? s'horrifia Orchelle.

– Rien du tout.

– Ils sont noirs comme la nuit.

– Tout comme les vôtres, mère.

– C'est vrai, grogna-t-elle. Mais tu es tout maigre et petit et tu n'as plus tes bras de pinces…

– Ni mon dard.

Il s'approcha d'Orchelle.

– Vous non plus, mère.

– Ne m'en parle pas. On m'a amputée de mes membres sans mon consentement. Pire encore, Zakhar a fait la même chose à tous mes bébés. Je lui en veux tellement.

Elle attira son grand garçon dans ses bras et l'étreignit pendant un moment.

– Si je pouvais au moins comprendre ce qui se passe dans la tête de ton père, grommela-t-elle. Je pourrais peut-être le faire changer d'idée.

– J'en doute, car je suspecte qu'un sorcier est à son service et que c'est lui qui lui souffle toutes ces idées insensées.

Orchelle relâcha Quihoit.

– J'ignorais qu'il connaissait des sorciers, avoua-t-elle.

– Je n'ai jamais vu le visage de cet homme, mais je l'ai vu à l'œuvre. Il a tué la plupart des guerriers du clan du massif de glace d'un seul coup lorsqu'ils ont voulu s'en prendre au roi.

– Vraiment ? Pourrait-il aussi faire du mal à mes enfants ?

– Ce n'est pas impossible.

– Mais pourquoi Zakhar se sent-il obligé de tout changer ?

– À mon avis, il caresse secrètement le rêve de devenir un humain.

– Quelle absurdité ! se fâcha Orchelle. Où sa fierté s'en est-elle allée ? Notre race est grandement supérieure à celles des humains ! Nous sommes forts et capables de survivre à n'importe quelle condition ! Même les dieux n'ont pas réussi à nous anéantir !

– Je sais déjà tout ça, mère, mais on dirait que père l'a oublié. Je ne sais plus quoi faire pour lui rendre son jugement.

– Ne te tourne pas vers moi pour l'influencer, Quihoit. Il y a longtemps qu'il ne m'écoute plus.

– Alors, la seule façon de sauver notre race et notre façon de vivre, ce serait de nous débarrasser de lui.

– L'assassiner ? Alors qu'il est protégé par un sorcier ?

– Il n'est pas nécessaire qu'il meure de la main d'un Aculéos. Il me suffirait de trouver un autre sorcier pour neutraliser le sien, puis de le jeter en bas de la falaise, comme il l'a fait avec Chésemteh.

– Quoi ? s'étonna la mère. Il m'a dit qu'elle était tombée…

– Il s'est débarrassé d'elle parce que vous lui étiez trop attachée et, si vous ne m'aviez pas protégé, j'aurais sans doute connu le même sort.

– Chésemteh est morte ? s'étrangla Orchelle.

– Personne ne le sait vraiment. Comme vous le dites si bien, nous sommes résilients. Peut-être a-t-elle survécu à sa chute.

– Pars avant que ton père te trouve ici, exigea-t-elle en le poussant vers la sortie de sa grotte.

– Je vengerai ma sœur et je sauverai notre peuple, promit Quihoit.

Le jeune Aculéos tourna les talons et remonta le tunnel qui menait à la surface avant que Zakhar découvre qu'il n'avait pas assisté à sa petite fête. Il se mêla aux autres et plissa le nez en humant l'air. Il ignorait ce qu'ils étaient en train de boire, mais l'odeur de l'alcool le répugnait.

Il poursuivit sa route en direction de la grotte qu'il s'était creusée quand il était enfant. À l'époque, ce n'avait été qu'un jeu, mais après que son père l'eut éloigné de ses femmes, elle était devenue sa nouvelle maison. Il venait à peine d'y pénétrer que Cipactli se faufilait dans ses bras pour lui arracher un baiser. Finalement, cette journée ne serait pas totalement perdue.

Ivre mort, car les bocks qu'Olsson avait offerts aux Aculéos n'avaient cessé de se remplir pendant plusieurs heures, Zakhar se rendit directement à son lit après la petite fête et dormit jusqu'au lendemain. Il se rappela alors que le sorcier avait convoqué les femmes pour leur expliquer comment confectionner des vêtements. « Il a intérêt à être là, car je n'ai aucune idée de ce qu'il faut faire », se dit-il en se lavant le visage. Il se rendit dans son hall et mangea en se réjouissant des progrès de sa race.

Une centaine de femelles de tous les âges arrivèrent peu de temps après. Elles étaient inquiètes, car jamais, dans toute l'histoire des Aculéos, le roi n'avait reçu de femmes dans la salle du trône. En fait, elles n'avaient jamais vu à quoi elle ressemblait.

Les femmes trouvèrent le roi assis sur son siège élevé et se prosternèrent devant lui.

— Laquelle d'entre vous est la plus habile à faire sécher les algues pour en tisser des pagnes ? demanda-t-il.

Elles se consultèrent du regard, puis pointèrent une jeune femelle.

— Approche, lui ordonna Zakhar. Quel est ton nom ?

— Eiram, murmura-t-elle, effrayée.

— Tu n'as rien à craindre, Eiram.

— Je suis derrière vous, murmura alors la voix du sorcier.

Zakhar était bien content qu'il soit arrivé, mais se garda de le laisser paraître.

— C'est toi que j'ai choisie pour faire la démonstration.

— Moi ?

— Je suis certain que tu t'en tireras fort bien.

Des pochettes de plastique tombèrent du plafond devant les femmes qui s'écrasèrent en position de défense, réaction instinctive de leur nature scorpionne.

– Ces enveloppes contiennent des patrons, des ciseaux et un ruban à mesurer, s'entendit dire le roi. Eiram, ouvre la tienne et retires-en le patron de la chemise.

Elle s'exécuta sur-le-champ.

– Pour réduire la difficulté, il s'agit d'un vêtement sans boutons. Il ne comprend qu'une pièce de devant et une pièce de derrière qui doivent être cousues ensemble.

Un gros rouleau de drap beige apparut et se déroula devant Eiram. Zakhar lui expliqua qu'elle devait déposer le patron dessus, le fixer avec des épingles et le découper. Étant donné qu'elle ne semblait pas comprendre ce qu'il exigeait d'elle, les épingles et les ciseaux s'animèrent, arrachant un murmure d'étonnement aux femelles. Le tissu fut promptement taillé, puis une aiguille sortit de l'enveloppe, suivie d'une bobine de fil. Celui-ci se glissa dans le chas de l'aiguille. Aussitôt, une main invisible se mit à coudre ensemble le devant et le derrière de la chemise.

– Je pourrai certainement arriver à faire ça, affirma Eiram.

– Le ruban à mesurer vous permettra de déterminer lequel des patrons vous devez utiliser pour chaque personne.

Grâce à sa magie, Olsson fit sortir le ruban de l'enveloppe. Il le colla dans le dos d'Eiram, la mesura d'une épaule à l'autre, puis flotta devant les yeux de la jeune femme. Le nombre obtenu se mit à briller devant ses yeux.

– J'ai bien compris.

– Pour le pantalon, il faut calculer de la taille aux chevilles.

– Est-ce la même chose pour les femmes ?

– Quand vous serez devenues habiles, vous recevrez des patrons de robes.

– Qu'est-ce que c'est ?

À la suggestion du sorcier, Zakhar pointa la main vers Eiram. Elle fut instantanément vêtue d'une robe droite toute simple, couleur sable, serrée sous les seins.

– Mettez-vous au travail et prenez autant d'enveloppes que vous pouvez en transporter. Offrez-les aux autres femmes qui n'ont pas pu assister à cette démonstration.

Encore un peu confuses, les femelles quittèrent le hall par petits groupes. Zakhar aperçut alors Orchelle, qui se tenait à l'autre extrémité de la salle.

– Pourquoi n'ai-je pas été invitée à cette réunion ? laissa-t-elle tomber.

– Je ne voulais pas que tu me fasses une scène devant tout le monde.

– Qu'as-tu encore inventé ?

– Nous allons fabriquer nos propres vêtements, dorénavant.

– C'est toi qui leur as montré comment faire ?

– Tu sais bien que je suis un homme aux mille talents. Quand tu auras envie de l'apprendre toi aussi, je t'enverrai Eiram.

Orchelle cracha sur le sol et se dirigea vers sa grotte en marmonnant. Zakhar éclata de rire, persuadé qu'elle lui jouait la comédie et qu'elle finirait par changer d'idée. De toute façon, il avait d'autres femmes qui pourraient vêtir ses enfants à la place d'Orchelle.

DOBROMIR

La Princesse Kharlampia avait passé toute la soirée à regarder tomber les flocons duveteux par la fenêtre de son salon avant de retourner s'allonger sur le sofa. Elle remonta la couverture jusqu'à son menton et soupira. Cet isolement forcé commençait à lui peser. Ses servantes n'entraient dans ses appartements que pour lui porter ses repas, prendre son panier de linge sale et placer ses vêtements propres dans sa penderie ou sa commode. Elles n'osaient même pas lui adresser la parole.

Le docteur Leinad avait pourtant affirmé à la princesse que Kennedy recherchait désormais un homme, alors pourquoi l'empêchait-on de sortir de chez elle ? Ce qu'elle regrettait encore plus, cependant, c'était de ne pas avoir pu se rendre auprès de la dépouille de sa mère pour lui dire au revoir. Elle ne savait même pas si ses funérailles avaient eu lieu. Pire encore, son père, le Roi Dobromir, ne lui parlait plus du tout.

De plus en plus déprimée, Kharla occupait son temps à lire et à rêver de liberté. Elle résistait aussi à la tentation d'emprunter les passages secrets pour aller rejoindre Skaïe dans son lit. Jamais elle n'avait éprouvé un si grand besoin de réconfort. Encore une fois, elle s'endormit au milieu de ses larmes.

Au matin, Kharla n'avala qu'une bouchée de son pain grillé recouvert de confitures aux cerises. Elle venait de porter la tasse de thé à ses lèvres lorsqu'elle entendit des cris de terreur à l'extérieur de ses appartements. Elle se précipita dans le vestibule et tenta d'ouvrir les grandes portes. Elles étaient verrouillées. Affolée, la princesse secoua les poignées jusqu'à ce que ses bras la fassent souffrir en exigeant qu'on la laisse sortir, puis recula, exténuée.

Puisque personne ne lui répondait, elle s'imagina les pires scénarios. Le tueur avait-il encore frappé? Les Aculéos avaient-ils réussi à déjouer la vigilance des Chevaliers pour se rendre jusqu'à la forteresse? Le barrage avait-il encore une fois cédé? Son père, le cœur brisé, s'était-il suicidé? Sa mère était-elle sortie de son cercueil pour se venger? «Voilà que je divague», paniqua Kharla.

Alors qu'elle se croyait abandonnée pour toujours, les portes s'ouvrirent et un constable poussa une servante à l'intérieur avant de les refermer sèchement.

— Colombe, que se passe-t-il? demanda Kharla en la reconnaissant.

— Venez vous asseoir, Votre Altesse, fit-elle en lui prenant doucement les mains et en la ramenant dans le salon.

— Ne me dis pas qu'un autre malheur nous a frappés...

Les jeunes femmes prirent place sur le sofa. C'est à ce moment que la princesse remarqua les larmes qui coulaient silencieusement sur les joues de la servante.

— De qui s'agit-il? souffla Kharla en pâlissant.

— C'est votre père...

— Que lui est-il arrivé?

— Je n'ai pas le droit de vous divulguer les détails de ce qui vient de se passer, mais je veux au moins que vous sachiez qu'il n'est plus.

Colombe éclata en sanglots. Kharla l'attira dans ses bras et l'étreignit en pleurant avec elle.

Quelques minutes plus tôt, dans les nouveaux appartements de Dobromir, Lizalie, une des jeunes servantes, avait jeté un œil dans la chambre du roi pour voir s'il dormait encore. Puisqu'il n'était plus là, elle était entrée pour ouvrir les rideaux et faire le lit. En tapotant les oreillers, elle avait alors remarqué que la porte de la salle de bain était entrouverte, mais qu'il n'en sortait aucun bruit. La servante allait donc pouvoir la nettoyer maintenant au lieu de revenir le faire plus tard.

Lizalie s'arrêta net sur le seuil en mettant les pieds dans l'eau. Elle baissa les yeux et vit qu'elle était rouge ! Effrayée, elle risqua un regard vers la baignoire et sentit ses cheveux se dresser sur sa tête. Le roi était couché dans son bain, la gorge tranchée.

La jeune femme sortit des appartements royaux en hurlant de terreur, alertant tous les domestiques du palais. Fédérica, la servante en chef, lui bloqua le passage dans le couloir et la saisit par les épaules.

– Le roi… le roi… hoqueta Lizalie. Dans son bain… C'est affreux…

– Ramenez-la immédiatement à sa chambre et calmez-la, ordonna Fédérica aux deux serviteurs qui se tenaient derrière elle. Faites appeler les constables et surtout, n'ébruitez pas cette nouvelle.

Une fois qu'ils eurent emmené la pauvre femme, elle poursuivit sa route jusqu'aux appartements de Dobromir, dont les portes étaient restées grandes ouvertes.

Elle remarqua aussitôt les traces de pas rougeâtres sur le tapis, sans doute ceux de Lizalie lorsqu'elle avait quitté précipitamment les lieux. Elle les suivit jusqu'à la salle de bain et constata le décès du roi.

Le visage du pauvre homme était blanc comme la neige. Fédérica retourna se poster à l'entrée pour attendre les constables et surtout pour empêcher les domestiques trop curieux de venir voir ce qui se passait. Kennedy arriva quelques minutes plus tard avec son équipe d'intervention.

– Où est-il ? demanda le chef de la police, profondément troublé.

– Dans son bain.

– C'est vous qui l'avez trouvé ?

– Non, c'est Lizalie, une femme de chambre. Je n'ai laissé passer personne depuis qu'elle est sortie d'ici en hurlant.

– Vous avez bien agi, Fédérica, merci. J'ai demandé au docteur Eaodhin de me rejoindre ici. Elle devrait arriver d'un instant à l'autre.

– Je la conduirai jusqu'à vous.

Les constables se mirent à ratisser toutes les pièces, à la recherche d'indices, tandis que Kennedy entrait dans la salle de bain avec le spécialiste des réflexus de la police. Pendant que celui-ci prenait des réflexus dans tous les angles, son chef enfila des gants de caoutchouc et ferma le robinet pour arrêter le filet d'eau qui continuait de couler dans la baignoire. Il plongea également le bras dans l'eau pour dégager le bouchon. La cause du décès était facile à constater : le roi avait la gorge tranchée d'une oreille à l'autre. « Prenait-il son bain lorsqu'il a été tué ? » se demanda Kennedy. « Ou a-t-il été déposé ici après le meurtre ? » Il promena son regard sur toute la pièce. Il n'y avait aucune éclaboussure de sang sur les murs. Toutefois, s'il y en avait eu sur le sol, l'eau les avait déjà fait disparaître. Rien ne semblait déplacé sur les tablettes, mais il était impossible de dire s'il y manquait quelque chose. Le docteur Eaodhin arriva en enfilant elle aussi des gants.

– Oh non, pas lui aussi… s'attrista-t-elle.

Elle se mit à genoux près de la baignoire et procéda à un examen préliminaire.

– Je ne vois aucune trace de lutte, déclara-t-elle, mais je vous le confirmerai après l'autopsie. Je vais aller préparer ma salle d'examen.

– Il sera à vous dans quelques minutes.

Eaodhin enleva ses gants et essuya une larme avant de quitter les constables. Kennedy fit entrer l'équipe de transport. Il conserva le silence tandis que le corps du roi était déposé dans une grande enveloppe en caoutchouc, puis sur une civière. Il observa ensuite le travail de l'équipe de techniciens qui passait la grande pièce au peigne fin. Il ne voulait pas sauter aux conclusions, mais l'absence d'arme tranchante près du corps indiquait au moins qu'il ne s'agissait pas d'un suicide.

Dès que l'examen des lieux fut terminé, Kennedy fit mettre un scellé sur les portes principales, comme il l'avait fait pour celles de la haute-reine. Il attendit que tous soient partis, puis longea le couloir jusqu'aux appartements de Kharlampia. Il se planta devant les constables qui en surveillaient l'accès.

– A-t-on laissé sortir la princesse depuis hier ?

– Non, monsieur. Nous avons suivi vos ordres à la lettre.

Kennedy avait demandé aux équipes de se relayer toutes les quatre heures pour éviter que la fatigue s'empare de ses hommes. Pour être bien sûr que la jeune personne n'avait pas profité d'un instant d'inattention de ses gardiens, il demanderait à ce que les vidéoxus du corridor soient étudiés.

– Ouvrez-moi, je vous prie.

Les constables le laissèrent entrer. Il trouva la princesse roulée en boule à un bout du sofa. Elle pleurait dans un mouchoir en dentelle tandis qu'une servante lui versait du thé. En s'approchant davantage, Kennedy constata que la nouvelle haute-reine tremblait de tous ses membres.

– On vous a donc déjà annoncé la nouvelle, soupira le policier.

– Comment est-ce arrivé ? hoqueta Kharla. Dites-moi que c'était un accident.

– Je crains que non. Toutes mes condoléances, Votre Altesse.

– S'agit-il du même assassin ?

– Nous n'en savons rien encore.

– Et puisque vous n'avez pas réussi à l'attraper, tout indique que je serai sa prochaine victime, n'est-ce pas ?

– Il semble en effet s'en prendre uniquement à la famille royale pour l'instant.

– Alors, je suis censée l'attendre docilement ici ?

– C'est de cela que je suis venu vous parler. Nous possédons quelques appartements sécurisés à plusieurs endroits différents dans la forteresse. Je vais vous conduire immédiatement à l'un d'eux et je reviendrai chercher vos affaires.

– Je vais commencer à les préparer, annonça la servante en s'éloignant.

– Je suis prête à vous suivre, répliqua la princesse, même si elle n'était pas très rassurée.

– Possédez-vous un vêtement à capuchon pour que nous cachions votre visage ? s'enquit Kennedy. Je ne voudrais pas que quelqu'un vous reconnaisse sur le chemin.

– Oui, bien sûr.

Kharla essuya une dernière fois ses yeux et alla fouiller dans ses armoires. Elle revint avec une longue cape rose.

– J'aurais préféré quelque chose de plus sombre, mais ça ira.

Il utilisa le stationarius sur la table pour demander à deux constables de le rejoindre afin de laisser sur place ceux qui étaient de garde devant les appartements de la princesse. Il était important de donner au tueur l'impression que sa prochaine cible s'y trouvait encore. Dès qu'ils furent arrivés, Kennedy fit passer Kharla devant lui. Les trois hommes formèrent un écran autour d'elle jusqu'à un ascensum privé que personne n'avait le droit d'utiliser sauf la police. Ils grimpèrent deux étages, puis longèrent un long couloir qui sortait du palais. Kennedy s'assura qu'il n'y avait personne ni d'un côté ni de l'autre, puis ouvrit la porte d'une vaste suite. Kharla passa devant lui. Ce n'était certes pas aussi luxueux que ses appartements, mais elle s'y sentait déjà mieux. Ils y entrèrent tous pour ne pas éveiller de soupçons.

– En ce qui concerne vos parents, nous garderons leurs corps à la morgue jusqu'à ce que nous puissions organiser des obsèques officielles auxquelles vous pourrez assister en toute sécurité.

– Je vous en remercie.

– Je ne posterai pas de constables dans le couloir pour ne pas attirer l'attention, mais sachez qu'il est truffé de détectors. Vous serez sous surveillance discrète nuit et jour. Si quelqu'un ose s'approcher de votre porte, une équipe d'intervention bondira à votre secours. Aussi, vous pouvez utiliser le bouton rouge sur le stationarius qui aura exactement le même effet.

– Merci, monsieur Kennedy. Et de grâce, trouvez cet homme avant qu'il ne frappe encore.

– Nous y mettons déjà tous les efforts nécessaires. Je reviendrai tout à l'heure avec vos affaires. Pour savoir qui se trouve de l'autre côté de votre porte, appuyez sur le bouton de ce muruscom.

Kennedy en fit la démonstration pour la princesse. Une image du mur opposé dans le corridor apparut tout de suite sur un petit écran carré.

– S'il s'agit d'une personne que vous ne connaissez pas, avertissez-nous sur-le-champ et, surtout, ne lui ouvrez pas.

– Bien compris.

– Si vous avez besoin de quoi que ce soit pour vous distraire, vous n'avez qu'à nous le dire.

– Pourrais-je voir Skaïe ?

– Pas pour l'instant.

– Colombe saura quoi mettre dans mes valises.

Kennedy comprit qu'elle lui demandait subtilement de partir. Il fit donc signe aux constables de passer devant lui et s'assura que la porte était bel et bien verrouillée avant de s'éloigner. Kharla vérifia qu'ils n'étaient plus là en utilisant le muruscom, puis enleva sa cape. Elle la jeta sur le sofa et fit le tour du nouvel appartement en frappant sur les murs pour découvrir si les passages secrets se rendaient jusque-là. Aucun d'eux ne lui sembla creux. Elle fouilla aussi chaque recoin de la bibliothèque pour s'assurer qu'elle ne pivotait pas. Kennedy avait raison : cet endroit était sûr. Elle s'allongea donc sur le sofa et se couvrit avec sa cape en attendant le retour de l'enquêteur.

Avant d'aller chercher les affaires de la princesse, Kennedy se rendit à l'immeuble de la police. Il entra dans la salle de surveillance où ses hommes passaient de nombreuses heures à épier sur leurs écrans les scènes que leur renvoyaient les détectors.

– Hudson ? appela-t-il.

– Ici, monsieur Kennedy, fit le constable en levant la tête.

– J'ai une mission pour vous, fit le chef en s'approchant.

– Je l'accepte déjà, monsieur.

– À partir de cet instant, vous surveillerez l'accès à la cachette numéro quatre et vous vous assurerez que vos remplaçants en fassent autant le soir et la nuit.

– À vos ordres, monsieur.

– Si quelqu'un ose toucher à la poignée de cette porte, vous devez tout de suite sonner l'alarme.

– Le même protocole s'applique-t-il si le réfugié essaie de sortir ?

– Oui, Hudson.

– Tout est bien clair, monsieur.

– Procédez.

Hudson se mit à pianoter sur son clavier afin d'aller chercher les données des détectors du couloir en question.

Kennedy poursuivit sa route jusqu'à Fuller, qui surveillait tous les mouvements de Skaïe.

– Dites-moi où était notre savant hier et aujourd'hui ? demanda-t-il.

– Aux laboratoires toute la journée, même pour le repas, que son collègue Odranoel lui a apporté. Il est rentré directement chez lui en soirée et ne s'est arrêté que dans le hall pour manger ce matin avant de retourner au travail. Il s'y trouve d'ailleurs encore en ce moment.

– Il n'aurait donc pas eu le temps de se rendre au palais pour commettre un meurtre et ensuite aller travailler ?

– D'aucune façon, monsieur. Je peux vous assurer qu'il ne s'est jamais approché du palais depuis que je l'ai à l'œil.

– Excellent. Continuez de le surveiller.

– Certainement, monsieur.

Kennedy se mit donc en route pour le palais en continuant de réfléchir à ce qui était en train de se produire à Antarès. Quelqu'un avait fait disparaître les dirigeants du royaume en quelques jours à peine. Pouvait-il s'agir d'un coup d'État ? Lorsqu'il arriva aux appartements de Kharlampia, Colombe déposa deux grosses valises devant lui.

– Voici les premières, lui dit-elle.

– Les premières ?

– Une princesse a besoin de beaucoup plus de choses que nous, monsieur.

– Combien y en aura-t-il ?

– Encore six.

– Je reviendrai, dans ce cas.

Kennedy alla les porter à Kharla en se disant qu'il n'aurait pas besoin de faire de l'exercice à la palaistra ce jour-là. Dès que tous les bagages royaux furent livrés, le policier se rendit à l'immeuble médical. La réceptionniste le vit passer devant elle et ne tenta même pas de l'arrêter. Elle savait très bien pourquoi il était là.

Le chef de la police poussa la porte de la salle d'autopsie, où le médecin venait de recoudre la poitrine du Roi Dobromir.

– Que pouvez-vous m'apprendre, docteur ?

– Il n'a porté aucun coup à son attaquant et n'en a reçu aucun. Il s'est sans doute endormi avant d'être tué, comme vous l'aviez pressenti. Je ne sais pas comment expliquer autrement qu'il ait eu la gorge tranchée sans se défendre.

– On dirait bien que nous avons affaire à un fantôme qui tue sans laisser aucune trace.

– Avez-vous retrouvé l'arme du crime ?

– Pas encore. L'assassin a dû l'emporter avec lui.

– Dans ce cas, ne cherchez pas un couteau ou un poignard. À mon avis, il s'agit plutôt d'une sorte de crochet acéré.

– Une faux ?

– C'est possible.

– J'en prends bonne note.

– Je vous ferai parvenir le rapport complet d'autopsie dès qu'il sera rédigé.

– Merci, docteur.

Il fit un pas vers la porte.

– Monsieur Kennedy ? le rappela le médecin.

Il se retourna en espérant qu'elle lui fournirait des indices supplémentaires.

– Je n'ai jamais travaillé pour la police et je ne prétends pas être un enquêteur, mais j'ai peur pour la vie de la princesse.

– Soyez sans crainte, docteur, elle est en lieu sûr.

– Merci.

Kennedy poursuivit sa route. Il avait encore fort à faire s'il voulait capturer le meurtrier.

LE COUPABLE

Pendant ce temps, à Einath, Wellan et Sierra poursuivaient leur enquête sur le rôle qu'avait joué le Prince Lavrenti dans le meurtre de sa mère alors qu'il était censé se trouver à la chasse avec son futur beau-père.

Puisqu'ils étaient rentrés très tard au château, le Conseiller Layne avait offert aux deux Chevaliers d'y passer la nuit. Les constables étaient toujours dans la forêt à tenter de comprendre comment le Roi Iakov et ses amis avaient trouvé la mort. Wellan et Sierra le savaient déjà, mais ils ne voulaient surtout pas nuire à l'enquête.

Sierra avait ouvert la fenêtre de la chambre pour laisser entrer l'air salin. Épuisée, elle s'était endormie en posant la tête sur son oreiller.

Pour Wellan, ce fut une tout autre affaire. Cependant, son insomnie n'avait rien à voir avec leur macabre découverte quelques heures plus tôt. Il était hanté par de très vieux souvenirs. Dans son monde, là où s'élevait le palais d'Einath, s'étaient déroulés les événements les plus troublants de toute l'histoire d'Enkidiev.

Incapable de dormir, Wellan se leva et sortit sur le balcon pour contempler les rayons de la lune sur les vagues. Sierra lui avait dit que de tous les pays d'Alnilam, Einath était celui qui avait tenu à préserver les anciennes traditions. Ce château était le plus bel exemple de sa résistance. Même s'il était éclairé et chauffé à l'électricité, il avait conservé sa chaleur humaine. « Il n'a jamais connu la guerre comme la forteresse de Zénor », songea l'ancien soldat. Il se demanda si, de l'autre côté de l'océan, se trouvait un continent comme Irianeth et qui l'habitait. Il se mit ensuite à penser aux siens qui étaient sans nouvelles de lui. « Ont-ils perdu espoir de me revoir un jour ? »

Il retourna s'allonger sur son lit, de plus en plus déprimé.

« Et si j'arrive à rentrer chez moi, qu'est-ce que j'y ferai ? Rien d'excitant ne m'y attend. J'ai déjà exploré les continents d'Enkidiev et d'Enlilkisar… » Il avait déjà quitté sa famille pour vivre sa vie d'adulte. Il n'avait pas d'amoureuse ni de maison à lui. « Ici, tout est si nouveau, si excitant… »

Il pourrait redevenir soldat jusqu'à ce que les Chevaliers d'Antarès repoussent une fois pour toutes les Aculéos chez eux. Ensuite, il serait libre d'explorer tous ces pays qu'il n'avait pas encore vus. « Et après ? » se découragea-t-il. Il ne trouva le sommeil que plusieurs heures plus tard, lorsque la fatigue eut raison de son esprit hyperactif.

Au matin, il s'efforça de ne pas montrer son accablement moral à Sierra. Il fit sa toilette, nettoya magiquement leurs vêtements et suivit la commandante jusqu'au grand hall, où les attendaient la Reine Féodora et le Conseiller Layne. Vêtue de noir, la souveraine leur fit signe de s'asseoir devant elle.

– Veuillez pardonner l'absence de mes enfants, le Prince Maksim et les Princesses Militsa et Marianna, fit la souveraine. Ils ne se sentaient pas capables de se joindre à nous.

– C'est tout à fait compréhensible, madame, répliqua Sierra. Vous êtes très courageuse de nous recevoir, ce matin.

– Je me devais de remercier ceux qui ont trouvé mon mari. Personne d'autre ne semblait se préoccuper de sa longue absence.

– Nous ne faisions que suivre ses ordres, Votre Majesté, précisa Layne.

– Je ne comprends toujours pas comment vous avez su que quelque chose lui était arrivé, poursuivit bravement Féodora.

– En réalité, nous sommes à la recherche du Prince Lavrenti afin de l'interroger au sujet de l'assassinat de la haute-reine.

– Agafia est morte ? s'horrifia-t-elle.

– Je regrette de vous l'apprendre ainsi.

– Et vous croyez que son fils a quelque chose à voir avec ce meurtre ?

Sierra conserva le silence.

– J'ai failli donner la main de ma fille à un assassin ?

– Je ne peux pas l'affirmer pour l'instant.

– Nous ne nous sommes jamais méfiés de lui, avoua Layne. Lavrenti était si courtois et si bien élevé.

– Avant de repartir à sa recherche, pourrais-je m'entretenir avec vos médecins légistes ?

– Je vous y invite. Mais prenez le temps de manger. Le Conseiller Layne vous conduira ensuite au quartier médical. Commandante, lorsque vous aurez appréhendé Lavrenti, j'aimerais en être informée, je vous prie.

– Je m'en chargerai moi-même, Votre Majesté.

Layne aida la reine à quitter le hall. De plus en plus pâle, elle s'appuya sur son bras. Wellan et Sierra les regardèrent disparaître dans le couloir avant de goûter à l'excellente cuisine du château. La guerrière garda le regard baissé sur son assiette. Son esprit tournait à plein régime.

– Je ne comprends pas pourquoi Lavrenti agit ainsi, laissa-t-elle finalement tomber. Je le connais depuis longtemps. Il est séducteur et insistant, mais je n'ai jamais senti de méchanceté en lui. En fait, c'était surtout un enfant gâté.

– Peut-être que la décision de ses parents de l'envoyer à Einath lui a déplu.

– Mais ça n'explique pas la sorcellerie…

Tel que promis, Layne revint les chercher dans le hall.

– Resterez-vous pour les funérailles demain ? s'enquit-il.

– Je regrette, mais nous devons suivre la piste de Lavrenti pendant qu'elle est encore fraîche, s'excusa Sierra. Veuillez transmettre nos condoléances à la famille royale.

– Comptez sur moi.

Le conseiller conduisit les soldats à la porte de la salle d'autopsie, où il les abandonna, car il ne voulait absolument pas y mettre les pieds. Sierra le remercia et entra. Wellan la suivit à l'intérieur en plissant le nez. Il y régnait de fortes odeurs auxquelles il n'était pas habitué. Les deux médecins vinrent à leur rencontre. Ils portaient encore leur longue blouse blanche.

– Nous avons été avertis de votre visite, leur dit l'homme. Je suis le docteur Ermengard et voici ma collègue, le docteur Romélie.

Sierra les salua de la tête.

– Que pouvez-vous me dire jusqu'à présent ? demanda-t-elle.

– Nous n'avons jamais eu à examiner autant de corps en si peu de temps et notre rapport est loin d'être final, mais nous pouvons déjà affirmer que le roi et ses compagnons sont morts par strangulation.

– Ce que nous n'arrivons pas à nous expliquer, intervint le docteur Romélie, c'est l'absence de marques sur leur cou alors que leur trachée a été complètement écrasée.

– Plus incroyable encore, ils semblent avoir tous perdu la vie au même moment. Nous pourrons certainement vous en dire plus dans quelques jours.

– Merci beaucoup.

Sierra et Wellan quittèrent les médecins légistes et interceptèrent un serviteur afin qu'il leur dise où se trouvaient les quartiers de la police d'Einath. Puisqu'ils se situaient à une dizaine de minutes du château, ils s'y rendirent à pied, profitant de l'air tiède du pays. Ils entrèrent dans une grande tour. Wellan marchait dans l'ombre de la guerrière, silencieux et songeur. La réceptionniste fit tout de suite appeler son patron. Un homme aussi imposant que Wellan, à la chevelure argentée, vêtu de façon classique, émergea du couloir.

– Je suis l'inspecteur Praxède, se présenta-t-il.

– Sierra, grande commandante des Chevaliers d'Antarès, et voici Wellan, chef des Chevaliers d'Émeraude.

– C'est donc vous qui avez découvert le corps du roi.

– Malheureusement. J'aurais aimé que nous le retrouvions vivant.

– Que puis-je faire pour vous, commandante ?

– Nous sommes à la recherche du Prince Lavrenti. Vous n'auriez pas trouvé son corps aussi, par hasard ?

– Nous n'avons trouvé aucune autre victime et nous avons étendu nos recherches bien au-delà de la forêt. Encore plus troublant, celui qui a tué ces pauvres hommes n'a laissé aucune trace sur le sol détrempé. C'est comme s'il s'était envolé. Nous sommes incapables d'expliquer ce qui a bien pu se passer.

Praxède voulut leur faire visiter le poste de police, mais Sierra lui expliqua qu'elle était pressée. Elle lui serra la main et retourna au château avec Wellan.

– Tes conclusions ? demanda-t-elle en marchant près de lui.

– De la sorcellerie pure et simple.

– Mais Lavrenti ne possède aucune magie.

– Dans ce cas, il a été ensorcelé.

– Depuis que tu es arrivé à Alnilam, il ne cesse de se produire des événements comme on n'en a jamais vu.

– Sinon, comment expliques-tu qu'une dizaine d'hommes soient morts exactement en même temps, étranglés d'un seul coup par un tueur qui n'a laissé aucune marque sur leur corps et aucune trace sur le sol ?

– Je ne l'explique pas, justement. Tu as sans doute raison, mais je n'aime pas ça.

– Prête à rentrer à Antarès ?

– Allons chercher nos affaires.

Wellan lui prit la main et la transporta instantanément dans leur chambre.

– Ce moyen de transport va vraiment me manquer quand tu seras reparti chez toi, soupira-t-elle.

Sierra jeta ses sacoches sur son épaule, mais recula lorsque l'Émérien voulut lui reprendre la main. Elle lui demanda plutôt de la suivre dehors. Ils sortirent dans la grande cour, puis quittèrent la forteresse avant d'en contourner les murailles. Sierra s'avança sur l'interminable plage de galets, puis se retourna pour observer la réaction de Wellan. Il s'était immobilisé, le regard perdu au loin.

Même si son prisonnier lui avait raconté de nombreux épisodes de sa vie, Sierra ne pouvait pas deviner ce qui se passait dans sa tête. Puisqu'ils ne mettraient que quelques secondes pour se rendre à leur prochaine destination, elle lui laissa tout le temps qu'il voulait pour aller au bout de ses pensées.

– J'ai affronté tellement d'hommes-insectes et de dragons, ici, murmura-t-il.

– Votre champ de bataille, c'était la plage au bord de l'océan ?

– Sur toute la côte. L'ennemi habitait un autre continent directement devant nous.

– Je ne me suis jamais intéressée à la géographie du reste de la planète, mais il me semble que nous en avons un aussi au même endroit.

– Tu ne sais donc pas qui l'habite ?

– Non, mais nous nous renseignerons à Antarès, si tu le désires. Toutefois, ne t'attends pas trop à ce que ce soit comme chez toi.

– Je l'espère bien, parce que vous n'aimeriez pas ça du tout.

Il lui tendit encore la main. Cette fois, Sierra s'approcha et glissa les doigts entre les siens. Ils se retrouvèrent dans la chambre que Wellan avait occupée à la forteresse d'Antarès. Ils déposèrent leurs effets sur le lit.

– Comment expliquerons-nous aux constables que nous sommes rentrés aussi rapidement, et sans que personne nous voie franchir les portes de la muraille, en plus ? s'inquiéta-t-il.

– S'ils nous questionnent à ce sujet, laisse-moi répondre, d'accord ? Je n'aime pas mentir, mais j'inventerai quelque chose qui contentera tout le monde.

Ils utilisèrent l'ascensum pour descendre au rez-de-chaussée et remontèrent l'avenue jusqu'à l'immeuble de la police.

– Celui qui a pensé à relier tous ces bâtiments en couvrant les rues est un génie, lâcha Wellan.

– C'était bien avant ma naissance, expliqua Sierra. Cette personne ne devait pas aimer les intempéries.

Sierra n'avait pas souvent eu à travailler en collaboration avec la police d'Antarès. Le rôle de cette dernière était de faire régner l'ordre dans la forteresse, alors que celui des Chevaliers était d'assurer sa défense sur le front. Elle dut donc demander à un des constables de les conduire, Wellan et elle, jusqu'au bureau de Kennedy.

En les voyant approcher, ce dernier bondit de sa chaise comme si une abeille l'avait piqué.

– Commandante ? s'étonna-t-il.

– Une jeune servante a réussi à se rendre jusqu'à moi sur le front.

– Camryn.

– C'est exact. Elle m'a révélé le nom du meurtrier de la haute-reine.

– De qui s'agit-il ?

– Vous feriez mieux de vous rasseoir, monsieur Kennedy.

Tandis que le policier reprenait place sur son fauteuil, Sierra et Wellan s'installèrent dans les bergères devant son bureau.

– C'est le Prince Lavrenti.

– Mais c'est impossible. Mes hommes l'ont escorté jusqu'à Einath, où il doit épouser incessamment l'une des princesses. Et s'il était revenu à Antarès, quelqu'un l'aurait forcément vu et m'aurait rapporté sa présence.

– Camryn l'a bel et bien reconnu. Mais il y a pire encore. Il y a plusieurs jours, il est parti à la chasse avec le Roi Iakov et son entourage. On vient de les retrouver étranglés dans la forêt.

– Sauf Lavrenti… devina Kennedy.

– C'est exact. Leur mort remonte assez pour que le prince ait eu le temps de revenir par ici.

– Incognito ?

– C'est ce que j'aimerais bien savoir.

– Ce serait donc lui qui aurait également tué le Roi Dobromir, murmura Kennedy, dont le cerveau de policier étudiait déjà tous ces nouveaux faits.

– Le roi ? s'exclamèrent en chœur Wellan et Sierra.

– Il a été retrouvé dans son bain ce matin, la gorge tranchée.

– Camryn a vu Lavrenti dans les passages secrets, lui apprit la commandante. Il doit sans doute encore s'y trouver.

– Des passages secrets ? On ne m'en a jamais parlé et ça fait plus de vingt ans que j'occupe ce poste ! s'insurgea le policier.

– À mon avis, ils ont dû être construits par les premiers monarques d'Antarès dans la plus grande discrétion afin de leur servir de sortie de secours en cas de danger.

– Et une fillette connaissait leur existence ?

– Vous savez comment sont les enfants, l'excusa Sierra. Quand ils jouent, ils fouillent partout.

– La petite vous a-t-elle révélé leur entrée ?

– Non, mais je ne le lui ai pas demandé non plus.

Kennedy appuya sur un bouton à la base de son stationarius.

– Allez chercher Théophanie, la mère de la petite Camryn, ordonna-t-il.

Il reporta son attention sur les Chevaliers.

– Elle n'en sait peut-être rien, l'avertit Sierra.

– Si je peux éviter d'employer la moitié de mes hommes pour localiser ces passages, je serai bien content. Mais maintenant que je sais qu'ils existent, j'en déduis que Lavrenti, si c'est bien lui l'assassin, peut aller où il le désire sans être vu.

– J'étais en train de me dire la même chose, avoua Sierra.

– Et s'il a tué son père et sa mère, il est fort possible que sa sœur soit sa prochaine cible. Peu importe où nous la cacherons dans la forteresse, ces passages secrets lui permettront de se rendre jusqu'à elle.

– Elle est en danger si vous la gardez ici, monsieur Kennedy.

– Nous pourrions la faire conduire sur une ferme au milieu de nulle part.

– Je connais un endroit où personne ne pensera à la chercher.

– Loin d'ici ?

– Je préfère ne pas en parler, au cas où les murs auraient des oreilles.

– Vous avez raison, admit Kennedy. À la lumière de ce que je viens d'apprendre, je vous invite même à la sortir d'ici dans les plus brefs délais. Vous devez faire l'impossible pour la garder en vie jusqu'à ce que le tueur soit enfin derrière les barreaux. Elle est notre nouvelle haute-reine, vous savez.

– J'en suis parfaitement consciente. Pouvez-vous nous faire conduire jusqu'à elle ?

– Je ferai mieux encore. Je vais vous y mener moi-même.

Kennedy se leva et invita les Chevaliers à le suivre.

Pendant tout cet entretien, Wellan n'avait pas prononcé un seul mot. Il avait écouté la conversation, mais s'était également employé à sonder les alentours, à la recherche de Lavrenti. Sierra l'avait deviné et, tandis qu'ils marchaient tous les deux derrière le policier, elle interrogea l'Émérien du regard. Wellan se contenta de secouer la tête, ce qui rassura la commandante.

LE REFUGE

Puisqu'il ignorait que Wellan n'avait pas senti la présence de Lavrenti dans les parages, Kennedy emprunta un grand nombre de détours avant de se rendre aux nouveaux quartiers de la princesse. Lorsqu'il arriva devant sa porte, il frappa quelques coups et attendit que la jeune femme l'ouvre, même s'il en possédait la clé. Kharla recula pour laisser entrer Kennedy et les deux personnes qui l'accompagnaient.

– Mais… s'étrangla-t-elle, étonnée.

Le policier referma vivement la porte derrière Wellan.

– Avez-vous été rappelée du front pour enquêter vous aussi sur la mort de mes parents, commandante ?

– Non, Votre Majesté, répondit Sierra.

– Votre Majesté ?

– Vous devez savoir que vous êtes désormais la haute-reine d'Antarès.

– J'imagine que oui, mais je n'ai pas vraiment eu le temps d'y penser.

– C'est le travail de monsieur Kennedy de rassembler les indices et de retrouver l'assassin. Mon rôle consiste maintenant à m'assurer que vous ne deviendrez pas sa prochaine victime. Je vais donc vous conduire loin d'ici, où vous serez hors de sa portée.

Sierra se tourna vers le policier.

– Vous pouvez nous laisser, maintenant. Il est préférable que vous n'en sachiez pas plus.

– Vous avez raison. Merci pour tout.

Kennedy quitta l'appartement en refermant silencieusement la porte.

— Où m'emmenez-vous ? s'inquiéta Kharla.

— Dans un lieu sûr que je ne peux pas révéler, pour votre propre sécurité.

— Oui, vous avez raison. Je vais aller préparer mes affaires.

— Il est préférable que vous n'apportiez rien avec vous, intervint finalement Wellan.

— Mais mes vêtements et mes produits d'hygiène ?

— Tout vous sera fourni sur place, tenta de la rassurer Sierra.

— Si le meurtrier découvre ces appartements et qu'il y trouve tous vos effets, il croira que vous êtes encore à la forteresse et il ne pensera pas à vous chercher ailleurs, poursuivit l'Émérien.

— Je me souviens de vous ! s'exclama Kharla. Vous êtes Wellan, l'homme venu d'ailleurs. La commandante vous a présenté à la famille royale durant le répit.

— C'est bien moi. À votre service, Votre Majesté.

— Je ne pouvais pas demander de meilleurs défenseurs.

L'ancien soldat lui tendit la main et offrit l'autre à Sierra. Ils se retrouvèrent d'abord dans la chambre de Wellan, où celui-ci voulait aller chercher les sacoches de selle.

— Mais que vient-il de se passer ? s'effraya la nouvelle reine en se frictionnant les bras.

Sierra déroula sa cape et la mit sur les épaules de Kharla.

— Wellan est un magicien. Il possède le pouvoir de se déplacer où il le désire en un battement de cil.

— Comme les sorciers ?

— Oui, sauf qu'il n'en est pas un, je vous le jure.

— Je vous expliquerai la différence entre les deux lorsque nous aurons atteint notre destination, promit Wellan.

Les Chevaliers se penchèrent sur le lit pour ramasser leurs bagages.

– Et où allons-nous ? chuchota Wellan.

– Chez les Chimères, souffla Sierra.

– Tout de suite, madame.

Il se tourna vers Kharla.

– Prête ?

– C'est maintenant ou jamais, soupira-t-elle, inquiète.

– Je vous jure que vous n'avez plus rien à craindre.

Ses sacoches suspendues à son épaule, Wellan saisit la main des deux femmes et les transporta aussitôt au nord d'Antarès, dans la forêt que gardaient les soldats d'Ilo.

Sierra prit les devants et conduisit le petit groupe jusqu'au campement des Chimères. Slava sortit brusquement d'entre les arbres, ce qui fit sursauter Kharla.

– Heureux de te revoir, commandante !

– Moi aussi, Slava.

Le trio poursuivit sa route jusqu'aux nombreux feux entre les rangées bien cordées de tentes sombres. Il ne restait plus que Méniox sur place.

– Vous tombez bien ! s'exclama-t-il. J'ai des restes !

– Et nous mourons de faim, répliqua Sierra, amusée.

– Qui est la recrue ?

– Une orpheline qui a besoin d'un refuge temporaire où rien ne pourra lui arriver.

– Alors, elle est au bon endroit.

– Je vais lui procurer des vêtements plus convenables, puis je la ramènerai pour qu'elle puisse manger avec nous.

Pendant que Sierra continuait avec Kharla vers la tente qu'elle partageait avec Ilo, Wellan s'installa près de Méniox. Celui-ci lui servit une écuelle de riz frit au poulet.

Après quelques bouchées, l'ancien soldat exprima sa satisfaction par un large sourire.

– Tout ce que tu cuisines est divin, avoua Wellan.

– Comme tu le sais déjà, quand on met de la passion dans ce qu'on fait, on obtient toujours des résultats extraordinaires.

– S'est-il produit quelque chose depuis notre départ ?

– Rien du tout. C'est le calme plat. Mais Ilo ne veut courir aucun risque. Il a intensifié l'entraînement des Chimères après que les Salamandres ont été attaquées.

Dans la tente d'Ilo, Sierra fouilla dans son coffre pour en ressortir quelques-uns de ses vêtements de rechange. Elle se retourna vers Kharla et déposa sur ses bras un pantalon et un débardeur noirs ainsi qu'une paire de bottes en cuir.

– Ces toiles sont-elles imperméables ? demanda la princesse en regardant le plafond d'un air hésitant.

– Ni la pluie ni la neige ne peuvent les traverser et elles ne laissent pas non plus s'échapper la chaleur.

– Vous voulez que je m'habille comme un soldat ?

– C'est la meilleure façon de passer inaperçu dans un campement de Chevaliers. Venez, je vais vous conduire à la tente de Wellan que vous pourrez occuper, car il repartira avec moi plus tard aujourd'hui.

Kharla la suivit docilement, mais l'inquiétude grandissait sur son visage.

– Vous pourrez utiliser son coffre, son lit et ses couvertures, indiqua Sierra en entrant dans l'abri de l'Émérien. Prenez le temps de vous changer, je vous attends dehors.

– Merci, commandante.

Sierra sortit de la tente et monta la garde devant l'entrée. Elle en profita pour préparer ce qu'elle dirait à Ilo au sujet de cette nouvelle responsabilité qu'elle lui imposait. Lorsque Kharla fut enfin prête, elle rejoignit la commandante, vêtue comme tous ses soldats.

– Vous avez fière allure, la complimenta-t-elle.

– Merci. Dois-je taire mon identité ?

– Ce serait préférable. Auriez-vous objection à ce que les Chimères vous tutoient ?

– Si vous croyez que c'est nécessaire.

– Vous devrez les tutoyer vous aussi.

– Alors, oui, je l'autorise.

– Parfait. Allons manger, maintenant.

Sierra la fit asseoir entre Wellan et elle devant le feu.

– Je m'appelle Méniox, se présenta le cuisinier en lui tendant une écuelle. Et toi ?

– Kharla.

– Bienvenue chez les Chimères, Kharla.

– Suis-je vraiment sur le front ?

– Oui, mais tu n'as absolument rien à craindre.

– Méniox, va chercher Ilo et sois discret, lui ordonna Sierra.

– Tout de suite, commandante.

Kharla se mit à manger, incapable toutefois de maîtriser sa nervosité.

– Tu seras protégée par les meilleurs soldats d'Alnilam, la rassura encore une fois Sierra. Et je suis certaine que la vie de campement finira par te plaire.

– Elle dit vrai, l'appuya Wellan.

– Merci d'être aussi gentils avec moi.

– Notre premier devoir de Chevaliers, c'est de nous assurer que la haute-reine reste en vie.

Ilo revint alors seul du champ d'entraînement et aperçut la princesse qu'il ne reconnut pas, puisqu'elle était vêtue comme un simple soldat.

– Quoi encore ? grommela-t-il.

– Je t'en prie, assieds-toi et écoute-moi, exigea Sierra.

– Je dirige un campement militaire, pas un refuge.

– Ilo, je te présente la Princesse Kharlampia d'Antarès.

L'Eltanien arqua un sourcil avec incrédulité.

– Le Roi Dobromir et la Haute-Reine Agafia ont été assassinés et tout porte à croire que la princesse est la prochaine cible du tueur. C'est pour cette raison que je l'ai emmenée ici. Je sais que tu peux la protéger mieux que quiconque.

– Veuillez pardonner la froideur de mon accueil, Votre Altesse, s'excusa Ilo.

– Je vous comprends d'être prudent, affirma Kharla.

– Vous êtes la bienvenue chez mes Chimères.

– Pour sa sécurité, personne ne doit savoir qu'elle est ici, l'avertit Sierra. J'ai dit à Méniox qu'elle était une orpheline qui avait besoin d'un abri temporaire. La princesse a accepté qu'on l'appelle Kharla et qu'on la tutoie.

– Dans ce cas, je veillerai à ce que tous mes Chevaliers le fassent aussi sans leur révéler ton identité.

– Vous… tu es bien généreux.

L'Eltanien fit alors signe à Sierra de le suivre plus loin. Celle-ci laissa donc Kharla sous la surveillance de Wellan et marcha dans le campement avec son amant.

– Pourquoi amènes-tu tous ces gens ici ? chuchota-t-il.

– Parce que c'est la seule division où ils ne seront pas traumatisés. Crois-tu vraiment que je pourrais confier la princesse aux Manticores ou aux Salamandres ?

– Et les Basilics, eux ?

– Vous êtes les moins intimidants, Ilo.

– Combien de temps devrai-je la garder dans mon campement ?

– Jusqu'à ce que la police capture enfin Lavrenti. Je t'en prie, sois conciliant et ménage-la.

– Peux-tu au moins ramener Camryn à la forteresse ?

– Je préférerais qu'elle reste ici pour tenir compagnie à Kharla jour et nuit. D'ailleurs, où est-elle, en ce moment ?

– À l'entraînement avec tout le monde.

– Est-ce que tu oublies qu'elle n'a que douze ans ?

– Et le pire caractère qu'il m'ait été donné de rencontrer, à part le tien, évidemment.

– Fais attention à ce que tu vas dire, Ilo d'Eltanine.

– Elle a tout ce qu'il faut pour devenir une Manticore. Moi, je dirige une armée de soldats disciplinés qui savent ce qu'est le respect.

– Dès que Camryn se consacrera à la princesse, elle cessera de t'embêter. Je te le promets. Es-tu encore fâché contre moi ?

– Non. J'ai bien réfléchi à ce qui s'est passé entre nous et j'en suis venu à la conclusion que ce ne sont que des enfantillages.

– Je suis contente de te l'entendre dire.

– As-tu l'intention de rester longtemps ?

– Non. Je dois me rendre chez les Basilics. Mais avant, je veux parler aux Chevaliers de ton campement. En ce qui concerne tous ceux que tu as disséminés sur la frontière, tu pourras leur répéter mes paroles après mon départ.

– Très bien. Je les ferai réunir ici même à la fin du jour.

Wellan avait observé Sierra et Ilo jusqu'à ce qu'ils disparaissent dans la forêt. Il avait compris sans qu'on le lui précise qu'il devait temporairement jouer au garde du corps. C'était aussi son devoir de délivrer la princesse de son inquiétude.

– Je sais bien que ce n'est pas le confort auquel tu es habituée, lui dit-il, mais le grand air est bon pour la santé.

– Surtout que j'ai passé toute ma vie enfermée dans la forteresse. Je comprends ce que vous faites pour moi, mais je ne trouve pas très digne qu'une haute-reine commence son règne en prenant ainsi la fuite.

– Tu as parfaitement raison, mais tu ne régneras pas longtemps si tu te fais tuer.

– Pendant que nous sommes en tête à tête, peux-tu me dire d'où tu viens vraiment, Wellan ?

– Dans l'univers, plusieurs mondes se chevauchent. Je suis tombé du mien dans le tien par accident et je cherche la façon de rentrer chez moi.

– Est-il possible que tu n'y parviennes jamais ?

– Oui, c'est possible.

– Si cela devait arriver, je ferai de toi un citoyen d'Antarès sans hésitation.

Lorsqu'il vit Sierra réapparaître avec Ilo, Wellan décida de ne pas gâcher la bonne entente qui semblait être revenue entre eux. Il attendit que le couple prenne place devant les flammes et demanda à être excusé. La commandante lui fit signe qu'il pouvait partir. Wellan se dirigea donc vers le sentier qui menait à la falaise. En regardant où il mettait les pieds, il se demanda si Cercika avait continué à développer son potentiel magique. Il releva la tête et vit justement la Chimère qui venait à sa rencontre.

– Ton visage est apparu dans mes pensées et j'ai su que tu n'étais pas très loin, avoua-t-elle.

– En effet, j'arrive à peine chez les Chimères, mais nous ne pourrons pas rester très longtemps.

– Puis-je marcher avec toi ?

– J'allais te le demander.

Ils se rendirent côte à côte au canal de Nemeroff.

– Te souviens-tu de tes dernières visions ? demanda Wellan.

– Oh que oui.

– Sont-elles devenues plus claires ?

– Après ton intervention magique dans ma tête, je me suis mise à en avoir d'autres. Je vois de grandes batailles qui opposent tellement d'adversaires différents que j'ai de la difficulté à savoir qui est allié avec qui.

– En vois-tu la conclusion ?

– Pas encore, malheureusement, mais j'imagine que ça viendra.

– La vision que tu as eue au sujet du poignard et du Prince Lavrenti a fini par se réaliser, sauf que ce n'est pas contre lui que l'arme était dirigée. Il s'en est servi pour tuer, alors tout ce que tu pourras me dire à son sujet m'intéressera vivement.

– Et si j'ai d'autres révélations sur lui, comment pourrai-je te les communiquer ?

– À l'aide de tes facultés télépathiques, comme je te l'ai enseigné.

Pendant que Wellan continuait de bavarder avec Cercika, Camryn revenait au campement, exténuée. Elle avait accepté volontiers de participer aux entraînements des Chimères, car son plus grand désir était de devenir Chevalier, mais elle ne possédait pas encore leur endurance physique. En apercevant Sierra assise au feu en compagnie d'Ilo, toute la fatigue de la fillette s'envola et elle hâta le pas.

– Tu es revenue ! s'exclama-t-elle en lui sautant dans les bras.

– Ce n'est pas un comportement digne d'un Chevalier d'Antarès, demoiselle, l'avertit aussitôt l'Eltanien.

– Pardonne-moi.

Elle recula de quelques pas et se donna des airs de grande personne.

– Nous apportes-tu de bonnes nouvelles, commandante ?

– Je crains que non, Camryn. Nous n'avons pas encore capturé Lavrenti, alors nous devons garder l'œil ouvert.

– Bien compris.

– En plus d'avoir assassiné la haute-reine, nous le soupçonnons d'avoir aussi tué le roi d'Antarès et celui d'Einath.

L'enfant porta les mains à sa bouche pour étouffer un cri d'horreur. Ilo, à qui Sierra avait déjà tout raconté, demeura de glace.

– J'ai dû faire sortir la princesse de la forteresse pour lui épargner le même sort. Je l'ai mise en lieu sûr, mais personne ne doit savoir où elle se trouve.

– Ça va de soi.

– Je vais maintenant te confier une mission ultra importante. Je veux que ce soit toi qui t'occupes d'elle. Elle ne devra manquer de rien et surtout elle ne devra pas perdre courage. Personne ne pourra savoir qu'elle est un personnage royal. Tu devras l'appeler Kharla et absolument jamais Votre Altesse ou Votre Majesté.

– D'accord. Où est-elle ?

– Derrière toi.

– Quoi ?

Camryn fit volte-face et aperçut la princesse déguisée en Chevalier.

– Je ne vous avais pas reconnue ! s'exclama-t-elle.

– Et tu devras aussi la tutoyer, ajouta Sierra.

– Ça ne sera pas facile, mais j'y arriverai.

L'enfant alla s'agenouiller près de la nouvelle haute-reine et lui prit les mains.

– Je te fais la promesse que rien ne t'arrivera tant que je veillerai sur toi.

– Tu es la petite fille la plus brave que je connaisse.

– Tu n'as encore rien vu.

Camryn se mit alors à lui réciter tous les règlements du campement des Chimères.

– Et moi qui croyais qu'elle n'écoutait pas un seul mot de ce que je lui disais, lâcha Ilo à l'intention de Sierra.

À la fin de la journée, les Chevaliers furent convoqués dans une grande clairière en retrait des ruines où les tentes se dressaient. Tout au centre, Wellan alluma un feu magique dont les flammes ne cachèrent la vue de personne, mais qui répandit une bienfaisante chaleur sur toute l'assemblée.

Puisque Méniox n'aurait jamais eu le temps de préparer un repas pour autant de soldats, Wellan calma les estomacs en faisant apparaître devant chacun une assiette chargée de gratin aux pâtes, aux languettes de porc et aux courgettes, en plus de paniers de petits pains chauds qu'il trouva à la forteresse.

Sierra vit alors approcher Kharla, que Camryn tenait par la main. Elle semblait beaucoup moins perturbée qu'à son arrivée chez les Chimères.

– Vous pouvez continuer de vous rassasier pendant que je vous parle, annonça la grande commandante.

– Nous ne pouvons pas t'entendre derrière ! cria Urkesh, assis dans la dernière rangée.

Wellan appuya la main dans le dos de Sierra pour lui transmettre un sort d'amplification de la voix.

– Essaie encore, lui chuchota-t-il.

– Est-ce que tu m'entends maintenant, Urkesh ?

– Haut et fort !

– Alors, j'étais en train de vous inciter à poursuivre votre repas tandis que je vous parle de l'attaque qu'ont subie les Salamandres. Ce qui s'est passé l'autre jour marque une évolution dans la stratégie des Aculéos. Alésia et ses Chevaliers ont eu à affronter plus de deux mille hommes-scorpions qui n'avaient plus de bras de pinces ni de queue munie de dard.

– Un jeu d'enfant, quoi, lâcha Antalya.

– Ils seront plus faciles à repousser, l'appuya Cyréna.

– Les Salamandres ont en effet réussi à tous les noyer en peu de temps, mais ce qui est important dans mon discours, c'est que les Aculéos ont décidé de devenir moins lourds et plus agiles. Ils apprendront certainement à se servir de nouvelles armes avec lesquelles ils nous attaqueront.

– Ils ne nous font pas peur ! s'exclama Méniox.

– Il n'en tiendra qu'à nous d'apprendre à nous battre autrement ! ajouta Cercika.

– C'est ce que je voulais vous entendre dire, les félicita Sierra. Il vous faudra être doublement vigilants désormais lorsque vous effectuerez vos patrouilles et vos tours de garde, car vous pourriez les confondre avec des humains.

– J'en doute, rétorqua Slava, car il n'y a plus d'humains par ici depuis des lustres.

– Et puis, même s'ils s'habillaient comme des paysans ou des ouvriers, ils sont bien trop grands pour que nous ne flairions pas la ruse, précisa Thydrus.

– Et leurs cheveux sont assez remarquables aussi, ajouta Cyréna.

– Nous serons plus attentifs, trancha Ilo.

– Je reviendrai le plus souvent possible pour vous tenir informés de ce que je pourrai apprendre au sujet de cette nouvelle menace.

– Ton movibilis ne fonctionne plus ? lança Urkesh.

Sierra se contenta de sourire, mais en réalité, ces appareils de communication n'étaient d'aucune utilité lorsque les commandants les laissaient dans leur abri.

– Sous le ciel ! Sur la terre ! La ferveur au cœur ! s'écria-t-elle plutôt.

Tous les Chevaliers répétèrent ses mots d'une seule voix.

SALOCIN

Après sa courte captivité au palais d'Achéron et son exécution manquée sur la grande place de la cité céleste, Salocin avait fait le nécessaire pour que Javad ne retrouve pas sa trace dans le monde des humains. Il s'était arrêté à plus d'une cinquantaine d'endroits différents sur son territoire, y compris au temple de Viatla. « Antos mourrait de peur s'il fallait qu'un véritable dieu apparaisse devant chez lui avec des milliers de soldats cornus », se dit-il en rentrant enfin chez lui.

Salocin avait élu domicile dans un monastère abandonné au sommet d'un pic solitaire au nord d'Antarès, en plein centre de la frontière. Terrorisés, les moines avaient pris la fuite après la première attaque des Aculéos et n'étaient jamais revenus. Le sorcier n'avait eu qu'à démolir les rampes qui donnaient accès à son nouveau refuge pour que personne ne puisse l'y harceler. Tout l'immeuble était entouré d'un grand balcon couvert. Salocin aimait en faire le tour sans se presser pour humer l'air frais et regarder ce qui se passait en bas. Au sud, il distinguait au loin l'immense forteresse de la haute-reine. Au nord, il faisait face aux falaises des Aculéos, dont il apercevait même les terres enneigées. À ses pieds, à l'ouest et à l'est, se trouvaient les nombreux campements des Chimères.

Avant de découvrir cette fantastique cachette, Salocin avait vécu dans une caverne non loin du lac Mélampyre, où la forêt était tellement dense qu'il n'avait jamais été importuné par les Antaressois. Les arbres étaient si serrés les uns contre les autres que les soldats-taureaux de Javad n'auraient jamais pu y circuler, que ce soit sous leur forme animale ou sous leur forme humaine. Le monastère était cent fois plus vaste que cette grotte et, mieux encore, Salocin ne risquait plus de s'étouffer dans la fumée chaque fois qu'il allumait un feu. Il n'avait qu'à jeter quelques bûches dans l'âtre de la salle commune et à se caler dans un fauteuil, les pieds devant les flammes. Prévoyants, les moines avaient accumulé une importante quantité de bois qui pourrait le réchauffer pendant encore cent ans.

L'abbaye comptait de si nombreuses chambres que le sorcier ne couchait jamais dans la même. Ses anciens habitants avaient même laissé derrière eux une cave à vin remplie du plancher jusqu'au plafond. Il ne restait plus à Salocin qu'à se nourrir, ce qui était devenu un jeu d'enfant pour lui depuis qu'il avait découvert comment se déplacer magiquement où il le désirait.

Pour célébrer son évasion du palais du dieu-rhinocéros, Salocin se versa une coupe de vin rouge et alla s'accouder à la balustrade, face au royaume des hommes-scorpions. Il n'était pas vraiment surpris qu'Olsson soit intervenu lorsque les troupes de Javad avaient essayé de s'y attaquer. « Je suis par contre déçu que les deux races d'hybrides ne se soient pas affrontées », songea-t-il. Une telle bataille aurait grandement diminué le nombre de guerriers dans chaque camp et aurait permis à la guerre des Chevaliers, d'une part, et des Deusalas, d'autre part, de durer de nombreuses années encore.

Tout ce que Salocin voulait, c'était que rien ne change à Alnilam.

— Que vais-je faire, maintenant ? soupira-t-il.

Il se consola en se rappelant qu'il avait réussi à duper Javad. Toutefois, c'était une bien mince vengeance après tous les tourments qui avaient été imposés aux sorciers, jadis.

– Je suis devenu mille fois plus puissant et les dieux le savent, désormais, se réjouit-il. J'espère qu'ils tremblent de peur.

Salocin resta dehors jusqu'à ce que le vent du soir devienne plus froid. Il retourna à l'intérieur, raviva le feu et s'installa devant l'âtre en se versant encore du vin. Au bout d'un moment, il se laissa hypnotiser par les flammes qui dansaient autour des bûches et son esprit se tourna vers le passé.

Créé en laboratoire comme tous les autres sorciers, Salocin n'avait jamais su qui étaient ses géniteurs. Il ne se rappelait pas non plus ses premières années au berceau ni qui avait pris soin de lui avant qu'il soit capable de marcher et de parler. Il ne se souvenait que de la cage où il avait passé la plus grande partie de son enfance et toute son adolescence.

Les enfants magiques étaient si nombreux à l'époque qu'il n'avait pas pu apprendre à tous les connaître. Il s'était donc contenté d'entretenir des rapports avec ceux dont les cellules entouraient la sienne, soit Shanzerr, Maridz, Wallasse et Olsson.

Au début, aucun des jeunes sorciers n'était vraiment conscient de ses formidables facultés. D'étranges créatures qui ressemblaient à des chauves-souris les avaient soumis à d'interminables tests, jour après jour. Elles les avaient poussés à développer leur potentiel magique par la force et avaient fini par les exaspérer. Dès l'adolescence, les apprentis avaient presque tous commencé à se révolter, certains plus agressivement que d'autres.

Salocin avait fait partie du groupe qui s'amusait à faire le contraire de ce que les noctules exigeaient d'eux, puis qui s'était mis à détruire tout ce qui se trouvait dans la salle d'exercices. Wallasse avait alors scellé leur destin en incinérant la chauve-souris qui le harcelait. Le dieu-rhinocéros avait aussitôt ordonné à ses soldats-taureaux de rassembler les adolescents dans son hall, d'en verrouiller les portes et de tous les abattre.

Assis devant le feu, Salocin expira bruyamment pour chasser les horribles images du massacre. Il jeta une autre bûche dans les flammes et choisit de penser plutôt à la chance qu'il avait eue d'échapper à ce bain de sang. Après s'être enfui du palais et avoir atterri à Alnilam, il avait tout de même vécu dans la terreur pendant de nombreuses années, persuadé qu'Achéron avait lancé ses meilleurs traqueurs à ses trousses. Mais ceux-ci ne s'étaient jamais manifestés. Salocin avait donc commencé à se détendre et à explorer ce territoire qui était désormais le sien. Au fil du temps, il avait aussi développé grandement ses pouvoirs magiques sans aucune aide, de plus en plus stupéfait de ce qu'il arrivait à accomplir.

– Ce n'est pas étonnant qu'Achéron ait voulu nous éliminer, murmura Salocin, engourdi par l'alcool. Nous avons des facultés qu'il ne possédera jamais.

Il avait compris depuis longtemps que les dieux n'étaient pas aussi intelligents qu'il le croyait lorsqu'il était enfant. D'ailleurs, Javad venait de lui en fournir la preuve. Il lui avait fait croire que les Deusalas se cachaient chez les Aculéos et il était tombé dans le panneau comme un imbécile. Au lieu de se verser une autre coupe de vin, Salocin se mit à boire à même la bouteille. Il ferma les yeux pour se détendre, mais fut aussitôt hanté par le doux visage de Balsamine, une jeune femme qu'il avait rencontrée jadis dans les vergers d'Aludra. Ce royaume faisait partie des terres sur lesquelles régnait Wallasse, mais sachant que ce dernier quittait rarement son antre à Altaïr, Salocin s'y était aventuré pour voir à quoi ressemblait l'océan de l'est. Même s'il avait ressenti de l'attirance pour Maridz, sa voisine de cage dans le palais, il n'avait jamais connu l'amour. Mais en posant les yeux sur Balsamine, il avait éprouvé son premier coup de foudre.

La jeune femme aux longs cheveux bruns ondulés cueillait des pommes dans les premières lueurs de l'aurore, ses longues ailes blanches refermées dans son dos. Toute menue, elle portait une robe opaline qui lui descendait jusqu'aux genoux. Le léger vent du sud la faisait remuer en accentuant ses reflets. Elle marchait d'un arbre à l'autre dans la rosée, remplissant sa besace. Salocin avait compris que s'il n'agissait pas rapidement, elle s'envolerait avec son butin. Il avait vivement arraché quelques pâquerettes à ses pieds et s'était avancé vers elle. En l'apercevant, Balsamine avait ouvert ses ailes.

– Je vous en prie, ne partez pas, l'avait supplié le sorcier.

– Je ne suis pas une voleuse, s'était-elle défendue.

– Vous n'avez rien à craindre de moi. Ce verger ne m'appartient même pas.

– Alors que faites-vous ici ?

– Je veux vous offrir ces fleurs.

Il s'était approché davantage pour les lui tendre. Elle avait rougi, mais ne s'était pas enfuie. Ils s'étaient assis tous les deux au pied d'un pommier pour discuter.

Sous les yeux émerveillés de Salocin, Balsamine avait fait disparaître ses ailes, au cas où quelqu'un les aurait surpris. Il avait appris qu'elle était une Deusalas et qu'elle vivait sur une île rocheuse dans l'océan, où il ne poussait rien. Avec ses compagnons, une fois par mois, elle venait donc chercher des fruits et des légumes sur les terres qui en produisaient beaucoup, de façon à ne pas priver les fermiers de leur récolte.

Ils s'étaient revus à plusieurs reprises au même endroit durant un an, puis Salocin avait risqué un baiser qui l'avait électrisé. Petit à petit, ils étaient devenus plus intimes et le sorcier leur avait procuré un abri au fond d'un grand champ. Il ne vivait plus que pour ces quelques heures de pur bonheur, s'attardant même sur les terres de Wallasse, même s'il risquait de subir sa colère. L'amour l'emportait sur la peur.

Le jour où Balsamine lui annonça qu'elle était enceinte de lui, Salocin ne sut pas comment réagir. Cette nouvelle le rendait infiniment heureux, mais il comprenait qu'il ne pourrait pas élever son enfant à ses côtés, car à l'époque, il ne possédait pas encore la faculté de se déplacer magiquement. Tout ce qu'il savait faire, c'était de se transformer en cougar afin de parcourir de longues distances. Gaellans, l'île où vivaient les Deusalas, se trouvait au-delà du détroit d'Aludra. Non seulement Salocin n'aurait jamais la force de nager jusque-là, sous une forme ou une autre, mais ses griffes de félin ne lui permettraient même pas d'escalader la falaise escarpée. Balsamine avait donc tenté de s'envoler avec son amant, mais n'avait même pas pu le soulever de terre. Il était trop lourd.

La jeune femme était revenue vers lui jusqu'à ce que sa grossesse l'empêche de quitter son nid. Malheureux, Salocin demeura sans nouvelles d'elle pendant plusieurs lunes, puis elle était réapparue avec un bébé dans les bras. La première fois que le sorcier avait posé les yeux sur son fils, il avait fondu en larmes de joie. Sappheiros avait déjà six mois et la tête couverte de douces boucles sombres. Mais ses yeux étaient aussi bleus que ceux de son père.

Balsamine l'avait retrouvé tous les mois en cachette, car les Deusalas n'étaient pas censés éloigner leurs petits de l'île. Salocin avait donc pu être souvent en présence de son enfant. Même s'il ne pouvait pas lui transmettre ses valeurs en le voyant quelques jours seulement par année, il ne s'en plaignit pas, car au moins il le voyait grandir.

Sappheiros était un enfant sage et obéissant, qui possédait un étonnant sens de l'observation et une curiosité sans bornes. Salocin avait attendu qu'il ait dix ans avant de lui parler de la magie et de l'aider à développer ses facultés. Ses progrès avaient été remarquables. L'enfant avait même réussi à se métamorphoser en cougar, comme lui, sauf qu'il avait des ailes !

– Pourquoi ma mère ne peut-elle pas en faire autant? avait demandé l'enfant avec ses grands yeux innocents.

– Parce que tu tiens cette faculté de moi et non d'elle, avait répondu Salocin.

– Ne peux-tu pas la lui donner?

– Je ne saurais pas comment le faire.

– Je croyais que tu savais tout.

– Et moi, je ne me souviens pas de t'avoir déjà dit une chose pareille.

– Ne peux-tu pas te faire pousser des ailes pour venir vivre avec nous à Gaellans?

– J'ai vraiment tout essayé, Sappheiros. Je n'y arrive tout simplement pas.

– C'est dommage…

Puis, un jour, Balsamine et Sappheiros avaient cessé de venir dans la cabane au fond du champ. Les années avaient passé. Salocin avait refusé de se décourager, jusqu'au jour où il avait été réveillé par une inexplicable angoisse. Il s'était assis sur sa couche dans sa caverne d'Antarès et avait sondé l'Éther. Captant la présence des sorciers chauves-souris à Alnilam, il s'était redressé d'un seul coup et s'était précipité dehors. Il avait alors ressenti la terreur de centaines de Deusalas. Ce n'étaient pas les sorciers que les noctules étaient venues châtier, mais les dieux ailés!

Salocin avait poussé un retentissant cri de désespoir. Cette vive émotion avait aussitôt enclenché une autre de ses facultés magiques. En l'espace d'un instant, il s'était retrouvé au sommet de Gaellans! Kimaati venait tout juste de partir avec ses assassins. Le sorcier avait tout de suite fait apparaître de la lumière dans ses mains et s'était mis à la recherche de sa bien-aimée. La vue de tous ces cadavres mutilés et couverts de sang lui avait donné la nausée, mais il avait quand même trouvé le courage de parcourir toute la colonie, car il ne savait pas où logeaient sa compagne et leur fils. Puis il l'avait découverte face contre terre, sur une corniche. Elle avait tenté de fuir, mais avait été fauchée avant de pouvoir prendre son envol.

– Balsamine ! avait crié Salocin en la retournant.

Elle ne respirait plus. Son corps était transpercé à de si nombreux endroits qu'il n'aurait jamais pu la sauver malgré toute sa puissance magique. Il l'avait serrée contre lui, impuissant, tremblant de rage et de chagrin. Puis le visage de son fils était apparu dans ses pensées. Avait-il subi le même sort que sa mère ? Salocin avait déposé Balsamine sur le sol et avait passé le reste de la nuit à chercher Sappheiros, en vain. Avait-il été rejeté à la mer par les chauves-souris ? Il ignorait, à l'époque, que son fils était devenu un homme et qu'il avait fondé une famille. Il était même passé à côté du nid de ses petits-enfants sans même s'en rendre compte. Lorsque le soleil s'était enfin levé, le sorcier avait quitté les lieux en utilisant sa nouvelle faculté de se déplacer par magie. Le cœur en pièces, il avait arpenté sa grotte pendant des heures, ses vêtements maculés de sang.

Assis devant l'âtre du monastère, Salocin avala le reste du vin en chassant ces vieux souvenirs. Quelque temps auparavant, en revisitant l'île de sa bien-aimée par nostalgie, il avait été étonné de flairer l'énergie de Sappheiros. Il avait aussitôt suivi sa trace jusqu'à la grotte de l'augure Upsitos et il avait même eu le bonheur de se retrouver face à face avec le magnifique adulte qu'il était devenu.

Cela n'avait pas été les heureuses retrouvailles dont il avait rêvé, cependant. La vie avait aussi marqué Sappheiros. Salocin avait capté son amertume et sa méfiance, des traits de caractère qu'il n'avait pas lorsqu'il était enfant. Il n'avait donc pas insisté pour renouer avec lui, mais il s'était fait un devoir de le surveiller de loin. C'était d'ailleurs pour le protéger qu'il avait envoyé les soldats de Javad sur une fausse piste dans le Nord.

– Il finira bien par se rappeler les bons moments que nous avons passés ensemble, murmura Salocin en déposant la bouteille vide sur le guéridon à côté de lui.

Pour que les dieux ne découvrent pas la nouvelle cachette des Deusalas, Salocin se rendait souvent sur l'île voisine et jouait à la sentinelle.

– C'est mon devoir de protéger mon enfant.

Engourdi par l'alcool, il ferma les yeux et sombra dans le sommeil.

STRATÉGIE

Puisque Sierra ne voulait pas arriver chez les Basilics au milieu de la nuit, elle décida de dormir chez les Chimères et de ne partir qu'au matin. Wellan ayant cédé sa tente à la princesse et à sa petite servante, il demanda à Slava s'il pouvait encore une fois coucher dans la sienne.

– Je savais que tu reviendrais, répondit le soldat en battant amoureusement des cils.

– Ne répands pas de rumeurs, l'avertit Wellan en riant.

Il accepta la couverture et l'oreiller que lui tendait Slava et s'installa sur le deuxième lit gonflé.

– Tu voyages beaucoup, dis donc.

– Pas autant que je le voudrais, avoua Wellan, mais j'ai vu des choses vraiment intéressantes.

– Et les Salamandres ?

– Elles ne sont pas aussi terribles que tout le monde le prétend. Elles ont toutes de petits problèmes psychologiques, mais pas au point d'adopter des comportements dangereux.

– Toi, tu aimes tout le monde.

– Il est important de reconnaître les forces et les talents des autres, Slava.

Les deux hommes bavardèrent à voix basse une partie de la nuit, échangeant leurs soupçons sur l'identité du traître que personne n'arrivait à démasquer. Même Wellan, avec ses pouvoirs magiques, n'avait senti sa présence nulle part dans les quatre divisions.

Au matin, Wellan se réveilla seul dans la tente. Le soleil était déjà levé et Slava était parti s'entraîner avec ses compagnons d'armes. L'Émérien s'étira, enfila ses bottes et sortit de l'abri. Le temps était particulièrement agréable. Il se rendit aux feux, où Sierra était déjà assise avec Kharla et Camryn. Méniox l'intercepta au passage et lui tendit une écuelle chargée de crêpes fines au chocolat et aux fraises. Wellan salua les femmes et prit place de l'autre côté du feu.

– Bien dormi ? demanda-t-il.

– Curieusement, oui, répondit la princesse. Je ne pensais pas que j'y arriverais sur un lit gonflé, mais c'est plutôt confortable. Je m'inquiète par contre de ce qui se passe chez moi en ce moment.

Wellan mit son index sur ses lèvres pour lui recommander de faire attention à ce qu'elle disait.

– Je viens d'expliquer à Kharla que j'ai toujours mon movibilis avec moi et qu'en cas de danger, Ilo pourrait me rejoindre facilement, ce qui nous permettrait de revenir ici en toute hâte, intervint Sierra.

– Il ne peut rien t'arriver ici, renchérit l'ancien soldat.

– Surtout que je suis avec elle, ajouta Camryn, la tête haute. Vous repartez encore ?

– Ce que j'ai révélé aux Chimères hier soir et que les messagers choisis par Ilo sont partis répéter à tous ses groupes sur la frontière, je dois le dire aux autres divisions, l'informa Sierra. Surtout, n'oublie pas ta promesse.

– Tu sais bien que tu peux compter sur moi.

– J'ignore quand nous serons de retour.

– Nous trouverons une façon de nous occuper, affirma la jeune fille.

– Merci, Camryn.

Dès que le repas fut terminé, Sierra fit signe à Wellan de la suivre. Ils s'enfoncèrent dans la forêt en direction du canal.

– Quels sont tes plans ? demanda-t-il.

– D'abord, les Basilics.

– Tu ne veux pas retourner à Antarès pour aider Kennedy à capturer le Prince Lavrenti ?

– Bien sûr, mais seulement après avoir fait mon devoir de chef de cette armée. Ensuite, ce sera à toi de jouer.

– À moi ?

Elle lui tendit la main.

– Cap sur le campement de Ché, donc, comprit-il.

Ils disparurent et eurent à peine le temps de se matérialiser dans la forêt au nord de Hadar qu'Olbia sautait de sa branche et atterrissait devant eux.

– Rien à signaler, commandante.

– C'est rassurant, mais ça risque de ne pas durer bien longtemps. Ché est-elle là ?

– Elle est revenue de sa tournée des campements de l'ouest durant la nuit, alors je crois bien qu'elle dort encore.

– À plus tard, Olbia.

L'Eltanienne avait déjà recommencé à escalader le tronc du grand chêne jusqu'à la branche où l'attendait sa chauve-souris.

Sierra et Wellan continuèrent jusqu'aux ruines au-delà desquelles les Basilics avaient construit leurs abris de pierre sous les branches basses des sapins grâce à Nemeroff. Locrès et Mohendi étaient assis devant un feu et buvaient du thé. Curieusement, ils n'étaient pas en train de se chamailler.

– Regarde qui approche, fit Mohendi à son compagnon.

– Soyez les bienvenus, les salua Locrès. Si c'est notre commandante que vous êtes venus voir, elle est couchée.

– En attendant qu'elle se lève, pourriez-vous nous servir à boire ? demanda Sierra en prenant place devant les deux guerriers.

– Ouf ! J'ai eu peur que tu m'envoies la réveiller ! s'exclama Mohendi, soulagé.

– Tu me crois vraiment aussi cruelle? Je sais très bien comment Ché réagit lorsqu'on trouble son sommeil. Nous serons patients.

Wellan s'assit près de Sierra et observa Locrès, qui leur préparait du thé.

– Est-ce vrai que les Salamandres ont été attaquées par un nombre considérable d'Aculéos? demanda Mohendi.

– Est-ce parce qu'ils cherchent encore le dragon? ajouta Locrès.

– Oui, c'est vrai, mais Nemeroff n'est plus avec nous depuis longtemps.

– C'était juste un petit assaut pour le plaisir, donc? ironisa Mohendi.

– En fait, c'était tout sauf ça, les informa Sierra. Ils ont encore une fois tenté de traverser le fleuve Caléana, mais à bord d'immenses radeaux comme nous n'en avions encore jamais vu.

Wellan retourna la paume de sa main et y fit apparaître une version miniature de l'embarcation sous la forme d'un hologramme.

– J'ai vu beaucoup de bateaux dans ma vie, mais jamais rien qui ressemblait à ça, commenta Locrès.

– Et où les Aculéos auraient-ils trouvé suffisamment de bois pour construire un truc pareil? lâcha Mohendi. Du haut des arbres, on voit très bien qu'il n'y a aucune forêt sur leurs plaines enneigées.

– C'est un mystère que nous n'avons pas encore réussi à élucider.

– Un radel d'Antenaus! s'exclama Trébréka en s'approchant.

– Un quoi? s'étonna Locrès.

– Mais qu'est-ce qu'elle raconte encore? soupira Mohendi.

Trébréka s'accroupit devant Wellan pour que ses yeux soient à la hauteur de la représentation translucide du radeau.

– Je n'en ai jamais vu un vrai, ajouta-t-elle, mais mon grand-père m'en a montré des illustrations dans un de ses vieux livres quand j'étais petite.

– C'est une embarcation eltanienne ? s'enquit Sierra.

– Pas du tout. Et nous n'avons jamais tenté d'en fabriquer.

– Alors, c'est quoi Antenaus ?

– Une grande île dans la mer. Les anciens racontent que tous les anciens Eltaniens l'ont quittée pour vivre dans un meilleur climat quand les humains ont commencé à y devenir trop nombreux.

– Est-ce très loin d'ici ?

– Je n'en ai pas la moindre idée. Tout ça s'est passé il y a des milliers d'années !

– Comment les Aculéos ont-ils réussi à faire flotter d'aussi vieux radeaux ? laissa tomber Mohendi.

– Si cette île est toujours habitée, il y a fort à parier qu'il s'en construit toujours, intervint Wellan en faisant disparaître l'hologramme.

– Mais comment les hommes-scorpions ont-ils réussi à s'en procurer quatre ?

– De la même façon que je peux aller nous chercher de la nourriture à la forteresse d'Antarès sans bouger d'ici, avança Wellan.

– Le sorcier dont tu as flairé la présence dans la falaise, se rappela Sierra. Mais pourquoi n'avaient-ils pas utilisé ces radeaux avant ?

– Sans doute parce que ça ne faisait pas encore partie de leurs plans.

– Quels plans ? s'inquiéta Locrès.

– Ceux dont j'ai l'intention de vous parler dès que vous vous serez tous rassemblés.

Trébréka bondit sur Wellan et le serra dans ses bras.

– Je suis contente que tu sois revenu. Je t'en prie, dis-nous que les Aculéos vous ont suivis jusqu'ici ! On s'ennuie tellement…

– Malheureusement, les Salamandres les ont tous tués jusqu'au dernier.

– Elles ne sont vraiment pas gentilles avec nous, grommela l'Eltanienne en se rassoyant près de ses compagnons Basilics.

– Que se passe-t-il ici ? tonna Chésemteh en s'approchant.

– Est-ce qu'on parlait trop fort ? se désola Trébréka.

– J'ai envoyé tout le monde en patrouille pour avoir la paix.

La scorpionne remarqua alors la présence de Sierra et de Wellan.

– Quand êtes-vous arrivés ?

– Il y a quelques minutes, répondit Sierra.

Chésemteh s'accroupit près d'elle et appuya son front contre le sien, puis s'assit parmi les soldats.

– J'ai des révélations à vous faire au sujet des Aculéos, déclara la grande commandante.

– Et moi qui croyais tout savoir à leur sujet ! plaisanta Mohendi.

– Ché, peux-tu rassembler tes soldats pour que je puisse leur parler ?

– Je préférerais qu'ils restent tous à leur poste, si tu n'y vois pas d'inconvénients. Je leur répéterai tes paroles en temps voulu.

Sierra lui tint donc le même discours qu'aux Chimères sur la transformation physique des Aculéos.

– Ils ont décidé de m'imiter ? ironisa Chésemteh.

– Il était temps, après cinquante ans, qu'ils s'aperçoivent que leur stratégie ne fonctionnait pas, commenta Wellan.

– Il leur sera plus facile désormais de s'infiltrer sur nos terres sans leurs pinces et leur dard, car ils ressembleront à des humains, précisa Sierra.

– Mais ils ont des chevelures de toutes les couleurs de l'arc-en-ciel et ils sont très, très grands ! leur fit remarquer Trébréka.

– J'ai appris, chez les Manticores, que les cheveux peuvent être teints, les informa Wellan.

– Alors, là, nous allons avoir un sérieux problème, se découragea Locrès.

– Pas si je vous entraîne autrement, l'encouragea Chésemteh. Il y a plusieurs façons de reconnaître les hommes-scorpions, peu importe leur déguisement.

– Moi, je pense qu'ils seront plus faciles à tuer, prédit Mohendi. Leur évolution ne durera pas longtemps. Nous allons la transformer en extinction.

– Ouais ! s'exclama Trébréka.

– Je suis étonnée que cette nouvelle ne vous perturbe pas davantage, fit Sierra, amusée.

– Nous sommes depuis longtemps passés maîtres de l'adaptation, lui rappela la scorpionne.

– Ché, veux-tu manger quelque chose ? demanda Mohendi. Il reste encore du porridge.

Avant que le chef des Basilics puisse répondre, Trébréka lui en servit une écuelle. La scorpionne avala quelques bouchées et lança à Sierra un regard qui l'invitait à l'accompagner. Chésemteh déposa son repas et se dirigea vers la forêt.

– Restez ici, ordonna la grande commandante aux quatre soldats.

Sierra suivit le chef des Basilics jusqu'à une clairière où ne se dressaient qu'une vingtaine de vieilles pierres tombales, puisque, depuis de nombreuses années, il n'y avait plus de morts parmi les Chevaliers furtifs.

– Je n'arrive pas à déchiffrer ton expression et, pourtant, je te connais bien, Ché.

– Il m'est en effet arrivé quelque chose que je ne comprends pas.

– Ne me dis pas que tu as commencé à avoir des visions, toi aussi?

– Sois sans crainte. Contrairement à certaines, moi, j'ai encore toute ma tête. Mais je suis moins sûre pour mon cœur.

– Ton cœur? Es-tu en train de me dire que tu es amoureuse? s'étonna Sierra.

– Je ne sais pas comment s'appelle ce que je ressens, mais c'est la première fois que ça m'arrive.

– Qui est l'heureux élu?

– Si je te le dis, il faudra que tu gardes ça pour toi jusqu'à ce que je sois prête à admettre que je me suis laissé avoir.

– Il n'y a aucune honte à aimer quelqu'un, Ché, peu importe ce qu'en pensent les autres.

– J'ignore si j'aime cet homme, mais j'éprouve certainement une irrésistible attirance pour lui.

– Est-elle partagée, au moins?

– Je crois que oui, puisqu'il quitte ses amis les Deusalas pour venir bavarder avec moi, la nuit.

– Nemeroff?

– Non, Sage.

– Ne se trouve-t-il pas à des centaines de lieues d'ici?

– Il a récupéré son pouvoir de se déplacer instantanément comme Wellan.

– Est-ce que vous couchez ensemble?

– Non, mais il m'a embrassée. Ce que je trouve vraiment curieux, c'est que je n'ai pas encore eu envie de lui arracher la tête comme ça m'arrive avec Urkesh.

– Quoi? s'étonna Sierra. Les Aculéos font ça?

– Comment veux-tu que je le sache? Je n'étais qu'un bébé quand je suis arrivée chez les humains.

– Oui, tu as raison.

– Qu'est-ce que je devrais faire, Sierra ?

– Tout ce que je peux te conseiller, c'est de ne pas presser les choses. Fais durer le plaisir que tu ressens à te trouver en sa présence. Trouvez-vous des intérêts communs qui ne cesseront de vous rapprocher. Surtout, si tu décides de lui donner ton cœur, ne regarde plus ailleurs.

– Comme tu le fais avec Wellan ?

Les joues de la commandante rougirent de timidité.

– Mais non, Ché. Je n'éprouve rien de tel pour Wellan.

– Tes yeux disent pourtant le contraire.

– C'est de toi qu'il s'agit, en ce moment, pas de moi. Je t'en prie, n'aie pas peur d'aimer.

– Mais si Sage retourne dans son monde, qu'est-ce que je vais devenir ?

Même si la scorpionne n'exprimait jamais ses émotions, Sierra pouvait les ressentir. Elle attira la Basilic dans ses bras et l'étreignit avec affection.

– Je n'en sais rien, murmura-t-elle. N'y pense pas trop et profite de chaque moment que tu passes avec lui.

– Comme pour Wellan…

Sierra la repoussa en s'esclaffant. Elle comprit, en apercevant l'ombre d'un sourire sur les lèvres de Chésemteh, qu'elle se moquait d'elle.

Au même moment, près des feux, les Basilics faisaient aussi des confidences à Wellan.

– Je suis certain qu'elle est allée lui parler de Sage, laissa tomber Mohendi.

– Sage ? répéta l'Émérien. Pourquoi ?

– Parce qu'elle est amoureuse de lui, bien sûr ! lui apprit Trébréka.

– Alors, là, j'ai dû manquer quelque chose. Mes amis n'ont passé que quelques heures ici avant que Nemeroff les emmène chez les Deusalas.

– Depuis quelque temps, il vient la voir presque toutes les nuits, lui apprit Locrès.

Wellan arqua un sourcil avec surprise.

– Il apparaît comme toi, expliqua Trébréka.

– Ché pense que nous ne sommes au courant de rien, ajouta Mohendi, mais quand nous faisons le guet, rien ne nous échappe.

– Est-ce que ça t'étonne ? demanda Trébréka d'un air espiègle.

– En fait, non, puisque Sage semble attiré par les femmes étranges. Dans mon monde, il a été marié avec Kira, qui est mauve de la tête aux pieds.

– Tu te moques de nous ? réagit Locrès.

– Pas du tout.

– Pourquoi est-elle de cette couleur ? s'enquit l'Eltanienne.

– Parce que son père, Amecareth, l'était lui aussi.

Les trois Basilics restèrent bouche bée.

– Et ce n'est pas tout, ajouta Wellan. Sage a ensuite été marié à une déesse faucon. C'est là qu'il a acquis ses ailes.

– Il a des ailes ? se troubla Trébréka.

– Sous sa forme animale, c'est un épervier cendré.

– Est-ce une sorte de dragon ?

– Non, c'est un oiseau de proie.

– Et Azcatchi, alors ?

– C'est un crave.

– Qu'est-ce que c'est que ça ?

– Un gros oiseau noir qui ressemble à un corbeau, sauf qu'il a le bec et les pattes rouges.

– Tu es vraiment drôle, Wellan ! s'exclama Mohendi, amusé.

– Je vous dis la vérité.

– À quel sujet ? demanda Sierra qui sortait de la forêt en compagnie de Chésemteh.

– Il essaie de nous distraire, expliqua Locrès.

– Tu leur parlais de ton monde, j'imagine, fit Sierra en s'installant près de lui tandis que la scorpionne s'assoyait près de Mohendi.

– Oui et non, répondit Trébréka à la place de Wellan.

– Nous parlions de Sage, l'informa Mohendi.

Si Chésemteh avait encore eu son dard, elle l'aurait certainement soulevé au-dessus de sa tête pour protéger sa vie privée.

– Wellan dit que c'est un oiseau, ajouta Locrès. Un épervier je ne sais plus trop quoi.

– Cendré, précisa l'ancien soldat.

– Allez, retourne ta main et fais-nous voir, le pressa Trébréka.

Wellan lui fit plaisir et fit apparaître l'oiseau de proie sous forme d'hologramme.

– Moi, je ne trouve pas que ça lui ressemble, plaisanta Mohendi.

– Et le crabe, maintenant, exigea l'Eltanienne.

– C'est un crave, pas un crabe, la corrigea Wellan.

L'épervier fut remplacé par un oiseau tout noir.

– Mais comment est-ce possible ? demanda finalement Chésemteh.

– Tout comme Nemeroff qui se transforme en dragon, Sage et Azcatchi peuvent se métamorphoser en volatiles, affirma Wellan.

– Sauf que Nemeroff, il devient immense ! se rappela Trébréka.

– Mes deux autres amis peuvent à leur choix être aussi petits que les oiseaux normaux ou encore plus gros qu'un dragon.

– Pourquoi est-ce qu'on n'est pas capables de faire ça, nous ? se plaignit Locrès.

– Parce que vous êtes des humains, pas des dieux, tran-cha Chésemteh. Arrêtez de harceler Wellan et retournez à vos postes.

– Mais nous ne le harcelions pas… protesta Trébréka.

Locrès la saisit par le bras et l'entraîna avec Mohendi et lui vers le canal. Chésemteh se servit du thé en se demandant à quoi Sage pouvait bien ressembler avec des ailes.

– Quelles sont vos intentions ? demanda-t-elle plutôt à Sierra.

– Nous allons prévenir les Manticores de ce qui se passe chez les Aculéos. Les Salamandres sont déjà au courant.

– Ça va peut-être enfin les obliger à mieux surveiller leur territoire.

Wellan pensait la même chose, mais jugea préférable de se taire.

LE PORTAIL

Informé par Kira et Lassa qu'il existait un passage vers le monde d'Achéron dans sa forteresse, Onyx avait aussitôt élaboré un nouveau plan. Il avait insisté pour que son épouse Napashni n'en parle pas à leurs enfants, qui auraient tôt fait de mener leur propre enquête. Onyx ne savait pas ce qu'il trouverait sous le palais et il ne désirait pour rien au monde exposer ses petits à un grave danger. Il commença donc par chercher au rez-de-chaussée une façon d'accéder au sous-sol. En le voyant fureter partout, Alana, qui dirigeait les serviteurs Hokous et qui s'occupait des plus jeunes héritiers de l'empereur, finit par s'approcher de lui.

— Qu'est-ce que vous cherchez comme ça ?

— Pour échapper à Kimaati, la petite princesse a jadis utilisé une trappe qui doit se trouver par ici.

— Oui, je m'en souviens.

Alana déplaça la carpette au milieu du plancher de la cuisine et lui montra l'anneau de fer incrusté dans le panneau en bois. Onyx la remercia, mais ne se pencha pas pour l'ouvrir. Il se servit plutôt de sa magie. Il n'y avait aucune marche, alors comment Ayarcoutec avait-elle réussi à descendre là-dedans ? Comme il n'avait pas envie de se mettre à la recherche d'une corde, Onyx utilisa son pouvoir de lévitation pour se laisser doucement descendre dans l'ouverture rectangulaire et alluma ses mains pour s'orienter.

Il se trouvait au-dessus du grand cratère sur lequel il avait déposé son château. Il atterrit doucement sur le bouchon de lave refroidie et observa attentivement les lieux. Les longs tuyaux qui pompaient l'eau de la rivière jusqu'à l'intérieur du palais partaient du plafond et plongeaient dans le roc. Il pivota sur lui-même et vit que les parois circulaires de la vaste cavité rocheuse étaient percées de nombreuses grottes, certaines superficielles mais d'autres très profondes.

– Le portail doit être là-dedans, pensa-t-il tout haut.

Sa voix se répercuta dans le cratère. À l'aide de sa magie, il explora chaque caverne mais n'y trouva aucun vortex.

– Le livre aurait-il menti ? se fâcha-t-il.

Très contrarié, il remonta vers le rectangle de lumière. Ce n'était plus Alana qui l'y attendait, mais son fils Phénix. L'enfant de six ans fronça les sourcils en le voyant émerger du sous-sol.

– Père, que faisais-tu sous le plancher ?

– Je cherche un portail.

– Qui mène où ?

– Apparemment, au monde dans lequel ton frère Nemeroff est tombé.

– L'as-tu trouvé ?

– Non.

– Peut-être ne regardais-tu pas au bon endroit.

– Tu doutes de moi ?

– Non, père, mais Kira m'a appris, il y a très longtemps, que deux têtes valent mieux qu'une. Je pourrais certainement t'aider à découvrir ce portail.

– Si Kira avait su qu'il existait des raccourcis entre les univers, elle serait rentrée à son époque sans avoir traversé tout Enkidiev à pied avec toi.

– Mais je ne l'aurais pas connue et tu n'existerais peut-être pas aujourd'hui.

Onyx lui décocha un regard agacé, puis il se mit à marcher autour du trou en réfléchissant.

– Laisse-moi descendre sous le palais avec toi. Ensemble, je pense que nous pourrons découvrir ce passage magique. Après tout, nous sommes des dieux aussi puissants l'un que l'autre.

– Et moi qui pensais que c'était Nemeroff qui me ressemblait le plus, ironisa Onyx. Écoute, Phénix, je vais faire un marché avec toi. Nous descendrons ensemble dans le cratère après le repas, à condition que tu n'en souffles pas un seul mot à tes frères et tes sœurs.

– Pas question de les exposer à un tel danger.

Alana demanda alors à l'empereur de refermer la trappe de peur que les serviteurs tombent dedans, puis poussa le petit garçon en direction de la bassine d'eau de la cuisine pour qu'il se lave les mains.

« J'adore être père », se dit alors Onyx en observant Phénix. Il accompagna son fils jusqu'au grand hall, où le repas était déjà servi. Pourtant, personne ne mangeait. Anoki, Ayarcoutec, Obsidia et Jaspe étaient sagement assis tandis que leur mère Napashni les surveillait.

– Il était temps que tu arrives ! explosa Obsidia.

– Je suis chez moi ici, jeune fille. J'arrive quand ça me plaît.

– Mais tout ce temps-là, nous sommes obligés de t'attendre avant de manger !

– Depuis quand ?

– J'ai décidé de leur inculquer de bonnes manières, expliqua Napashni.

– Je vois. Eh bien, maintenant que je suis là, contentez-vous.

Les enfants se servirent dans les nombreux plats tandis qu'il s'assoyait près de sa femme.

– Heureusement que tu es là pour les élever.

Il l'embrassa tendrement sur les lèvres.

– Que j'ai toujours été là pour le faire, tu veux dire, répliqua-t-elle. Ce n'est pas notre première famille, Onyx.

– Ouais, je l'oublie souvent…

Il attendit que les enfants aient rempli leur assiette avant de composer son repas à son tour. Il mangea sans se presser en observant sa marmaille.

– Es-tu enfin heureux ? lui demanda Napashni. Tu as de magnifiques enfants qui t'obéissent au doigt et à l'œil et tu es devenu l'empereur du monde.

– Je viens d'apprendre qu'il y a d'autres mondes, répondit-il avec un sourire espiègle.

– Tu es incorrigible.

– Quand ces petits seront devenus grands, il faudra bien les installer quelque part pour qu'ils deviennent des rois et des reines.

– Heureusement, ce ne sera pas avant de nombreuses années.

– Ça pourrait arriver beaucoup plus rapidement qu'on le pense s'ils continuent à utiliser leur magie pour grandir.

– Ils ont été avertis de ne plus jamais se servir de ce sortilège.

Onyx se fit apparaître une coupe de vin et se cala dans son fauteuil.

– Êtes-vous allés élargir votre futur lac, aujourd'hui ? demanda-t-il.

– Oui, affirma Ayarcoutec, mais c'est long parce que nous ne possédons pas tous des pouvoirs magiques !

– Tu nous as dit que tu nous aiderais à le creuser ! lui rappela Obsidia.

– J'ai changé d'idée, parce que ce ne serait plus votre lac. Ce serait le mien.

– Mais si tu ne fais rien, nous ne l'aurons pas terminé avant des mois !

– C'est vrai, mais vous en serez beaucoup plus fiers.

Napashni réprima un sourire, car elle savait pertinemment que les enfants n'auraient pas le dernier mot avec leur père.

– Est-ce qu'on pourrait en venir à une entente ? fit alors Obsidia.

– Je t'écoute, fit le père, intéressé.

– Nous pourrions peut-être aider les Hokous à ranger nos chambres et même à faire la vaisselle.

– Quoi ? protesta Ayarcoutec.

– C'est un bien petit sacrifice pour pouvoir nager plus vite, lui expliqua sa sœur.

– Y a-t-il autre chose que tu aimerais les voir faire ? demanda Onyx à sa femme.

– Cesser de répliquer jusqu'à la fin de leur vie, ce serait bien aussi.

– Obsidia ne sera jamais capable de faire ça ! s'exclama Anoki.

– Je ne suis plus un bébé, maintenant ! Je peux me comporter comme une adulte !

– Parce que tu penses que les adultes ne se plaignent jamais ? ironisa Onyx.

– Je te le promets !

– Laisse-moi y penser. Ce n'est jamais une bonne idée de prendre une décision sans réfléchir.

– Tu nous donneras ta réponse demain ?

– Sans doute.

Après le repas, Napashni fit monter les enfants à l'étage des chambres et leur fit prendre leur bain. Onyx resta assis devant l'âtre et termina son vin pendant que les Hokous desservaient la table.

Le raccourci entre les mondes avait recommencé à le hanter. Le livre de toutes les connaissances avait bien dit qu'il se trouvait sous sa forteresse, mais il n'avait pas mentionné à quelle profondeur. « Il se trouve peut-être à la base du volcan… » songea-t-il. Ce n'était pourtant pas par-là que Kimaati était arrivé. Il avait plutôt utilisé un bracelet magique. Onyx ressentit alors l'approche de Phénix et tourna la tête de son côté.

– Je suis tout propre, en tunique de nuit, mais j'ai mis des bottes pour ne pas me salir les pieds, annonça l'enfant.

– Étais-tu aussi prévoyant pendant ta première vie ? le taquina Onyx.

– C'était ma plus grande qualité.

Onyx déposa sa coupe et se planta devant son fils.

– Je vais t'emmener dans le cratère, mais je ne veux pas que tu joues les héros.

– Ça ne faisait pas partie de mes défauts.

Ils se rendirent aux cuisines maintenant désertes et Onyx ouvrit la trappe. Phénix frissonna en regardant dans le grand trou.

– Ne me dis pas que tu as peur du noir.

– Nous ne pouvions jamais éteindre les feux la nuit quand je vivais dans le passé, lui apprit le garçon, sinon les dragons nous attaquaient et nous dévoraient.

– Heureusement pour toi, je n'en ai vu aucun quand je suis descendu dans le sous-sol plus tôt aujourd'hui.

– Très drôle.

Onyx le souleva dans ses bras et descendit doucement jusque sur le sol. Il alluma ses paumes à leur pleine puissance.

– Lyxus nous a pourtant dit que les cratères des volcans sont remplis de feu, s'étonna-t-il.

L'écho de sa propre voix le fit sursauter.

– Seulement quand ils sont actifs, expliqua Onyx. Tous ceux de la chaîne de montagnes d'An-Anshar sont désormais endormis.

– Quand se réveilleront-ils ?

– Pas tant que ma forteresse se trouvera sur le plus élevé d'entre eux. Cesse de t'en inquiéter. De quel côté veux-tu commencer ?

– Je ressens quelque chose derrière nous.

Onyx fit volte-face et scruta chaque centimètre du plancher de l'énorme cavité rocheuse.

– Tu as raison, petit, et ce n'était pas là tout à l'heure.

Il prit la main de l'enfant et avança prudemment avec lui en éclairant leur route de l'autre main. C'est alors qu'il aperçut une petite mare d'eau en plein centre du cratère qui ne devait pas avoir plus de deux mètres de diamètre.

– Le raccourci est dans l'eau ? s'étonna Phénix.

– Je n'en suis pas certain…

Onyx arrêta son fils à une distance qu'il jugea sécuritaire pour lui.

– Reste là.

– Mais…

– Fais ce que je te demande.

Il continua seul en tendant les mains devant lui pour explorer le petit étang avec ses sens magiques. L'eau s'illumina en rouge et émit une onde si puissante qu'elle projeta le père et le fils dans les airs. Ils retombèrent plus loin sur le sol en se frappant durement le dos. Ignorant si la mare allait continuer de les attaquer, Onyx forma aussitôt une bulle de protection autour d'eux.

– Phénix, est-ce que ça va ?

– J'ai mal aux coudes… Le volcan est-il en train de se réveiller ?

– Non. À mon avis, quelqu'un ou quelque chose ne veut pas que nous empruntions le raccourci.

– Il faut peut-être un mot de passe.

– S'il y en a un, j'ignore ce que c'est et où je pourrais le trouver.

– Je suis certain que Lyxus le sait.

– Je vais te ramener directement à ta chambre. Promets-moi que tu ne parleras à personne de ce qui vient de se passer.

– Même pas à maman ?

– Surtout pas à maman. Elle me tuerait si elle apprenait que je t'ai emmené ici.

– Mais il ne nous est rien arrivé.

– Pas un seul mot, compris ? Je lui dirai que je suis descendu sous le palais, mais pas que tu étais avec moi.

– Compris.

Onyx utilisa son vortex pour ramener son fils à sa chambre. Il alluma les bougies avec sa main et l'examina de la tête aux pieds avant de soigner les écorchures sur ses coudes et ses épaules. Il lui fit passer une tunique propre, puisque la sienne était abîmée, et le mit au lit.

– Nous n'en resterons pas là, n'est-ce pas ? demanda l'enfant.

– Non, mais je ne suis pas encore sûr de vouloir te mêler au duel qui risque de s'ensuivre.

– Mais je peux t'aider.

– Ce sera à moi d'en décider. Pour l'instant, il faut surtout que j'établisse ma stratégie. Je sais que ce ne sera pas facile, mais essaie de dormir.

Il embrassa l'enfant sur le front.

– Bonne nuit, père, et merci pour cette aventure.

Onyx éteignit les bougies et se transporta dans la cuisine pour aller fermer la trappe. La dernière chose qu'il voulait, c'était qu'un de ses serviteurs se casse le cou en tombant dans le cratère.

« Une aventure… » grommela-t-il intérieurement en se rendant ensuite dans la salle qu'il avait transformée en piscine d'eau chaude. Il ne pouvait certainement pas rejoindre sa femme au lit dans l'état où il se trouvait. Il se lava, se sécha et alla s'étendre près de Napashni.

– As-tu trouvé ton raccourci ? murmura-t-elle, à moitié endormie.

– Oui, mais il est protégé par une entité maléfique.

– Il y a un démon sous la forteresse ! s'exclama-t-elle en se réveillant d'un seul coup.

– C'est plutôt comme un chien de garde qui ne veut laisser passer personne. Ma griffe m'aurait été bien utile.

– Elle était en train de te tuer quand tu as finalement accepté de t'en départir, souviens-toi.

– Il en existe peut-être une autre quelque part…

– Oublie ça, Onyx. Cette fois-ci, je ne te laisserai pas faire.

– C'était juste une idée comme ça.

– Je suggère plutôt que tu discutes de ce contretemps avec Lassa et Kira. S'ils ont encore accès à leur livre, sans doute pourrons-nous trouver une autre façon de déjouer cette entité.

– Tu as raison.

Il l'embrassa.

– Que ferais-je sans toi ?

– Des tas de bêtises, c'est certain.

Il multiplia les baisers pour qu'elle cesse de lui faire des reproches et attendit qu'elle s'endorme dans ses bras avant de quitter leur lit. Il enfila une tunique et se transporta par vortex jusqu'au dernier étage de sa forteresse, où Lyxus vivait au milieu de ses milliers de livres.

– Il est bien tard pour une visite, lui fit remarquer le vieil homme en levant la tête de l'ouvrage qu'il était en train de lire.

– Il n'y a pas d'heure pour être tourmenté.

– Comment puis-je mettre fin à votre angoisse ?

– J'ai finalement trouvé un raccourci entre les univers dans une petite mare ici même sous le palais, mais il est protégé par une énergie qui attaque quiconque s'en approche.

– Vous savez bien que je ne possède aucune magie.

– Je ne vous demande pas de la neutraliser pour moi. Je veux juste savoir si un de vos nombreux livres en parle.

– Le peuple d'Agénor ne croyait pas à la magie. Néanmoins, certains auteurs ont quand même écrit sur le sujet. Laissez-moi voir.

Tout comme Hadrian l'avait fait à Émeraude, Lyxus avait dressé la liste de tous ses ouvrages dans un grand livre qu'il conservait sur une table en retrait. Il se mit à le feuilleter pendant qu'Onyx faisait les cent pas devant lui.

– Il y a bien une légende au sujet d'un grand chien enflammé qui protégeait l'entrée de certaines grottes, mais rien en ce qui concerne de l'eau.

– Merci d'avoir essayé.

Onyx disparut sous ses yeux et réapparut dans la bibliothèque de son ancien château. Au lieu d'utiliser l'index, il leva la main vers les innombrables rayons.

– Je cherche un livre sur les gardiens des portails !

Sa magie secoua toutes les étagères, mais il n'en sortit rien. Il se dirigea donc vers la section des livres défendus pour voir si l'un d'eux tentait de se libérer de la grille qui empêchait les curieux d'accéder à ces ouvrages. Tout y était très calme.

– C'est vraiment frustrant, grommela Onyx.

Puisqu'il ne trouverait pas ce qu'il cherchait de cette façon, il retourna dans son lit pour reposer son esprit avant de poursuivre cette importante quête.

LE JUSTICIER

Obsédé par la création d'une machine qui capterait les rêves d'un dormeur et par la possibilité de fabriquer une épée au plasma, Skaïe avait petit à petit délaissé son ordinis de chimie. Il passait le plus clair de son temps accoudé à sa table de travail à imaginer ses nouveaux projets. Il était si absorbé par toutes ces théories qu'il n'entendit pas entrer Odranoel dans sa salle de travail.

— Ne me dis pas que tu tournes encore en rond, déplora l'aîné.

Skaïe sursauta et faillit même tomber de son tabouret.

— Tu m'as fait peur !

— À quoi étais-tu en train de penser ?

— Il faudrait que j'invente une machine qui nous aiderait à remettre le monde à l'endroit.

— Ça, c'est le travail des politiciens, mon jeune ami. Comme tu me l'as si bien fait comprendre toi-même, c'est la menace des hommes-scorpions qui doit demeurer notre priorité. J'ai peaufiné ma machine volante et je suis presque prêt à soumettre mes plans aux ingénieurs. Nous allons bombarder ces monstres avec la substance chimique que tu auras concoctée.

— J'ai un peu de mal à me concentrer là-dessus, en ce moment.

— C'est sûrement parce que tu as faim. Allez, viens manger avec moi, pour faire changement. Je te jure qu'il n'y a rien qu'un bon verre de vin ne peut pas régler.

Skaïe accepta et les deux savants marchèrent côte à côte dans le large couloir.

– Je connais très peu de gens qui maltraitent autant leur corps que toi, soupira Odranoel. Un estomac continuellement vide finit par causer de graves problèmes de santé.

– Je suis inventeur, pas médecin.

– Heureusement. Je te vois, penché au-dessus d'un patient, perdu dans tes pensées au beau milieu d'une chirurgie au lieu de l'opérer.

– Est-ce qu'on pourrait parler d'autre chose avant de passer à table ?

Ils s'arrêtèrent dans un petit café plutôt que dans le grand hall. Comme il était tard et que la plupart des habitants de la forteresse avaient mangé, ils trouvèrent une petite table isolée sous un éclairage acceptable.

– Choisis pour nous deux, suggéra Skaïe, qui n'avait aucune idée de ce qui le tenterait.

Odranoel commanda des brochettes de bœuf sur un lit de riz et de salade verte ainsi qu'une bouteille de vin rouge et une miche de pain chaud.

– Voilà qui va te remettre d'aplomb.

– Merci. C'est gentil de t'occuper de moi.

– C'est surtout parce que tu sembles incapable de le faire toi-même.

Le serveur leur versa d'abord le vin. Odranoel leva sa coupe.

– À ta santé et tes brillants projets, quand tu arrives à te concentrer !

Skaïe avala une première gorgée.

– C'est vraiment excellent…

– Je suis érudit dans bien des domaines, y compris le vin, plaisanta Odranoel. C'est le meilleur qu'on peut trouver au château. Il arrive tout droit d'Ankaa.

Le jeune homme en but encore un peu, puis déposa sa coupe.

– As-tu finalement réussi à parler à ta princesse ? demanda son collègue.

– Monsieur Kennedy refuse toujours de me laisser la voir. C'est sans doute parce que je suis son seul suspect.

Un homme entra alors dans le café pour aller rejoindre ses amis à la seule autre table qui était occupée.

– Avez-vous entendu la dernière nouvelle ? s'exclama-t-il sans s'apercevoir que son éclat de voix pouvait déranger les inventeurs. Le roi a été trouvé mort dans son bain !

– Lui aussi ? s'effraya Skaïe.

– Écoute ce qu'il a à dire, lui souffla Odranoel pour le faire taire.

– Je ne peux pas vous révéler d'où je tiens cette information, mais il paraît que c'est le prince qui aurait assassiné ses parents, continua l'homme.

– N'est-il pas parti pour épouser la princesse d'un autre royaume ? murmura Skaïe.

– Celle d'Einath, en fait, confirma Odranoel. Je suis surpris que tu prennes le temps de lire les actualités.

– Il me semble incroyable qu'il ait parcouru toute cette distance uniquement pour commettre ces crimes, continua Skaïe, sans relever la boutade. Et puis, pourquoi sacrifier un bel avenir à la tête d'un autre pays pour se retrouver en prison ?

– En plus d'être exécuté quelques mois plus tard, ajouta Odranoel.

Le visage de Skaïe devint livide.

– Et s'il était revenu pour éliminer toute sa famille ?

Il fit reculer bruyamment sa chaise et décolla comme une balle de mistraille en direction de la sortie. Dans la salle de surveillance des constables, Fuller se redressa vivement sur sa chaise. Tant bien que mal, il réussit à suivre la course du savant qu'il devait surveiller en tout temps et se rendit compte qu'il se dirigeait vers l'immeuble de la police. Il demanda aussitôt à un de ses collègues d'aller avertir leur patron. Lorsque Skaïe arriva finalement à la réception, ce fut Kennedy lui-même qui l'intercepta.

– Vous devez absolument faire sortir la princesse d'ici ! s'exclama-t-il, paniqué.

– Je vous en prie, calmez-vous, monsieur Skaïe. C'est déjà fait.

Cette révélation sembla apaiser un peu l'inventeur.

– Où est-elle ?

– Pour sa propre sécurité, je ne peux pas fournir cette information à qui que ce soit.

– Est-il vrai que c'est son propre frère qui a tué le roi et la reine ?

– Qui vous a dit ça ?

– J'ai entendu un homme le raconter à ses amis il y a quelques minutes à peine.

– Le prince est en effet sur la liste des suspects, mais cette information n'aurait pas dû se rendre jusqu'à la population avant la fin de l'enquête.

– L'avez-vous arrêté, au moins ?

– Pas encore, mais ça ne saurait tarder.

– En d'autres mots, vous ne savez pas où il se cache ?

– Monsieur Skaïe, laissez la police faire son travail et retournez faire le vôtre. Nous avons la situation bien en main.

Constatant qu'il ne pourrait rien apprendre de plus, le savant salua brièvement Kennedy et quitta l'immeuble. Loin d'être rassuré, il retourna au café et s'assit devant Odranoel, qui était déjà en train de déguster son repas.

– Veux-tu que je fasse réchauffer tes brochettes ?

– Pas la peine, marmonna Skaïe. Je suis habitué de tout manger froid.

– Où es-tu allé comme ça ? Aux toilettes ?

Le jeune homme avala son vin d'un trait avant de répondre.

– Non, à la police. Je voulais m'assurer que la princesse était en sécurité.

– J'espère qu'elle t'aime autant que tu l'aimes.

– Nous sommes follement amoureux l'un de l'autre, même s'il peut sembler bizarre qu'un membre de la royauté puisse s'éprendre d'un inventeur.

– Je ne te juge pas, Skaïe. Je ne voudrais pas qu'elle te brise le cœur, c'est tout.

– Pardonne-moi. Je dis n'importe quoi quand je suis effrayé.

Skaïe se versa une autre coupe de vin, qu'il vida comme la première.

– Mange un peu, sinon je devrai te porter jusqu'à ta salle de travail, lui conseilla Odranoel.

Il avala un peu de viande et de riz et termina toute la salade ainsi que la bouteille. Puisque la tête lui tournait, Odranoel lui tint le bras jusqu'aux laboratoires en se demandant si l'alcool l'empêcherait de se concentrer ou si, au contraire, il lui donnerait des idées brillantes. Il fit asseoir Skaïe sur son tabouret.

– Fais ce que tu peux et si tu as besoin d'aide pour rentrer chez toi, fais-moi appeler.

– Merci, Odranoel.

Le jeune homme s'installa devant son ordinis, mais, au bout de quelques minutes, il dut en venir à l'évidence qu'il n'arriverait à rien, puisque toutes les formules chimiques semblaient danser sur l'écran. « Je ferais mieux de trouver autre chose à faire », songea-t-il. Il alla s'asseoir à sa table à dessin et tenta d'imaginer à quoi pourrait ressembler un capteur de rêves. « Comment accéder à la partie du cerveau qui fait naître les images dans l'esprit pendant le sommeil ? » Il se mit à griffonner sur la grande feuille blanche et ne vit plus le temps passer. Odranoel passa la tête par la porte entrebâillée.

– Tu es encore là ? s'étonna-t-il.

– J'avais besoin de donner libre cours à ma créativité.

– Tant mieux. Tu es le dernier ici, alors n'oublie pas de verrouiller la porte principale en partant.

– Tu peux compter sur moi.

– À demain.

Skaïe dessina pendant encore quelques minutes, puis s'arrêta net. « Si les constables sont incapables de capturer le prince, ou bien c'est parce qu'ils sont de mèche avec lui, ou bien c'est qu'ils ne savent tout simplement pas où le chercher », crut-il comprendre. « Mais moi, je sais où il pourrait bien se cacher… » Le savant déposa son crayon et se rendit à la salle où les prototypes étaient conservés. Il sortit discrètement la mistraille de sa cage de verre et soupesa son chargeur circulaire en faisant bien attention de faire dos au détector qui épiait ses gestes depuis le coin du mur opposé. La culasse était pleine de balles. Il cacha l'arme sous sa longue blouse blanche et marcha le plus normalement du monde jusqu'à la salle de bain, où il abandonna la mistraille dans une cabine. Il revint ensuite dans sa salle de travail, trouva un sac à outils vide et quitta la pièce en éteignant la lumière.

Il alla s'installer dans la cabine de la salle de bain, démonta la mistraille et en plaça les morceaux dans le sac noir. Il tira la chasse, se lava les mains et sortit des laboratoires après en avoir verrouillé les portes. Sans se presser, il rentra chez lui. Il déposa ses affaires sur son lit et, grâce à un petit appareil qu'il avait inventé, il s'assura encore une fois que les constables n'avaient pas caché de détectors dans son appartement pendant qu'il était au travail. Il ne trouva rien. Il reconstruisit donc l'arme avec beaucoup de soin. Convaincu qu'elle était en parfait état de marche, Skaïe fouilla dans ses tiroirs et en retira une autre de ses inventions : des lunettes pour voir dans le noir. Si Lavrenti se trouvait dans les passages secrets, le savant n'allait certainement pas partir à sa recherche avec une lampe de poche. Il éteignit la lumière et mit les lunettes sur son nez. Elles fonctionnaient à merveille. Il s'empara de la mistraille, exerça une pression sur le coin du lambris et prit une profonde respiration. « Je fais ça pour Kharla », se rappela-t-il.

Il s'enfonça dans les passages secrets et les explora pendant plusieurs heures jusqu'à ce qu'il arrive devant un escalier en spirale. « Je pensais être au dernier étage », s'étonna Skaïe. « Le palais a-t-il un grenier ? » Tandis qu'il gravissait les marches aussi silencieusement que possible, il entendait battre son cœur dans ses oreilles. « Il n'est pas question de tuer le prince, juste de l'appréhender », se répéta-t-il plusieurs fois pour se rassurer. Quelques balles tirées au-dessus de la tête du meurtrier suffiraient amplement à lui faire comprendre qu'il ne plaisantait pas. Skaïe arriva en haut de l'escalier dans ce qui semblait être une grande salle vide. Il entendit alors un craquement et épaula la mistraille en retenant son souffle. Il tourna lentement la tête à gauche, puis à droite, et sursauta en trouvant un homme à quelques pas seulement de lui !

Skaïe n'avait pas pris le temps de chercher un réflexus du prince, alors il ne savait pas si c'était bien lui. L'inconnu portait une simple chemise de coton et pourtant, il faisait très froid dans le grenier. Il esquissa un sourire cruel, comme s'il voyait clairement dans le noir.

– Crois-tu vraiment que tes inventions ridicules m'impressionnent ?

Le savant sursauta, mais réussit à maîtriser son envie d'appuyer sur la détente.

– Je n'ai pas l'intention de me servir de celle-ci, à moins que vous résistiez à votre arrestation, répliqua-t-il bravement.

– Vraiment ?

– Dites-moi qui vous êtes et ce que vous faites ici.

– Je suis le Prince Lavrenti d'Antarès et je méditais dans la quiétude de cet endroit jusqu'à ce que tu arrives et que tu me déranges avec ta respiration. Maintenant, à ton tour de me dire pourquoi Kennedy n'envoie qu'un seul homme à ma recherche, et un scientifique de surcroît.

– Je prête main-forte aux constables qui ratissent la forteresse et il semble bien que ce sera un justicier qui vous mettra finalement la main au collet. Passez devant moi et ne faites aucun geste brusque.

– Je n'irai nulle part avec toi. On dirait bien que tu ignores à qui tu as affaire. Prépare-toi à mourir, justicier.

– Vous ne semblez pas comprendre lequel de nous deux est armé.

Lavrenti ouvrit vivement les bras en croix. Une lumière éclatante envahit la grande pièce. Aveuglé, Skaïe arracha ses lunettes de vision nocturne en hurlant de douleur. Il entendit alors les pas rapides du prince qui fonçait sur lui. Pour lui faire peur, il ouvrit le feu en balayant plusieurs fois l'espace devant lui, puis s'arrêta, haletant. Ses mains tremblaient si fort qu'il avait de la difficulté à tenir l'arme contre lui. Inquiet de ne pas avoir entendu le corps du prince s'écraser au sol, Skaïe battit fiévreusement des paupières pour tenter d'y voir quelque chose. Il reçut un violent coup sous le menton et tomba à la renverse. La mistraille roula plus loin. Lavrenti se mit à lui assener de multiples coups de pied dans les côtes et sur la tête, avant de l'agripper par le cou et de le soulever de terre. Sa force musculaire n'était pas celle d'un homme ordinaire.

– Vous mourrez tous les uns après les autres ! hurla-t-il, fou de rage.

Il serra le cou de l'inventeur qui se débattait frénétiquement pour se libérer.

– Lâche-le, ordonna une voix.

Surpris, Lavrenti laissa retomber Skaïe sur le plancher et fit volte-face.

– Qui ose me défier ?

Salocin s'approcha de lui sans la moindre crainte.

– De qui es-tu le fils ?

– Je suis mon propre maître.

– Ce n'est pas ce que je veux savoir. Il y a en toi la colère de Wallasse, mais la vanité d'Olsson aussi. Peu importe lequel des deux t'a engendré, il a dû oublier de te dire que les quatre survivants de l'hécatombe du palais d'Achéron se sont partagé ce continent.

Lavrenti conserva un silence contrarié.

– Tu es sur mon territoire, lionceau. Je te donne exactement cinq secondes pour retourner auprès de ton père, sinon je me ferai un plaisir d'aller lui porter moi-même tes restes fumants.

Lavrenti savait pertinemment que ces sorciers étaient puissants et rapides. Ce n'était pas le moment de l'affronter, avec toutes les balles dont l'avait criblé Skaïe. En se promettant de lui régler son compte plus tard, il disparut.

Salocin se pencha sur Skaïe qui agonisait à ses pieds. Il commença par lui faire perdre conscience afin qu'il ne voie pas son visage et dégagea sa trachée pour qu'il puisse respirer de nouveau. Il le souleva ensuite dans ses bras et le transporta magiquement dans sa chambre. Il le déposa sur son lit, s'assura qu'il survivrait, puis fila magiquement jusqu'aux laboratoires pour remettre la mistraille dans sa cage de verre en conservant un écran d'invisibilité autour de lui pour échapper aux détecteurs.

Skaïe ne revint à lui qu'au milieu de la nuit. Tout son corps lui faisait affreusement mal. Les derniers événements lui revinrent en mémoire. « J'aurais pu mourir », se rendit-il compte. Il tendit le bras vers le stationarius posé sur sa table de chevet et réussit à s'en emparer. Il le déposa sur sa poitrine douloureuse et composa en tremblant le zéro.

– Ici Skaïe… articula-t-il péniblement…À l'aide…

Il perdit connaissance. L'appareil glissa sur le sol.

– Tenez bon, fit la voix à l'autre bout du fil. Les policiers seront bientôt là.

SHANZERR

Après son évasion du monde divin, le sorcier Shanzerr avait hérité de la partie ouest d'Alnilam. Pour éviter tout contact avec les humains, il avait décidé de s'installer au pied de la montagne bleue, au centre d'Arcturus. En raison de vieilles superstitions qui remontaient à la nuit des temps, les humains ne s'en approchaient pas. Le sorcier pouvait donc y vivre en toute tranquillité. Non loin d'une source qui se jetait dans un bassin naturel, il avait creusé une vaste caverne dans la base du grand pic. Petit à petit, Shanzerr s'était fabriqué un lit, une table, des chaises et un buffet avec des planches qu'il avait trouvées dans une scierie abandonnée. Il adorait travailler de ses mains. En fait, à part pour ses travaux d'excavation du roc, il ne se servait presque jamais de sa magie.

En errant la nuit dans les ruelles de Sidbourg, à quelques kilomètres au sud, il avait trouvé plusieurs trésors dans les poubelles des gens aisés : de la vaisselle, des ustensiles, de belles coupes et un pichet en cuivre, des chaudrons, des poêlons, une salière, une poivrière et même un ancien four à bois. Il l'avait installé au fond de sa grotte et avait même creusé une cheminée pour faire sortir la fumée de son logis. Un soir, il était tombé sur un grand lustre en cristal. Il l'avait suspendu au milieu de son plafond, mais puisqu'il n'avait pas d'électricité, c'était le seul appareil qu'il faisait fonctionner au moyen de ses pouvoirs.

Depuis des centaines d'années, Shanzerr parcourait son territoire sans se faire importuner. Il portait des vêtements dans le style des habitants de l'ouest : pantalons, chemises, bottes et longs manteaux de couleurs claires. Il s'était familiarisé avec les coutumes des humains et avait pris le temps d'apprendre à lire et à écrire. Chaque semaine, il ramassait le journal laissé par quelqu'un sur une table dans un café et revenait le lire dans son antre en buvant du thé. Il se baignait tous les jours dans sa source, peu importe la saison, et y lavait aussi ses vêtements. Les animaux s'étaient habitués à sa présence et venaient même manger dans ses mains. Ils avaient compris que cet homme n'était pas un prédateur.

Shânzerr menait une vie d'ermite sereine et sans histoire, mais toute cette douceur ne parvenait pas à lui faire oublier les sévices qu'il avait subis dans la prison du palais d'Achéron. Il lui arrivait encore de se réveiller en sursaut avant l'aube, tremblant de tous ses membres, jusqu'à ce qu'il constate qu'il n'était plus recroquevillé au fond de son ancienne cage. De tous les sorciers créés par les généticiens, Shanzerr était le seul qui avait passivement résisté à ses bourreaux. Il avait reçu beaucoup de coups, mais néanmoins toujours refusé de se plier à leurs exercices meurtriers. Il n'avait cessé de répéter aux chauves-souris qu'il n'utiliserait ses pouvoirs que pour le bien et jamais pour le mal. Son évasion avait été une véritable délivrance pour lui, mais les souvenirs des mauvais traitements refusaient de disparaître de sa mémoire.

Ce doux sorcier ne s'était pas attaché aux autres jeunes mages qui avaient occupé les cages autour de la sienne, parce qu'ils avaient malheureusement accepté d'utiliser leurs facultés pour semer la destruction. Lorsqu'ils avaient pris la fuite entre les jambes des soldats-taureaux, il les avait suivis parce qu'il ne voulait pas mourir, et il avait accepté avec soulagement de ne pas partager leur vie une fois sur le continent des humains. Il ne leur ressemblait pas et il ne voulait pas que cette situation change. Isolé dans son coin du monde, Shanzerr avait continué de développer sa magie, mais surtout pour soigner les arbres, les plantes et les animaux. Il n'avait jamais offert ses pouvoirs de guérisseur aux humains par crainte qu'ils le dénoncent aux prêtres et que ces derniers signalent sa présence aux dieux. Il savait comment se défendre, mais il ne voulait surtout pas être obligé de le faire.

Ce soir-là, alors qu'il venait tout juste de laver sa vaisselle et de la ranger dans le buffet, Shanzerr ressentit une présence étrangère. Il s'immobilisa et scruta son environnement. Cette énergie lui était curieusement familière. Pourtant, depuis qu'il s'était installé à Arcturus, il n'avait jamais reçu la visite des autres sorciers. Salocin fit quelques pas dans la caverne sans cacher son étonnement de trouver Shanzerr aussi bien installé.

– Qui l'aurait cru ? s'exclama-t-il.

– Je ne t'ai pas donné la permission d'entrer chez moi, Salocin, l'avertit Shanzerr. Je te conseille de partir.

– Sinon quoi ? Tu n'as jamais été capable de faire du mal à une mouche.

– Pourquoi ne restes-tu pas chez toi ? Ton territoire n'est pas assez vaste ?

– J'ai besoin de tes conseils.

– Alors, adresse-toi à ceux qui sont davantage comme toi. Laisse-moi en dehors de ce que tu es encore en train de préparer.

– Tout doux. Je ne suis pas venu me quereller avec toi.

Shanzerr continua de ranger ses affaires en faisant semblant de ne pas se préoccuper de lui, mais en réalité, il épiait tous ses gestes à l'aide de sa magie pour ne pas être attaqué par surprise.

– Ce que j'ai à te dire nous concerne tous, poursuivit Salocin, tenace.

– Si c'est de l'arrivée massive des soldats-taureaux sur les terres des Aculéos dont tu veux me parler, alors tu perds ton temps, parce que je l'ai ressentie. D'ailleurs, ils sont partis aussi vite qu'ils sont arrivés.

– Si ce n'était que ça... Le monde est en train de changer, Shanzerr, et l'équilibre magique à Alnilam est compromis.

– Le changement fait partie de la vie. C'est une grande loi de l'univers. Tu aurais dû passer ton temps à t'instruire plutôt qu'à embêter tout le monde.

– J'en conviens, mais ce qui se passe en ce moment menace notre existence.

Shanzerr se tourna vers lui, inquiet.

– Il n'y a pas que les bovins d'Achéron qui veulent nous envahir sous le commandement de Javad, poursuivit Salocin. Je viens de rencontrer un jeune sorcier dont j'ignorais tout à fait l'existence. Il ne peut pas avoir fait partie de ceux qui se sont échappés du palais.

– N'as-tu pas eu un fils toi-même ? rétorqua Shanzerr.

– Tu es au courant de ce qui se passe ailleurs ? Très bien. Tu vas pouvoir m'éclairer.

Ne ressentant aucune mauvaise intention de la part de son visiteur, Shanzerr baissa sa garde.

– Puis-je t'offrir du thé ? fit-il.

– Certainement. Ça me changera du vin.

– Assieds-toi.

Salocin choisit l'un des deux gros fauteuils placés devant le four à bois pendant que Shanzerr mettait de l'eau à bouillir. Même s'ils avaient été conçus en éprouvette en même temps, les deux hommes ne se ressemblaient pas du tout. Salocin avait de longs cheveux blonds et raides et des yeux aussi bleus que le ciel. Ceux de Shanzerr étaient aussi sombres que la nuit et ses cheveux noirs bouclés s'arrêtaient sur ses épaules. De plus, il portait la barbe.

– Y a-t-il d'autres sorciers chez les humains, à part nous quatre ? demanda Salocin.

– Aucun sur mon territoire et, si celui que tu as découvert se trouve sur le tien, alors c'est ton problème et non le mien.

– Si je te disais qu'il vient d'assassiner la haute-reine et le roi d'Antarès ?

Shanzerr lui jeta un regard troublé.

– Et même le roi d'Einath, à ce qu'il paraît, ajouta Salocin. Ce meurtre s'est produit sur ton domaine.

– Est-ce que ce sont des rumeurs ou en es-tu certain ?

– Je ne serais pas ici si je ne l'avais pas vérifié. Je sais que nous avons convenu de vivre chacun de notre côté et de ne pas intervenir dans les affaires des humains, mais si nous ne faisons rien, ce sera bientôt le chaos et nous ne pourrons plus nous cacher nulle part.

Shanzerr versa l'eau bouillante dans les tasses, y laissa tomber des sachets de thé et les déposa sur le guéridon qui se trouvait entre les deux fauteuils.

– Que sais-tu du jeunot ? demanda-t-il en s'assoyant à son tour.

– Il se fait passer pour le prince d'Antarès, mais je suis sûr que ce n'est pas lui. J'ignore son nom et d'où il vient et je sais encore moins pourquoi il s'en prend à la monarchie d'Alnilam.

– Il a de la chance de ne pas être mon fils, sinon il recevrait une bonne correction, grommela Shanzerr. De toute façon, je n'en aurai jamais. Je suis parfaitement heureux tout seul ici.

– Le mien est un Deusalas.

– Tiens donc. Ces dieux ailés ne vivent-ils pas sur le territoire de Wallasse ?

– Théoriquement, non. Ils habitaient sur une île dans l'océan quand j'ai rencontré sa mère. De toute façon, Wallasse ne quitte jamais Altaïr. Il ne sait même pas que je fais de courts pèlerinages sur ses terres. Mais revenons à mon fils. Il se bat pour défendre son peuple contre Achéron, qui essaie encore de le faire disparaître de la surface du continent. Alors, le meurtrier est ou bien le fils d'Olsson ou celui de Wallasse.

– Je ne crois pas que ce soit celui de Maridz, car je l'ai revue il n'y a pas longtemps. Elle se cachait dans la cité céleste, mais elle a dû s'enfuir. Pourquoi ne vas-tu pas questionner Olsson et Wallasse au lieu de perdre ton temps avec moi ?

– Crois-le ou non, tu es plus facile d'approche.

Salocin but quelques gorgées de la boisson chaude.

– Que ça fait du bien… Cultives-tu ton propre thé ?

– Non. Je l'achète au marché.

– Tu fréquentes les humains ?

– Je m'approvisionne chez eux. Ce n'est pas la même chose. Écoute, Salocin, je veux que ce soit bien clair entre nous que je ne désire pas me mêler de cette affaire, à moins que ce blanc-bec remette le pied sur mon territoire. J'aime la vie tranquille que j'ai trouvée ici et je tiens à la conserver.

– Dans ce cas, je ferai de mon mieux pour l'identifier et le neutraliser avant qu'il attire l'attention de Javad. Tu es conscient, j'espère, que s'il continue à semer la pagaille sur le continent, il nous mettra tous en danger. Les dieux en profiteront pour se débarrasser non seulement des Deusalas mais de nous aussi en même temps. Merci pour le thé.

Salocin disparut en le saluant de la tête. Shanzerr termina sa tasse sans se presser en songeant à tout ce qu'il venait d'apprendre. Si ce jeune sorcier s'était mis en tête de faire disparaître la monarchie sur le continent, ses agissements mettraient sûrement la puce à l'oreille des dieux. « Mais pourquoi agit-il ainsi ? » se demanda-t-il. « Ne sait-il pas qu'il mourra lui aussi si Javad passe Alnilam au crible ? » Il alla porter les tasses dans la cuve d'eau chaude et décida de sortir.

Shanzerr n'ignorait pas non plus la réputation de Salocin, qui aimait s'amuser aux dépens des gens. Avant de prendre une décision, il voulait s'assurer qu'il disait vrai. Sidbourg se trouvait à une cinquantaine de kilomètres au sud de la montagne bleue. Pour s'y rendre, le sorcier avait toujours recours à sa magie. Pour passer inaperçu, il choisissait en général de s'y rendre au coucher du soleil. Il y avait alors moins de gens sur les trottoirs. Les familles étaient rentrées chez elles et les oiseaux de nuit s'entassaient déjà dans les restaurants avant de filer dans les bars.

Heureusement, la petite pluie hivernale avait cessé de tomber pour l'instant. Shanzerr trouva un autre long manteau dans la penderie, puisqu'il avait donné le sien à Maridz, et s'évapora. Des années auparavant, il avait trouvé l'endroit idéal pour réapparaître sans effrayer personne : une écurie abandonnée à l'entrée de la ville. Elle avait longtemps servi de lieu de rencontre des jeunes, mais ils avaient vieilli depuis et plus personne n'y allait, sans doute parce que les bâtiments étaient devenus dangereux. Il se matérialisa encore une fois entre le puits et la grange et se mit à marcher sur la route de terre. Sidbourg était une ville manufacturière plutôt qu'une ville minière. On y fabriquait différents types d'étoffes ainsi que des vêtements qui étaient ensuite acheminés dans les autres pays. Tous ses habitants travaillaient dans ces fabriques du matin au soir. Pour la plupart, ils étaient gentils et ne cherchaient pas noise aux étrangers qui passaient par là de temps à autre. Mais Shanzerr n'en était plus un. Il achetait souvent des denrées au magasin général avec de l'argent qu'il subtilisait habilement dans les comptes oubliés à la banque. Pour lui, il ne s'agissait pas d'un vol, puisque ces statères dormaient dans le sous-sol de l'établissement et que, de toute façon, il les remettait en circulation dans la société.

Il marcha sans se presser sur le trottoir éclairé par de nombreux lampadaires. Les chevaux ne circulaient plus dans les rues à cette heure. Il ne restait plus que quelques véhiculums de plaisance et de livraison qui passaient dans un sens ou dans l'autre. Shanzerr aimait l'atmosphère de Sidbourg, mais jamais il n'aurait accepté d'y habiter. Il entra dans un café où il avait l'habitude d'aller. Le propriétaire lui sourit en l'apercevant et lui tendit le journal de la journée. Le sorcier s'installa à une table et commanda une pointe de tarte aux pommes. En attendant d'être servi, il parcourut rapidement les grands titres sur la première page. En apercevant le réflexus de la reine d'Einath habillée en noir sur le trône de son mari, Shanzerr comprit que Salocin lui avait dit la vérité sur le jeune sorcier inconnu. «Sera-t-elle sa prochaine victime?» s'inquiéta-t-il.

Il lut tout le journal en se régalant de la pâtisserie encore chaude et accepta volontiers la tasse de thé que lui offrit la maison. Lorsqu'il eut terminé sa lecture, il remercia son hôte, laissa quelques pièces sur le comptoir et quitta l'endroit. Il continua de marcher dans la rue en humant les odeurs du soir. Il n'avait plus besoin de rien, mais il lui arrivait encore de jeter un œil aux poubelles en passant, juste au cas où il aurait trouvé quelque chose d'intéressant.

– Je savais que tu chercherais à te renseigner, fit Salocin, appuyé contre un réverbère, quelques pas devant Shanzerr.

– J'ai toujours été plus prudent que vous tous.

– Maintenant, tu me crois?

– Marchons pour ne pas attirer l'attention.

– Volontiers.

Les deux hommes déambulèrent dans la ville.

– Comment fais-tu pour apprendre ces choses avant moi?

– Je ne sais pas lire, alors je vais directement aux sources.

– Même sur le territoire des autres?

– Notre entente, c'était de ne pas s'établir ailleurs que sur le nôtre. Nous n'avons jamais dit qu'il était défendu de se promener parfois chez nos voisins. Et puis, je maîtrise moi aussi les déplacements magiques, alors je ne reste jamais bien long-temps où que ce soit.

— Où habites-tu ?

— Dans un monastère abandonné au sommet d'une mon-tagne à Antarès. La vue est magnifique. Tu devrais me rendre visite un de ces jours.

— Si tu veux bien, revenons à ce jeune sorcier qui s'amuse à tuer des humains. Qu'as-tu l'intention de faire avec lui ?

— Je pourrais le tuer, mais j'aimerais mieux éviter d'être provoqué en duel par Olsson ou Wallasse. Moi, si mon fils avait des torts, je voudrais qu'on m'en parle avant de le châtier.

— Alors, tu sais ce qu'il te reste à faire.

— Tu ne veux pas m'accompagner sur les belles étendues enneigées où vit Olsson ?

— Non. Je te confie cette mission. Quant à Wallasse, tu peux m'oublier. Il n'est pas question que je m'expose à son énergie négative. Bonne chance, Salocin.

Shanzerr s'assura qu'il n'y avait personne aux alentours. Il le salua et disparut.

L'IMPASSE

Lorsque Kira arriva dans le hall du Château d'Émeraude en compagnie de Kaliska et de la petite Agate pour le premier repas de la journée, les enfants étaient assis à un bout de la table et chuchotaient entre eux. À l'autre extrémité, Lassa était accoudé et les observait avec inquiétude.

Les deux femmes allèrent s'installer de chaque côté de lui.

— Ils n'aiment pas ce qu'on leur a servi ce matin ? demanda Kira pendant que Kaliska couchait Agate dans le berceau près d'elle.

— Je pense plutôt qu'ils sont en train de faire front commun contre nous, mais je n'arrive pas à comprendre pourquoi, étant donné que nous ne leur refusons pratiquement rien, répondit Lassa.

— Je sens que nous sommes sur le point de le savoir, intervint Kaliska.

Kira tenta de sonder l'esprit de Lazuli, de Marek, de Kylian, de Maélys et même d'Héliodore sans y parvenir, car les enfants s'étaient entourés d'un bouclier invisible.

— Mais qui leur a montré à se couper ainsi de nous ? s'étonna-t-elle.

— C'est une excellente question, soupira Lassa.

— Crois-tu qu'ils ont eu le temps de mettre la main sur *le* livre ?

— Non, mais ils ont accès à la bibliothèque. D'ailleurs, je te ferai remarquer que c'était ta décision de les laisser grandir en toute liberté.

– Et tu étais d'accord, Lassa d'Émeraude.

– Vous nous avez très bien élevés, trancha Kaliska. Ne vous querellez pas pour si peu.

Marek mit fin au conciliabule. Il quitta le groupe et vint se planter devant ses parents.

– Nous avons décidé qu'il est temps de rendre la politesse à l'empereur et à sa famille et d'aller passer la journée chez eux.

– C'était ça, votre complot ? s'étonna Kira.

– Nous voulions d'abord nous mettre tous d'accord.

Héliodore s'approcha alors de Kaliska et s'appuya tendrement contre elle tandis que Kira et Lassa réfléchissaient à la demande des enfants.

– Même toi, tu as participé à cette discussion ? voulut savoir la jeune reine.

Le petit garçon haussa les épaules en souriant.

– Mange quelque chose, maintenant.

Kaliska choisit un petit croissant au fromage et le lui tendit. Héliodore le prit sans protester et le grignota en restant collé contre elle.

– La bienséance recommande de ne pas s'inviter chez les gens, laissa finalement tomber Lassa. Il faut d'abord leur demander s'ils ont envie de nous recevoir.

– Veux-tu que je le fasse ? proposa Marek.

– Surtout pas, intervint Kira. C'est le rôle des parents, pas des enfants. Commencez à manger tandis que j'en discute à mon tour avec votre père.

– Ne tardez pas trop à nous répondre, fit Marek en retournant à sa place.

– Est-ce que papi Onyx habite loin d'ici ? s'enquit alors Héliodore.

– Sa forteresse se situe au sommet d'une longue chaîne de volcans qui sépare Enkidiev d'Enlilkisar, lui expliqua

Kaliska. Et pour notre famille, rien n'est jamais vraiment très loin.

– Ça te dirait de retourner à An-Anshar ? demanda alors Kira à son mari.

– La dernière fois que nous y avons mis les pieds, c'était pour chasser Kimaati, lui rappela Lassa. Maintenant que tout ça est derrière nous, je pense que ce pourrait être distrayant.

– Tu as raison. Nous sommes devenus bien trop sédentaires. La semaine prochaine, nous irons aussi visiter ma sœur à Shola.

– Commençons par en parler à Onyx, si tu veux bien.

Lassa établit aussitôt une communication télépathique avec son frère divin.

– *Onyx, nos enfants nous harcèlent, ce matin. Ils veulent aller passer la journée chez toi. Je veux savoir ce que tu en penses, mais ne te sens pas obligé d'accepter.*

– *C'est une merveilleuse idée !* s'enthousiasma Onyx. *Justement, j'ai besoin de votre opinion sur ma dernière découverte.*

– *Tiens, ça devient encore plus intéressant. Nous pourrions être là dans une heure ou deux.*

– *Je vais aller annoncer la nouvelle à ma marmaille. À tout à l'heure, Lassa.*

– Et alors ? s'enquit Marek.

– Il est d'accord.

Les enfants poussèrent un cri de victoire.

– Nous ne partirons pas avant que vous ayez tous mangé, que vous vous soyez lavé les dents et que vous ayez enfilé des tuniques plus convenables, décida Kira.

– Mais maman… geignirent les jumeaux.

– Vous m'obéissez ou vous restez ici.

– Moi, je veux bien obéir, lança Héliodore.

– Qui aurait cru ça ? plaisanta Lassa. Un descendant d'Onyx plus discipliné que les nôtres.

Les enfants terminèrent leur repas et se bousculèrent jusqu'à la sortie du hall.

— Je m'occupe d'eux, annonça Kira.

Ils gravirent l'escalier en courant et s'acquittèrent de toutes les exigences de la Sholienne.

— Désires-tu nous accompagner, Kaliska ? demanda Lassa.

— Le royaume peut se passer de sa reine pendant quelques heures, j'imagine. Ça me fera du bien à moi aussi.

Elle monta à l'étage pour se préparer et habiller son bébé plus chaudement. Lassa resta assis devant le feu jusqu'à ce que tous redescendent dans le vestibule. Il les y rejoignit, content de constater que Kira avait les choses bien en main, même si les petits étaient surexcités à l'idée de sortir d'Émeraude. Ses yeux bleus chargés de curiosité, Agate ne comprenait pas ce qui pouvait bien se passer, mais l'entrain général la faisait babiller gaiement.

— Dis-nous quoi faire, papa, le pressa Marek.

— Prenez-vous tous par la main, ordonna Lassa.

— Est-ce que nous allons monter sur un bateau ? demanda Kylian.

— Non, répondit Kira. Ce sera plus amusant encore.

— Et plus rapide, ajouta Lassa. Ne nous faites pas honte chez Onyx, compris ?

— Oui, papa ! promirent-ils en chœur.

Marek et Lazuli se placèrent de part et d'autre des plus jeunes pour s'assurer de ne pas les perdre dans le vortex. Kira saisit le bras de Kaliska qui tenait le bébé contre sa poitrine et tendit la main à Héliodore. Lassa prit l'autre et offrit la sienne à Marek. Ils se retrouvèrent sur une grande terrasse, près d'une fontaine. Plus loin se dressait la forteresse d'An-Anshar. Lassa poussa la bande vers les hautes portes du château.

— Il y a quatre fois plus d'étages qu'à Émeraude ! s'émerveilla Maélys.

– Ça ne vous donne pas le droit de tous les explorer, les avertit Kira.

– Où sont les enfants ? demanda Héliodore.

– Ils vous attendent à l'intérieur, répondit Lassa.

Les portes s'ouvrirent avant même que la famille les atteigne. Ils aperçurent Onyx, les mains sur les hanches, un large sourire sur le visage.

– Bienvenue à An-Anshar. Je vous en prie, entrez !

Le groupe suivit Onyx à travers un grand vestibule dominé par un large escalier, puis dans le hall. Sous le regard vigilant de Napashni, les enfants de l'empereur, formant un seul rang, frétillaient en voyant approcher leurs invités.

– Merci d'avoir accepté de nous recevoir, leur dit Kira.

Lassa sentit les doigts d'Héliodore serrer de plus en plus les siens. Il baissa les yeux sur le garçon et constata qu'il pâlissait à vue d'œil.

– Que se passe-t-il, mon poussin ?

– Je ne veux pas rester ici…

– Mais n'est-ce pas ce que vous vouliez ?

– Pas moi… Laisse-moi partir…

– Tu n'as rien à craindre chez Onyx, tu le sais bien, intervint Kira.

– Ce n'est pas lui, c'est le monstre…

– Il y a des monstres ici ? s'étonna Kylian.

– Absolument pas, certifia la mère.

– Je vais retourner à Émeraude avec lui et Agate, annonça Kaliska, inquiète. Nous trouverons bien autre chose à faire.

Lassa se tourna vers Kira.

– Je les y reconduis et je reviens tout de suite, chuchota-t-il. Commencez la fête sans moi.

Il posa la main sur l'épaule de sa fille et disparut avec elle et ses enfants. Dès qu'ils réapparurent dans les appartements royaux d'Émeraude, Lassa s'accroupit devant Héliodore.

– Est-ce que ça va mieux, maintenant ?

Le petit garçon hocha vivement la tête en reprenant des couleurs.

– J'aimerais que tu m'expliques de quoi tu as eu peur, parce que le reste de ma famille se trouve encore là-bas et que je ne désire pas qu'elle soit en danger.

– Il y a une chose méchante qui tue les gens chez papi Onyx.

– Comment est-ce possible ? s'étonna Kaliska. Je n'ai rien ressenti du tout.

– Moi non plus, soupira Lassa, intrigué. Héliodore, dis-moi exactement où se trouve cette chose.

– Elle était sous mes pieds.

– Nous a-t-elle suivis jusqu'ici ? s'alarma la jeune maman.

– Non.

– Alors tu n'as plus rien à craindre. Maman va rester avec toi et te lire toutes les histoires que tu aimes.

– Ne retourne pas là-bas.

– Je n'ai pas le choix, Héliodore. Je dois aller mettre Onyx en garde et tenter de savoir ce qui se cache chez lui.

– C'est trop dangereux…

– Je serai prudent, je te le promets.

Lassa l'embrassa sur le front.

– Vas-y, papa, le pressa Kaliska. Je m'occupe de lui. Mais je t'en prie, sois prudent.

– Si ta mère et moi avons été capables ensemble d'anéantir Amecareth, je ne crois pas que ce fameux monstre pose un problème. Amusez-vous bien, tous les deux.

Lassa fit un clin d'œil à sa fille et disparut sous ses yeux. Il se matérialisa dans le grand hall d'An-Anshar, mais n'y trouva que Kira et Onyx.

– Où sont les enfants ? s'inquiéta-t-il.

– Le monstre les a mangés, plaisanta Onyx.

– Ils sont dehors avec Napashni, parce qu'Obsidia les a mis au défi de creuser un lac plus vite qu'elle, expliqua Kira.

– En d'autres mots, la petite rusée a recruté des ouvriers magiques pour accélérer son travail, ajouta Onyx.

– Alors tant mieux, s'apaisa Lassa. Nous allons pouvoir discuter ouvertement loin de leurs jeunes oreilles.

– Viens boire un peu, le convia son frère divin. Ça aide à avoir les idées plus claires.

– Depuis quand ?

Lassa accepta tout de même la coupe qu'il lui tendait et ils s'assirent tous les trois devant l'âtre.

– Héliodore est terrorisé par quelque chose qui se trouve sous ta forteresse. Est-ce que ça pourrait être relié à ce fameux raccourci dont nous a parlé le livre de toutes les connaissances ?

– Nous étions justement en train d'en parler avant que tu arrives, lui apprit Kira. S'il y a quelque chose à An-Anshar, curieusement, moi, je ne le ressens pas du tout.

– Le petit a une sensibilité qui vient d'ailleurs, leur rappela Lassa. Est-il possible que ce qui se cache chez toi n'appartienne pas à notre monde ? Et pire encore, représente-t-il un grave danger pour ta famille, Onyx ?

– Nous habitons ici depuis bien des années et il ne nous est jamais rien arrivé, affirma l'empereur, mais j'avoue que je n'aime pas qu'une telle entité ait choisi de s'établir ici.

– Donc, tu connaissais déjà son existence.

– La première fois que je suis descendu dans le sous-sol, je n'ai rien vu du tout. Quand j'y suis retourné avec Phénix, nous avons trouvé une petite mare en plein centre du cratère. Nous nous en sommes approchés et elle nous a projetés dans les airs sans que j'aie le temps de riposter. À mon avis, ce n'est pas un envahisseur, mais plutôt un chien de garde qui refuse que nous empruntions ce passage.

– L'entité a dû deviner que tu ne te contenterais pas de l'observer, fit remarquer Kira.

– Pour mieux évaluer la menace qu'elle représente, il nous faudrait la voir, observa Lassa.

– Avec plaisir, déclara Onyx en se levant. Profitons-en avant que les enfants se lassent de découper des blocs de roc sur le plateau. Je ne voudrais surtout pas qu'il leur vienne l'idée de nous donner un coup de main.

– Je suis d'accord, acquiesça Kira.

Ils se rendirent à la cuisine. D'un geste de la main, Onyx fit glisser le tapis de côté et retomber la trappe sur le plancher.

Kira se pencha pour jeter un coup d'œil à l'ouverture rectangulaire.

– Comment descend-on là-dedans ? s'étonna-t-elle. Je ne vois ni marches ni échelle.

– Quand j'ai arraché ce château de ses fondations à Agénor, cette porte devait donner accès à une réserve pas très profonde, expliqua Onyx. Je crains qu'elle soit restée là-bas.

– Si je comprends bien, elle s'ouvre sur le cratère qui lui sert désormais de fondations ?

– Exactement.

– Mais comment y es-tu descendu ? l'interrogea Lassa, perplexe.

– Grâce à mon pouvoir de lévitation. Possédez-vous encore le vôtre ?

Sans attendre leur réponse, Onyx sauta dans l'ouverture et se laissa doucement descendre en éclairant le sous-sol avec ses mains.

– Après toi, fit Lassa à sa femme.

– Advienne que pourra, soupira-t-elle.

Elle imita le geste d'Onyx et se retrouva bientôt près de lui. Lassa la suivit quelques secondes plus tard. Tous les trois illuminèrent le vaste espace circulaire.

– Cet endroit donne la chair de poule…

– Le raccourci se trouve-t-il dans ces grottes ? voulut savoir Lassa.

– Pas du tout, lui dit Onyx.

L'empereur les conduisit vers le centre de la vaste cavité. Ils ne se sentirent menacés que lorsqu'ils ne furent plus qu'à quelques mètres de la flaque d'eau.

– Pourquoi ne commençons-nous à capter cette énergie que maintenant ?

– Sans doute parce qu'elle est habitée par une créature qui vient d'ailleurs et qui possède des facultés différentes des nôtres, avança Lassa.

– Et si c'était la même énergie qui a détruit l'univers de Strigilia ? s'inquiéta Kira.

– Je n'avais pas pensé à ça, avoua Onyx. Arrêtez-vous ici si vous ne voulez pas faire un vol plané.

Lassa, Kira et Onyx sondèrent alors la mare chacun à leur façon.

– On dirait en effet que cette entité bloque le passage, conclut la Sholienne.

– Est-ce que ce pourrait être Achéron ? fit Onyx.

– Je pense plutôt que c'est un de ses ennemis qui a décidé qu'il ne s'échapperait pas de son domaine comme ses fils, répliqua Lassa.

– Nous pourrions tenter de négocier avec ce gardien, suggéra Kira.

– Je ne décèle aucune trace d'intelligence là-dedans, lui fit remarquer Onyx.

– Tu peux bien essayer, mais sois prudente, lui recommanda Lassa.

Kira s'agenouilla et ferma les yeux pour se concentrer. Elle projeta sa force vitale à la rencontre de celle de l'eau. Celle-ci s'illumina aussitôt en rouge.

– Qui êtes-vous et pourquoi nous empêchez-vous d'approcher ?

– *Accès interdit*, répondit une voix grave.

– Tiens donc, elle te parle, à toi ! s'étonna Onyx.

– Nous ne désirons qu'aller chercher nos enfants qui sont coincés dans la réalité qui se trouve de l'autre côté de ce passage.

– *Accès interdit.*

– Par qui ? tonna Onyx.

– À qui devrions-nous demander la permission de franchir ce portail ? poursuivit Kira.

– *Accès interdit.*

– Tu vois bien que cette créature ne possède aucune faculté mentale, grommela Onyx.

– Il doit tout de même exister une façon de passer, s'entêta Lassa.

– C'est certain, acquiesça Kira, mais comme cette quête pourrait nécessiter beaucoup de temps, je suggère que nous attendions un jour où les enfants ne seront pas à la portée de ce monstre.

– Tu as raison, l'appuya son mari. Allons passer du bon temps ensemble. Nous reviendrons quand nous serons sûrs de ne mettre personne en danger.

Onyx aurait préféré en finir au plus vite, mais il obtempéra car leurs arguments étaient sensés. Ils remontèrent donc au rez-de-chaussée et allèrent voir comment les enfants s'amusaient à l'extérieur. En voyant voler de gros morceaux de roc au loin, Kira se demanda si ce jeu était sécuritaire. Ils les rejoignirent sur le bord du fossé qu'ils semblaient creuser avec leur magie.

– Nous les inviterons plus souvent ! s'exclama Obsidia. À cette vitesse-là, nous n'aurons pas à attendre des mois pour avoir notre lac !

– C'est ça qu'ils sont en train de faire ? s'étonna Lassa.

– Ils veulent un lac et j'ai décidé qu'ils le gagneraient à la sueur de leur front, plaisanta Onyx.

– Nous sommes tous les deux d'accord qu'ils ne peuvent pas toujours recevoir instantanément ce qu'ils demandent, ajouta Napashni. Nous ne voulons pas qu'ils deviennent insupportables comme leur père.

– Hé ! protesta Onyx.

– Est-ce que je peux jouer moi aussi ? demanda Kira.

– Oh oui, maman ! l'encouragea Maélys.

La Sholienne se mit à dégager de gros blocs de roc du sol, mais laissa aux enfants le soin d'aller les empiler où ils en avaient envie. Lorsqu'ils en eurent assez, ils rentrèrent à la forteresse, où un festin les attendait. Ils mangèrent, plaisantèrent et écoutèrent les histoires de Lassa. Puis, quand les parents sentirent que leurs petits commençaient à tomber de fatigue, ils se séparèrent.

Cette nuit-là, Onyx fut incapable de dormir. L'accès au monde d'Achéron se trouvait sous lui et il ne pouvait pas l'emprunter. Il se mit ensuite à penser à la terreur qui s'était emparée d'Héliodore et se transporta dans la chambre du petit garçon à Émeraude. Il sentit tout de suite qu'il était réveillé.

– Ne crains rien, lui dit-il en allumant les bougies sur sa commode. C'est moi.

Onyx s'assit sur son lit. L'enfant sortit de ses draps et vint se réfugier dans ses bras.

– As-tu passé une bonne journée quand même ?

– J'ai joué avec maman et elle m'a raconté des histoires quand Agate a été couchée, mais je n'ai pas arrêté de penser à vous. Il y a un monstre dans ta maison, papi.

– Je sais, mon trésor, mais je te promets que je trouverai la façon de nous en débarrasser. Qu'est-ce que tu dis de ça ?

– Il est bien trop fort.

– Pas pour moi.

– Il dévore des mondes.

– Et comment le sais-tu ?

Héliodore haussa les épaules. C'était évidemment Strigilia qui tremblait de peur au cœur de son jeune être.

– Fais-moi confiance, Héliodore.

Onyx serra l'enfant contre lui en lui transmettant une vague d'apaisement.

RÉTABLISSEMENT

Odranoel était inquiet pour son jeune assistant soup-çonné de meurtre. Il ne le croyait pas capable d'avoir commis un crime aussi odieux, mais Skaïe avait le don de se mettre les pieds dans les plats. Assis à son bureau, devant sa grande tablette à dessin, le savant était en train de peaufiner les plans techniques de sa machine volante afin de la sou-mettre aux ingénieurs. Il était conscient qu'un tel vaisseau ne serait pas prêt avant au moins deux ans, mais c'était le mieux qu'il pouvait faire.

— Monsieur, fit un de ses assistants en mettant la tête dans l'embrasure de la porte. L'inspecteur Kennedy est ici. Il aime-rait vous voir.

— Alors pourquoi ne l'as-tu pas conduit directement à mon bureau ?

Le jeune homme s'éclipsa et revint quelques secondes plus tard en compagnie du policier. Odranoel s'était levé, paré à recevoir une mauvaise nouvelle.

— Si vous cherchez mon collègue, sachez qu'il n'est pas encore arrivé, l'informa le savant.

— Et il ne viendra pas non plus puisqu'il est aux soins intensifs.

— Quoi ? Que lui est-il arrivé ?

— Je suis venu vous voir dans l'espoir de l'apprendre.

— Comme nous ne partageons pas le même appartement, monsieur Kennedy, une fois que Skaïe a quitté les laboratoires, je n'ai aucune idée de ce qu'il fait. Dans quel état est-il ?

– Plutôt lamentable. Quelqu'un l'a sauvagement battu, mais il a réussi à appeler les secours. Toutefois, les ambulanciers l'ont trouvé inconscient et il n'est pas encore revenu à lui.

– Battu ? Puis-je lui rendre visite ?

– Je vous y encourage, monsieur Odranoel. Si vous êtes capable de tirer de lui quelque renseignement que ce soit, je veux que vous me mettiez au courant sur-le-champ.

– Je ferai de mon mieux. Où l'a-t-on retrouvé ?

– Chez lui, mais nous n'avons relevé aucune trace de combat. L'attaque a sans doute eu lieu ailleurs.

– Je me rends à l'hôpital de ce pas.

Kennedy salua l'inventeur et quitta son bureau. Odranoel commença par se calmer en mettant la main sur son cœur. Pourquoi un savant de la trempe de Skaïe éprouvait-il sans cesse le besoin d'être mêlé à des histoires abracadabrantes ? Il enfila sa redingote et se mit en route en imaginant toutes sortes de scénarios. Peut-être s'agissait-il tout simplement d'un vol ? Skaïe n'avait aucun ennemi. Il s'arrêta devant la réceptionniste de la section médicale.

– J'aimerais voir monsieur Skaïe, je vous prie.

– Je ne peux pas vous donner cette autorisation, mais je peux aller chercher le docteur. Attendez-moi ici.

L'inventeur se mit à marcher de long en large devant le gros bureau pour calmer sa nervosité. Il aperçut alors une femme en blouse blanche qui venait vers lui.

– Monsieur Odranoel, je suis le docteur Eaodhin. C'est moi qui ai traité les blessures de votre collègue la nuit dernière.

– Sont-elles graves ?

– Il a reçu de nombreux coups, mais il n'a que quelques côtes cassées. Il semblerait également qu'on ait tenté de l'étrangler, car il y a des marques sur son cou, mais heureusement, son agresseur n'a pas réussi à le tuer.

– Je ne comprends pas comment c'est possible… Vous a-t-il dit quelque chose au sujet de cette attaque ?

– Rien encore. Il est brièvement revenu à lui durant la nuit, mais il souffrait tellement que je lui ai administré un puissant sédatif. Il sera certainement en mesure de nous raconter ce qui lui est arrivé à son réveil.

– Puis-je passer un peu de temps à son chevet ?

– Certainement. Venez.

Odranoel la suivit dans de nombreux couloirs jusqu'à la section des soins intensifs. Il se figea sur le seuil de la petite pièce où reposait le savant.

– Par tous les dieux, s'étrangla-t-il.

– Il n'est pas beau à voir, mais il est vivant, l'encouragea Eaodhin. Je vais vous faire apporter un fauteuil. Surtout, ne touchez pas à ses tubes. Si vous avez d'autres questions, je serai à mon bureau.

– Merci, docteur.

L'inventeur s'approcha davantage du lit. Le côté droit du visage de Skaïe était tout bleu et son œil tuméfié. Son torse était enrobé de bandages. Il était branché à de nombreux moniteurs par un grand nombre de fils et un soluté tombait goutte à goutte dans un tube transparent.

– Tu as vraiment mauvaise mine, mon jeune ami, soupira-t-il. Dans quel guêpier as-tu mis le pied, cette fois ?

Un infirmier roula un fauteuil dans la pièce. Odranoel le remercia et s'installa de façon à bien observer les réactions de Skaïe. Il n'était pas un spécialiste de l'analyse médico-légale, mais pendant tout près d'une heure, il tenta d'imaginer de quelle façon l'agresseur avait bien pu s'en prendre au jeune homme. C'est alors qu'il vit remuer ses doigts.

– Skaïe ? Est-ce que tu m'entends ?

Le blessé réussit à entrouvrir l'œil gauche, mais le droit demeura fermé.

– Surtout, n'essaie pas de bouger.

– Je ne pense pas que j'y arriverais…murmura Skaïe.

– Comment te sens-tu ?

– Comme si un locomotivus m'était passé sur le corps…
Où suis-je ?

– À l'hôpital, où on s'occupe de toi.

– Suis-je récupérable ?

– Je dirais que oui, mais que tu auras besoin de beaucoup
de repos.

– Ai-je tous les os fracassés ?

Odranoel s'empara du dossier médical de l'inventeur, qui
reposait à la verticale dans une boîte en plastique au pied de
son lit.

– Pas ceux du visage, heureusement, lui apprit-il, mais tu
as effectivement des côtes cassées. Dis-moi qui t'a fait ça,
Skaïe.

– Il m'a dit qu'il était le Prince Lavrenti… mais puisque je
ne sais pas à quoi ressemble le frère de Kharla, je ne sais pas
s'il disait vrai…

– Est-ce que ça te cause de la douleur de parler ?

– Seulement quand je reprends mon souffle…

– Alors, essaie d'être plus concis. Si je t'apportais un
réflexus du prince, vois-tu assez bien pour pouvoir l'identifier ?

– Ça devrait aller…

– Quand je reviendrai, plus tard aujourd'hui, probablement avec monsieur Kennedy, tu pourras l'accuser formelle-
ment de t'avoir agressé. Maintenant, si tu t'en sens la force,
explique-moi où, quand et comment c'est arrivé… en peu de
mots, bien sûr.

– C'est compliqué…

– Allons-y donc une question à la fois.

– Comme l'enquête piétinait, j'ai décidé de partir seul à la
recherche du meurtrier…

– Mais combien de fois devrai-je te dire que tu es un inventeur, pas un constable ?

– Je ne pouvais pas rester à ne rien faire pendant qu'un fou furieux tente d'éliminer la famille royale…

– Mais tu ne possèdes aucune technique de recherche policière !

– Je l'ai compris…

– Continue, si tu t'en sens la force. Sinon, nous pourrons poursuivre plus tard.

– J'ai pris la mistraille…

– Quoi ?

– Il fallait bien que je me défende…

– As-tu tiré sur le prince ?

– Oui et je suis pas mal certain de l'avoir atteint, mais ça ne l'a pas empêché de me taper dessus…

Odranoel laissa son collègue reprendre son souffle pendant quelques secondes. Il évita de se rasseoir dans le fauteuil pour que Skaïe n'ait pas à tourner la tête pour le voir. Il resta plutôt debout près du lit.

– Est-ce à cause du vacarme que fait la mistraille qu'on s'est finalement porté à ton secours ? demanda-t-il au bout d'un moment.

– Personne ne pouvait l'entendre…

– Vraiment ?

– J'ai découvert des passages secrets dans les murs qui se rendent jusqu'au palais…

– Je ne savais pas qu'il y en avait, s'étonna Odranoel.

– Il y a une espèce de grenier tout en haut… C'est là qu'il se cachait…

– Pourras-tu indiquer le chemin à la police ?

– Oui, sans doute… Il m'a attaqué… Je lui ai tiré dessus… haleta Skaïe.

– Prends ton temps. Je ne voudrais pas que tu t'étouffes.

– Il m'a… saisi à la gorge… Sa force physique était étonnante…

– Pourquoi n'a-t-il pas réussi à t'étrangler ?

– Une voix… lui a dit de me lâcher…

– Il n'était donc pas seul.

– J'ai dû perdre connaissance… parce que quand j'ai ouvert les yeux… j'étais sur mon lit…

– Quelqu'un t'y a donc transporté, comprit Odranoel.

– Quand… pourrai-je… rentrer chez moi ?

– Dans cet état, pas avant des jours, mon jeune ami, et encore là, seulement si tu obéis à tes médecins.

Skaïe ferma les yeux, visiblement souffrant.

– Je vais te laisser te reposer.

Craignant qu'Odranoel ne lui rapporte pas fidèlement les aveux de Skaïe, Kennedy avait fait installer un détector discret dans la pièce des soins intensifs où reposait la victime. Planté devant un écran de la salle de surveillance, le policier avait épié la conversation entre les deux savants tout en prenant soin d'en faire un vidéoxus qu'il pourrait réécouter à volonté. «Mais comment a-t-il réussi à trouver ces passages secrets ?» se demanda le policier.

– Imprimez-moi un réflexus de Lavrenti tout de suite, ordonna-t-il. Avant de nous lancer à sa recherche entre les murs de la forteresse, je veux savoir si c'est bien lui qu'on cherche.

On lui apporta rapidement ce qu'il demandait. Kennedy se mit donc en route pour l'hôpital et y arriva une demi-heure plus tard. Odranoel était assis dans le fauteuil et veillait sur le sommeil de son collègue. Il lui fit signe de sortir de la pièce et le laissa raconter ce qu'il venait d'apprendre, juste pour s'assurer qu'il était intègre.

– J'ai apporté un réflexus du prince, qui est l'un de nos suspects. Pensez-vous que nous pouvons réveiller monsieur Skaïe ?

– Je n'en sais rien. Il a dépensé beaucoup d'énergie pour me parler tout à l'heure. Si vous êtes patient, nous pouvons attendre qu'il revienne à lui encore une fois.

Odranoel se tourna vers la pièce et vit à travers la porte en verre que son ami s'agitait. Il s'empressa de se rendre à son chevet.

– Mais qu'est-ce que tu fais là ?

– J'ai soif…

Le savant appuya sur le bouton près du lit pour requérir l'aide de l'infirmière. Celle-ci accourut et accepta d'aider Skaïe à avaler quelques gorgées d'eau. Debout derrière le fauteuil, Kennedy assista à la scène en silence. Dès que la jeune femme fut partie, il s'adressa au blessé :

– Vous avez eu beaucoup de chance, monsieur Skaïe.

– C'est dur à admettre, en ce moment…

– Vous auriez pu être tué, hier soir.

Kennedy lui montra le réflexus.

– Est-ce l'homme qui vous a attaqué ?

– Oui… et il m'a avoué qu'il avait l'intention de tuer tout le monde… Je pense qu'il a perdu la raison…

– Pourquoi dites-vous ça ?

– Son expression… ses paroles… Il ne semblait pas normal…

– Si vous n'étiez pas en si mauvais état, je vous demande-rais de me conduire jusqu'à l'entrée de ces passages secrets.

– Ne pourriez-vous pas attendre qu'il soit remis ? s'inter-posa Odranoel.

– Dans plusieurs jours ? Non. Le prince risque de nous échapper.

– Il a raison… souffla Skaïe. Je peux difficilement me lever, mais je peux vous dire comment y accéder…

Il indiqua au policier lequel des lambris de sa chambre pi-votait comme une porte, mais lui précisa qu'il n'avait laissé

aucune marque de la route qu'il avait suivie. Il incombe-
rait aux constables de retrouver l'escalier en colimaçon qui
menait au grenier.

– Comment êtes-vous retourné dans votre chambre après
avoir été si sauvagement battu ? voulut alors savoir Kennedy.

– Je n'en ai pas la moindre idée…

Ayant obtenu suffisamment d'informations pour poursuivre son enquête, Kennedy rassembla une centaine de
constables armés d'un long couteau et d'une lampe de poche
et les lança dans les passages secrets comme un essaim
d'abeilles. Il y entra le dernier et éclaira sa route à la recherche
d'indices tandis que ses hommes avaient plutôt reçu comme
mission d'appréhender le prince. Ces sombres couloirs n'en finissaient plus ! Kennedy marcha pendant des heures avant
d'arriver au fameux escalier où l'équipe avait reçu l'ordre de
se masser en l'attendant.

– Allez-y ! lança le chef de la police.

Deux par deux, les constables grimpèrent au grenier. Ils
étaient si nombreux qu'avec leurs lampes de poche, ils éclai-
rèrent toute la pièce. Lavrenti ne s'y trouvait plus, mais
Kennedy confirma les dires de Skaïe lorsqu'il trouva les
douilles des balles de la mistraille sur le sol. Il les fit ramasser
par son équipe. Par contre, ils ne trouvèrent aucune trace de
l'arme en question. C'est alors qu'un des hommes lui apporta
une étrange paire de lunettes qu'il venait de trouver quelques
pas plus loin.

– Mais à quoi est-ce qu'elles peuvent bien servir ?
murmura-t-il.

Il resta au centre de la pièce tandis que les constables
passaient la pièce au peigne fin. Ils trouvèrent bien des traces
de pas dans la poussière, mais aucune empreinte digitale.
Kennedy leur fit prendre des réflexus de leurs trouvailles, puis
leur demanda de mettre les pièces à conviction dans des sacs
transparents et d'aller les porter aux laboratoires de la police.

Il se rendit dans la chambre de Skaïe en se demandant comment il avait pu y retourner, car la distance entre le grenier et l'appartement était importante. « Il a dit qu'il avait entendu une voix… » se rappela-t-il. En rentrant au poste, il appela à l'hôpital pour savoir si Odranoel s'y trouvait toujours et apprit qu'il était retourné au travail, puisque le médecin avait encore une fois administré un sédatif à Skaïe. Il décida donc de se rendre aux laboratoires et trouva le savant dans la salle des prototypes, planté devant la cage de verre de la mistraille.

– C'est vous qui l'avez remise dans la vitrine ? demanda le policier en arrivant derrière lui.

– Pas du tout. Après avoir parlé à Skaïe ce matin, je me suis demandé s'il avait imaginé tout ça après être tombé dans un escalier ou quelque chose comme ça, alors je suis venu voir si l'arme avait bougé.

– Votre conclusion ?

– Il n'y a aucune indication qu'on l'ait sortie de là depuis que je l'y ai enfermée.

– À moins que le prince l'ait remise en place lui-même ? suggéra Kennedy.

– Il n'y a aucune empreinte digitale sur le verre.

– Et sur la mistraille ?

– Je n'y ai pas encore touché, mais je peux y jeter un œil devant vous. Je sais comment relever des empreintes.

– Je préférerais que ce soit vous plutôt que mon équipe, qui n'a jamais manipulé une arme aussi dangereuse.

Odranoel enfila des gants en caoutchouc et sortit la mistraille du présentoir. Il la déposa sur sa table de travail et sortit un pot de poudre de ses tiroirs.

– En ce qui concerne votre théorie de l'escalier, elle ne tient pas la route, lui dit Kennedy en suivant attentivement ses gestes. Nous avons découvert ceci dans le grenier où monsieur Skaïe dit avoir été attaqué.

Il sortit de la poche de son manteau un petit sac de plastique qui contenait une douille.

– Il n'y a que cette invention qui les utilise, confirma Odranoel. Combien en avez-vous trouvé ?

– Très exactement vingt-quatre.

Le savant poursuivit son examen.

– Il n'y a aucune empreinte, soupira-t-il. Mais je sais que le chargeur était plein quand je l'ai rangée.

Il le dégagea et compta les balles.

– Il en manque vingt-quatre, s'étonna-t-il. Alors, là, je n'y comprends plus rien. Skaïe portait-il des gants lorsque les ambulanciers sont allés le chercher ?

– Non, mais il y a peut-être une autre explication. Votre collègue ne vous a-t-il pas mentionné qu'il avait entendu une voix autre que celle de son attaquant ?

– Oui, c'est vrai. Mais comment le savez-vous ?

– Il y a des détectors partout dans la forteresse. N'a-t-il pas dit que cette voix ordonnait à l'agresseur de le lâcher ?

– C'est ce qu'il a dit en effet.

– Les empreintes ont probablement été effacées par ce mystérieux personnage.

– S'il a empêché le prince de tuer Skaïe, c'est donc un allié. Y a-t-il des détectors dans le grenier ?

– Malheureusement, non. Jusqu'à ce jour, nous ignorions son existence. Lorsque votre collègue reviendra à lui, pourriez-vous lui demander de faire un effort pour identifier cette voix ?

– Vous savez bien que je ferai n'importe quoi pour lui.

– Je vous remercie de nous assister dans cette enquête.

Kennedy le salua de la tête et sortit du bureau.

– Des passages secrets, une mistraille qui revient mystérieusement à sa place, une voix inconnue, ce jeune imbécile va vraiment me rendre fou, grommela Odranoel en remettant l'arme dans sa cage de verre.

PRÉDICTIONS

Après avoir informé les Chimères et les Basilics de ce qui se préparait du côté des Aculéos, Sierra décida de se rendre chez les Manticores pour leur tenir le même discours. Wellan et elle firent donc leurs adieux à Chésemteh et à ses soldats, puis empruntèrent le vortex pour se rendre sur la colline qui surplombait Paulbourg. L'Émérien en profita pour scruter la falaise.

– Tu ressens quelque chose ? lui demanda Sierra.

– Aucune activité pour l'instant.

Ils se mirent en route à pied pour le campement.

– Et combien de temps serons-nous ici ? s'inquiéta Wellan.

– Pas assez longtemps pour que les Manticores t'entraînent dans leurs folles compétitions, répondit-elle, amusée. Et puis, si tu n'as pas envie de participer à quelque chose, tu n'as qu'à leur dire non.

– Comme si c'était possible !

– C'est que tu as vraiment besoin de t'endurcir, toi, le taquina-t-elle.

Ils marchèrent en silence pendant un moment.

– Il serait étonnant que les Aculéos choisissent de descendre à Arcturus sous leur nouvelle apparence, compte tenu de la distance qu'ils auraient à franchir pour atteindre les villes du sud, laissa tomber Wellan. Les Manticores finiraient par les voir, même si elles n'exercent aucune surveillance de leur territoire.

– Sans compter que la présence d'un large groupe d'hommes-scorpions se faisant passer pour des humains serait vraiment suspecte, puisque toutes les villes le long de la rivière ont été mises à feu et à sang. Mais je dois quand même envisager cette possibilité et y préparer les Manticores.

Lorsqu'ils arrivèrent enfin au campement, il n'y avait personne.

– Elles sont sans doute au parcours d'obstacles, devina Sierra.

– Je te le confirme, fit Wellan, qui venait de sonder la région.

Ils jetèrent du bois sur les braises d'un feu et y prirent place pour attendre les Chevaliers.

– As-tu l'intention de leur parler de la princesse ? demanda l'ancien soldat.

– Non. Je préfère garder sa présence parmi nous secrète. Je vais m'en tenir aux Aculéos.

Wellan fit apparaître deux tasses de thé.

– Tu sais vraiment comment plaire aux commandantes, toi.

– C'est ce qui fait tout mon charme.

– Si tu restes encore plusieurs années auprès de moi, je vais devenir paresseuse et tout te laisser faire.

Ils eurent le temps de terminer leur boisson chaude avant le retour des Manticores. Elles sortirent de la forêt en s'épongeant le visage et le cou.

– Vous êtes encore là ? grommela Baenrhée.

– Laissez-nous au moins le temps de nous laver, protesta Apollonia.

Ils entendirent le tonnerre gronder au loin.

– Je vous jure qu'il le fait exprès ! hurla Baenrhée.

– Dépêchez-vous de préparer le repas avant que l'orage nous tombe dessus, ordonna la commandante des Manticores.

– Messinée, Koulia, venez me donner un coup de main !
lança Priène.

– Oui, chef ! répondit moqueusement Koulia.

Pendant que les Chevaliers se versaient des seaux d'eau
sur la tête, Apollonia alla s'asseoir près de Sierra. Ses longues
mèches blond vénitien lui collaient sur les joues et dans le cou.

– J'imagine que tu es revenue pour me parler de quelque
chose de grave ?

– Il y a d'importants changements dans la stratégie des
Aculéos.

– Vont-ils enfin nous attaquer ? lâcha Koulia en rappor-
tant de gros sacs de provisions sur ses épaules.

– Je vais attendre que vous soyez tous assis autour de
moi pour vous en parler plus longuement.

– Alors, j'ai le temps d'aller me laver, décida Apollonia.

Avec ses amies, Priène prépara une énorme casserole
d'orge aux légumes qu'elle fit gratiner. Elles remirent des
écuelles et des fourchettes à tout le monde, puis les Manticores
formèrent un cercle autour de la grande commandante.

– Maintenant, parle ! exigea Apollonia, la bouche pleine.

– Les Aculéos ont modifié leurs plans, commença Sierra
en déposant son repas à ses pieds. Ils sont en train de se faire
amputer la queue et les bras de pinces pour que nous les con-
fondions avec des humains.

– Et leurs cheveux ? demanda Tanégrad.

– Il se pourrait bien qu'ils les teignent pour compléter
leur métamorphose, répondit Wellan.

– Et leur taille ?

– S'ils ont un sorcier, je pense qu'il pourrait la réduire.

– Pinces ou pas, nous allons tous les tuer ! s'écria
Baenrhée.

– Mais s'ils s'habillent comme des Alnilamiens et qu'ils
changent la couleur de leur chevelure, comment pourrons-
nous être certains que ce sont des Aculéos ? s'enquit Koulia.

– Il suffira de les questionner, suggéra Samara, car ils seront totalement ignorants de nos coutumes. Ils ne sauront même pas le nom de nos dirigeants.

– Tu proposes qu'on leur fasse une petite causette avant de les massacrer ? s'étonna Baenrhée.

– Nous sommes des Chevaliers d'Antarès depuis assez longtemps pour faire intuitivement la différence, trancha Messinée.

– Tu as raison, l'appuya Priène. Il y aura certainement un indice, même subtil, qui les trahira.

– En fait, pour l'instant, il vous suffit de savoir ce qui s'en vient, intervint Sierra.

– Nous apprendrons à nous battre autrement, confirma Koulia en haussant les épaules. Nous sommes flexibles.

Wellan s'étouffa avec sa gorgée de thé, car c'était loin d'être leur principale qualité. Au même moment, un retentissant coup de tonnerre secoua tout le campement. Les Manticores filèrent vers leurs abris avec leur écuelle.

– Ne repars pas tout de suite, dit Apollonia à Sierra. Je dois te parler.

Wellan et la grande commandante la suivirent dans son abri. Apollonia alluma aussitôt sa lampe à l'huile, devançant l'Émérien qui allait créer un feu magique.

Pour éviter de se faire rabrouer, il s'abstint d'utiliser ses pouvoirs.

– Que se passe-t-il ? demanda Sierra.

– J'ai consulté mes cartes après ton départ et il semblerait qu'il n'y ait pas qu'un seul traître.

– Il y en a d'autres dans nos rangs ?

– Ils sont partout. C'est une véritable conspiration.

Wellan arqua un sourcil avec scepticisme. Son tarot était-il en train de la rendre complètement folle ?

– Sois plus précise, Apollonia, exigea Sierra.

– Il y en a parmi nous, chez les humains et chez les dieux aussi. Il sera bientôt impossible de faire confiance à qui que ce soit.

– Nous ne savons même pas qui a cessé de nous être fidèle chez les Chevaliers. Toutefois, nous savons que le Prince Lavrenti est désormais un renégat.

– Tu vois !

– D'où viendront les autres ?

– Du panthéon d'Achéron et aussi de chez ses sorciers.

– Finalement, si tu n'arrives pas à me fournir des noms, je vais suivre Wellan chez lui pour échapper à cette fin du monde, soupira Sierra.

– Mes cartes peuvent me pointer la bonne direction, mais elles ne révèlent jamais ce genre d'information, Sierra, à moins de leur poser la question pour des personnes précises. Dans le cas de l'armée, il faudrait que je le leur demande plus de huit mille fois, une pour chaque Chevalier. De plus, je ne connais pas tous les sorciers.

– Pourrais-tu me faire un tirage maintenant ?

– L'énergie du tarot est plus turbulente pendant un orage, mais essayons toujours.

Elle sortit les cartes de leur pochette et les déposa devant la grande commandante.

– Formule d'abord ta question aussi clairement que possible, puis bats les cartes en continuant d'y penser.

– Je veux savoir si nous finirons par neutraliser le traître qui se fait passer pour un Chevalier.

Elle suivit les instructions d'Apollonia, puis lui remit le tarot. Celle-ci déposa les dix cartes du dessus en croix devant elle, l'air de plus en plus soucieux.

– Oui, tu découvriras bientôt qui c'est et ça te causera un très grand choc.

– Je m'en doute bien.

– Car il s'agit de quelqu'un en qui tu places ta confiance.

– Donc, encore une fois, ce peut être n'importe lequel de mes soldats.

Sierra reprit les cartes et les battit à nouveau.

– Capturerons-nous le prince afin qu'il paie pour ses crimes ?

Apollonia ne cacha pas sa surprise en étalant les cartes.

– Je ne le vois nulle part…

– Comment est-ce possible ?

– On dirait qu'il a quitté ce monde. Je suis désolée de ne pas pouvoir t'en dire davantage.

Sierra refit l'exercice.

– Y aura-t-il encore de nombreuses batailles avant le prochain répit ?

– Que Viatla nous protège, murmura la voyante après avoir déposé les dix cartes. Il y en aura de plus en plus et beaucoup des nôtres tomberont au combat… mais on dirait que nos ennemis seront différents…

La grande commandante ramassa vivement les cartes pour les battre une quatrième fois.

– Qui sera victorieux ?

Apollonia retourna la première carte et devint livide.

– Parle, je t'en prie, insista Sierra.

– Personne…

La Manticore accepta la gourde que lui tendit la commandante et but quelques gorgées d'eau en tentant de se calmer. Wellan en profita pour étudier la carte de tarot qui l'avait autant bouleversée, mais il n'y comprenait rien. Un terrible coup de tonnerre fit trembler la terre. Il scruta immédiatement les environs pour s'assurer que les hommes-scorpions ne profiteraient pas de la tempête pour leur passer sous le nez. Il capta alors la présence de ce qui ne pouvait être qu'un des Chevaliers, alors que tous les autres s'étaient réfugiés dans leurs abris.

– Quelqu'un n'est pas encore rentré, dit-il à Sierra. Je pars à sa recherche.

– Dépêche-toi.

Il salua les deux femmes et se dématérialisa.

– Décris-moi ce qui t'effraie autant, insista Sierra en frictionnant le dos d'Apollonia.

– Notre monde sera transformé à tout jamais.

– Tu ne me dis pas tout, Apo.

– Nous perdrons des milliers de soldats lors des prochains affrontements. Ce sera un véritable carnage.

– Est-ce que je mourrai ?

– Non, répondit la Manticore en essuyant ses larmes.

– Les membres de ta division ?

– Si nous parlions d'autre chose ?

Sierra comprit alors ce qu'elle était incapable de lui dire. C'étaient les Manticores qui risquaient d'être décimées. « Mais l'avenir est toujours en mouvement… » se dit-elle en se promettant de changer le cours des choses.

Wellan réapparut non loin du parcours d'obstacles sous un véritable déluge. Les éclairs illuminaient la forêt à intervalles de plus en plus rapprochés si bien qu'il avait du mal à se servir de ses yeux pour retrouver le Chevalier manquant. Il fit donc appel à ses pouvoirs et se dirigea entre les arbres jusqu'à ce qu'il arrive dans une petite clairière.

En s'approchant, il constata qu'il s'agissait d'une énergie céleste. Un dieu était-il en train de s'en prendre à une Manticore ?

Il s'arrêta net en apercevant Eanraig à genoux dans la boue. Il déchirait sa chemise en hurlant, tandis que le vent et la pluie le fouettaient avec violence. Wellan se précipita à son secours.

– Eanraig, qu'est-ce qui t'arrive ? s'exclama-t-il en s'accroupissant devant lui.

– Je n'arrive pas à éteindre ce feu qui me consume de l'intérieur !

Wellan plaça la main au milieu de sa poitrine et constata qu'une énergie brûlante y tourbillonnait.

– Je ne crois pas que l'eau froide puisse l'éteindre, Eanraig. Ce qui t'arrive est interne.

– Dis-moi comment l'arrêter ! Je n'en peux plus !

Wellan les transporta magiquement tous les deux dans l'abri qu'il avait partagé avec Nemeroff lors de son premier séjour chez les Manticores. Au moins, ils seraient au sec pendant qu'il tentait de soulager le pauvre homme. L'ancien soldat alluma ses paumes et les passa au-dessus du plexus solaire d'Eanraig. Petit à petit, il atténua ses souffrances. L'Hadarais se laissa retomber sur le dos en haletant.

– Suis-je en train de mourir ? s'inquiéta-t-il.

– Au contraire. Tu deviens plus puissant.

– Puissant ?

– La magie grandit en toi.

Nemeroff, qui avait ressenti une poussée subite d'énergie sur le continent, s'était aussitôt inquiété pour son ami d'Émeraude. Il s'empressa de communiquer télépathiquement avec lui :

– *Wellan, est-ce que ça va ?*

– *Moi, oui, mais Eanraig est en difficulté. Ses facultés ont décidé de toutes se manifester d'un seul coup, alors tu peux imaginer comment il se sent.*

– *Ce n'est pas étonnant, puisqu'il est censé être le fils de Javad et, par conséquent, le petit-fils d'Achéron. Il aura certainement besoin de tous ses pouvoirs magiques lorsqu'il affrontera son père.*

– *C'est ce qui est écrit dans votre grotte ?*

– *Si tu avais accepté de me suivre chez les Deusalas, tu l'aurais vu de tes propres yeux.*

– *Oui, mais je ne serais pas ici pour venir en aide à Eanraig.*

– Qu'as-tu l'intention de faire avec lui ?

– Il faudrait que je lui montre à utiliser son potentiel, mais nous sommes constamment sur la route, en ce moment.

– Le mieux serait de confier son éducation magique à Sappheiros qui, lui, aurait le temps de s'en occuper.

– C'est sans doute la meilleure solution, mais laisse-moi d'abord lui en parler. Il est trop effrayé pour qu'on le transporte tout de suite chez les Deusalas.

– Oui, bien sûr. J'attendrai que tu m'appelles, puisque tu ignores où nous nous trouvons.

– Ça ne saurait tarder, Nemeroff. Je te le promets.

Wellan se tourna vers Eanraig.

– Qui est Sappheiros ? demanda l'Hadarais, qui commençait à se sentir mieux.

– Tu as entendu ma conversation avec Nemeroff ? s'étonna Wellan.

– Mais oui.

– J'utilisais mes pouvoirs télépathiques parce qu'il se trouve à l'autre bout du continent.

– Ah bon…

– Je suis content de constater que c'est une de tes facultés qui n'aura pas besoin d'être réveillée.

– Ça me répugne vraiment d'avoir Javad pour père et Achéron pour grand-père.

– Et si je te disais que ma mère est la fille d'Amecareth et la petite-fille d'Achéron et que, malgré tout, c'est une très bonne personne ?

– Tu es mon petit-cousin ?

– Quelque chose comme ça, répondit Wellan, amusé.

– Maintenant, dis-moi qui est Sappheiros.

– C'est un des dieux ailés dont veut se débarrasser une fois pour toutes ta famille divine. Nemeroff est allé l'aider à préparer ces créatures pacifiques à se défendre dans l'éventualité d'une attaque.

– Crois-tu que c'est une bonne idée de lui confier le descendant de ceux qui cherchent à le tuer ?

– Les Deusalas ont recours aux messages qui apparaissent sur les murs d'une grotte pour avoir un aperçu de leur avenir et tu en fais partie.

– Des messages qui parlent de moi ? Mais ils ne me connaissent pas…

– Les augures voient les choses à l'avance, mais je ne saurais expliquer comment.

– Pourrais-je échapper à cet affrontement si je m'enfuyais sur l'océan ?

– Ça m'étonnerait beaucoup. Javad arriverait à te retrouver n'importe où sur cette planète, parce que c'est son sang qui coule dans tes veines. À mon avis, tu aurais une meilleure chance de survivre si tu laissais un guerrier comme Sappheiros t'entraîner à te battre contre un autre dieu.

– Tout ce que je voulais, c'était aider les Chevaliers à écraser les Aculéos pour pouvoir ensuite vivre une vie tranquille, soupira Eanraig.

– Tu pourras mener la vie que tu veux une fois que toutes ces guerres seront terminées. Je ne te pousserai pas à faire ce dont tu n'as pas envie. Je peux juste te conseiller d'accepter ton destin et de ne pas devenir une autre victime de la cruauté de Javad.

– Je t'en prie, laisse-moi penser à tout ça, car jusqu'à ce matin, je me voyais plutôt continuer de me battre aux côtés des Manticores.

– Prends tout ton temps. Si tu décides de recevoir l'enseignement de Sappheiros, je n'aurai qu'à communiquer avec Nemeroff et tu seras là-bas dans un battement de cils.

– Merci, Wellan.

L'ancien soldat transmit une vague d'apaisement au jeune homme pour l'aider à se détendre, puis entreprit de sécher

leurs vêtements, car ils devenaient de plus en plus inconfor-
tables. Une fois qu'Eanraig fut endormi, il alla prévenir Sierra
de ce qui se passait, puis revint auprès de son protégé pour
passer la nuit à le surveiller.

AMOUREUX

Du côté des Deusalas, Sappheiros et Océani avaient varié les techniques de combat. En plus de continuer à frapper des cibles volantes, les escadrilles apprenaient également à foncer sur les soldats-taureaux holographiques dispersés sur la place de rassemblement, gracieusement fournis par Sage et Azcatchi.

Pour éviter les blessures, au lieu de faire jaillir des rayons ardents de leurs épées, ils utilisaient plutôt des jets de lumière. Sappheiros avait également déplacé les enfants dans une immense grotte presque à la hauteur de l'eau où Virgile les surveillait.

Ce matin-là, les dieux ailés passèrent au-dessus de la falaise après avoir fait disparaître la plupart des hologrammes. À leur tête, Kiev poussait des cris de victoire.

– On dirait que tu as du mal à te concentrer, Sage, remarqua Azcatchi. Tes images sont plus floues qu'à l'habitude. Est-ce que tu as le mal du pays ?

– Pas du tout. Ma vie ici est bien plus satisfaisante qu'à Espérita.

– Mais tu as l'esprit ailleurs.

– Oui, c'est vrai, mais nous en reparlerons plus tard, sinon les Deusalas réussiront à éliminer tous mes bovins dans les prochaines minutes. Le but de cet exercice n'est pas de leur rendre la vie facile, rappelle-toi.

Après une matinée entière à s'entraîner, les escadrilles se posèrent finalement sur la falaise. Tous les hologrammes qu'ils n'avaient pas réussi à abattre se volatilisèrent d'un seul coup. Puisque personne n'avait eu le temps d'aller pêcher, Océani fit apparaître des paniers de fruits qu'il venait de trouver dans des fermes de Girtab.

Kiev croqua dans une pomme et prit place devant les dieux aviaires.

– Vos taureaux n'inspirent pas la terreur, leur apprit-il.

– Nous avons pourtant utilisé les images mentales que nous a fournies Sappheiros, assura Sage.

– Et c'est exactement à ça qu'ils ressemblent, intervint Océani. Puis-je vous suggérer, pour le restant de la journée, de les faire courir un peu partout au lieu de les rendre statiques ?

– Ce sera plus difficile, mais je crois que nous pourrions y arriver, affirma Azcatchi.

– D'ailleurs, c'est une excellente idée, approuva Sage. De véritables ennemis ne resteraient pas plantés sur place.

– Nous n'en ferons qu'une bouchée ! s'exclama Kiev, optimiste.

Le jeune homme quitta ses nouveaux amis pour aller manger auprès de son épouse.

– Il a une belle attitude, laissa tomber Sage.

– C'est sa confiance en lui qui lui fera gagner cette guerre, commenta Azcatchi.

Kiev écouta les commentaires et les suggestions de Mikéla sur leurs dernières stratégies. Elle commençait à raisonner comme une véritable guerrière.

– Tu n'as pas peur ? lui demanda-t-il, curieux.

– Auprès de toi, je n'ai peur de rien.

Elle lui arracha un baiser qui fit sourire les adultes.

– Je dois m'acquitter d'une petite obligation, lui dit Kiev. Je reviens tout de suite.

Il se rendit à l'autre bout de la place de rassemblement, où mangeait sa belle-famille, et s'agenouilla devant Sandjiv.

– Vous n'avez déjà plus de fruits ? plaisanta Lizbeth.

– Je suis venu rendre quelque chose à notre roi.

– Ah oui ? s'étonna Sandjiv.

Kiev lui tendit la bague que son défunt grand-père lui avait remise en songe. Le roi la prit avec précaution comme si elle était infiniment fragile et l'examina un long moment.

– Où l'as-tu trouvée ? demanda-t-il enfin.

– Dans la grotte défendue.

Le jeune Deusalas jugea inutile de lui mentionner que c'était au cours d'un rêve.

– Mon père m'a dit que depuis toujours, ce sont les dirigeants de notre race qui portent cette bague.

– C'est vrai, mais puisqu'elle avait disparu après le massacre, j'ai tout de même été nommé roi sans elle.

– Je suis heureux qu'elle soit de retour. C'est sûrement un présage favorable.

– Un jour, elle sera à toi, tu sais.

– Commençons par gagner cette guerre, puis nous en reparlerons.

– Tu seras un bon roi, Kiev.

– Laisse-moi prendre davantage de maturité, plaisanta-t-il.

Tandis qu'il retournait auprès de son escadrille, Sage et Azcatchi se dirigèrent plutôt vers le bord de la falaise pour s'asseoir de chaque côté de Nemeroff, qui contemplait l'océan, les pieds pendant dans le vide.

– Je commence à m'habituer à cette nourriture, avoua Azcatchi. Je n'ai même plus envie de manger de la viande.

– Tant mieux, parce que c'est bien meilleur pour ta santé, répliqua Sage.

– Moi, par contre, ça me manque un peu, soupira Nemeroff. Parfois, le soir, je me fais apparaître du poulet ou du bœuf pour faire changement.

– Et tu fais cuire ton poisson aussi, se rappela Sage.

– J'ai bien essayé d'en manger cru, mais je n'arrive tout simplement pas à l'avaler. Je finis toujours par le cracher. Mais si tu me permets de changer de sujet, j'ai remarqué que tu étais distrait, aujourd'hui.

– Pas juste aujourd'hui, précisa Azcatchi.

– Nous sommes là pour t'aider, si quelque chose te tracasse, ajouta Nemeroff.

– C'est plutôt personnel… avoua Sage.

– Es-tu amoureux ?

L'Espéritien rougit jusqu'aux oreilles.

– D'une jeune Deusalas ?

– Non…

– Pas d'une Aculéos, j'espère ! plaisanta le dieu-dragon.

– En fait, oui.

Leur étonnement passé, Nemeroff et Azcatchi se demandèrent si leur ami se moquait d'eux.

– Songes-tu à passer dans le camp ennemi ? demanda finalement le dieu-crave.

– Non, rassure-toi. Celle-là est de notre côté.

– C'est Chésemteh ?

Sage hocha doucement la tête, des étoiles plein les yeux.

– Est-ce qu'elle le sait ? voulut s'assurer Nemeroff.

– J'espère bien que oui. Je lui rends visite presque toutes les nuits pour bavarder avec elle.

– J'ignorais que nous pouvions aller faire de l'exploration, s'étonna Azcatchi.

– Ce n'en est pas. Je me rends uniquement chez les Basilics à l'aide de mon vortex. Ça me fait du bien de discuter avec Ché, parce que nous sommes des hybrides tous les deux. Nemeroff, je sais que tu es fou de ta femme, mais toi, Azcatchi, as-tu déjà connu l'amour ?

– Je ne sais même pas ce que c'est.

– C'est ce que l'on ressent quand on rencontre quelqu'un pour qui on éprouve instantanément une grande attirance.

– Alors, non. Ce n'est pas quelque chose que j'ai déjà ressenti. J'ai plutôt passé ma vie à essayer de survivre dans un monde où tous me détestaient.

– Mais ce temps-là est révolu, non ?

– Ici, c'est différent, mais je ne pense pas que quelqu'un pourrait m'aimer.

– Pourquoi es-tu toujours aussi pessimiste ?

Ils entendirent alors la voix de Wellan dans leur esprit :

– *Nemeroff, j'ai besoin que tu me rejoignes au campement des Manticores. Je sais que tu ne les aimes pas, mais je veux seulement que tu viennes chercher Eanraig. S'il doit affronter son père bientôt, il faut l'y préparer.*

– *Bon, j'arrive.*

Nemeroff promit à ses deux amis de ne pas être long et il se dématérialisa. Quelques secondes plus tard, il réapparut entre les nombreux feux que l'orage de la veille avait éteints. Les Manticores s'employaient à en allumer d'autres avec du bois sec. Sans regarder personne, le dieu-dragon marcha tout droit vers son ami, qui se tenait devant leur ancien abri avec Sierra et Eanraig.

– Heureux de te revoir, le salua Wellan.

Le jeune roi tendit les deux bras de façon à les toucher tous les trois et les transporta instantanément sur la falaise des Deusalas.

– Mais qu'est-ce que tu viens de faire ? s'étonna Wellan.

– La prochaine fois, tu pourras venir jusqu'ici par toi-même.

Sierra et Eanraig n'osaient plus bouger un seul muscle. Tous les Deusalas avaient arrêté de manger pour observer les étrangers. Lorsqu'ils étaient assis sur le sol, ils ne portaient pas leurs ailes, alors les nouveaux venus ne pouvaient pas deviner qui ils étaient. Kiev fut le premier à réagir. Il bondit sur ses pieds et s'approcha.

– Lequel est Wellan ? s'enquit-il, excité.

– C'est moi, répondit le plus grand des deux hommes.

– Je m'appelle Kiev.

– C'est grâce à lui que j'ai survécu à ma chute et que j'ai finalement recouvré la mémoire, expliqua Nemeroff. Kiev, je te présente Sierra, la grande commandante des Chevaliers d'Antarès, et Eanraig.

– Des Chevaliers ? s'étrangla-t-il, impressionné.

– N'êtes-vous pas censés avoir des ailes ? hasarda Sierra.

Kiev les fit apparaître dans son dos et les déploya avec fierté. Son geste spontané fit reculer Eanraig et la guerrière. Quant à Wellan, il avait déjà rencontré des dieux aviaires de son propre monde et ne fut pas étonné outre mesure de voir des ailes.

– Eh oui, ils existent, fit-il à l'intention de Sierra.

– Mais je te reconnais, murmura le jeune homme en étudiant le visage d'Eanraig. Je t'ai vu dans la grotte.

– Je vous jure que je n'y suis jamais allé.

Sappheiros et Océani s'approchèrent à leur tour.

– Le grand chef des Chevaliers d'Émeraude en personne, le salua l'aîné. Je suis Sappheiros.

– Je vous ai entrevu quand vous avez transpercé Kimaati avec une épée enflammée. Heureux de faire enfin votre connaissance.

– Tu connais déjà Océani, je pense.

– Il s'appelait Tayaress dans mon monde.

– Ce n'était pas ma véritable identité, confirma le plus jeune.

– Pouvez-vous m'assurer que rien n'arrivera à Eanraig jusqu'à ce qu'il soit en mesure d'affronter Javad ?

– Tout dépendra du camp qu'il choisira, l'avertit Océani.

– Le but de ma vie, jusqu'à présent, a été de faire payer aux Aculéos l'anéantissement de la ville où j'habitais.

– Il semble que ton destin soit encore plus grand, lui fit remarquer Sappheiros.

– Est-ce que tu as des ailes ? lui demanda Kiev.

– Non, je ne crois pas.

– C'est dommage, parce que j'aurais voulu te montrer la caverne.

– Ce ne sera pas un problème, intervint Nemeroff. Puisque j'y suis déjà allé, je pourrai l'y emmener dans mon vortex. Mais ça devra attendre la fin de votre entraînement. D'ailleurs, Wellan, je t'invite à y assister si tu n'es pas trop pressé de retourner chez les humains.

L'ancien soldat interrogea Sierra du regard. Il ne l'avait jamais vue aussi incertaine.

– Tu voulais savoir si les dieux ailés dont ta mère te parlait existaient vraiment, alors voilà ta chance, insista-t-il.

– Pourquoi pas…

– Toutefois, vous êtes au beau milieu du champ de bataille, les informa Sage. Puis-je vous suggérer d'aller vous placer sur le côté, au pied des arbres ?

Wellan, Sierra et Eanraig y suivirent Sappheiros.

– Où sommes-nous exactement ? demanda la grande commandante.

– Je préférerais ne pas révéler la cachette des Deusalas à un soldat qui pourrait un jour être torturé par nos puissants ennemis, répondit Sappheiros.

– Je comprends.

Océani entra en scène.

– On nous attaque ! hurla-t-il.

Tous les Deusalas se précipitèrent sur le bord de la falaise. Trois par trois, ils s'élancèrent dans le vide en déployant leurs ailes et se mirent à planer vers le large.

– C'est incroyable… s'étrangla Eanraig, stupéfait.

Sierra ne prononça pas un seul mot, mais l'émerveillement se lisait dans ses yeux. Wellan, quant à lui, se concentra plutôt sur les manœuvres militaires des escadrilles qui revenaient maintenant vers eux en formant un grand V. Sage et Azcatchi firent alors apparaître des centaines d'hommes-taureaux sur le plateau rocheux. Sierra mit aussitôt la main sur la poignée de son épée.

– Ils ne sont pas réels, l'arrêta Wellan. Ce sont des images créées par mes amis magiciens pour aider les Deusalas à visualiser leur ennemi.

Pendant que la guerrière et Eanraig suivaient les charges de chaque trio sur les hologrammes en mouvement, Wellan se tourna vers Sappheiros.

– Eanraig a été élevé par des humains et il n'a aucune idée de la puissance qui se cache en lui, chuchota-t-il.

– Je trouve étrange l'idée d'entraîner un membre de la caste divine qui veut nous anéantir, mais je ferai de mon mieux.

Wellan résista à l'envie de faire apparaître quelques holo-grammes de son cru pour mettre les réflexes des dieux ailés à l'épreuve.

– Ils sont stratégiques et téméraires, lâcha alors Sierra. Mais comment réagiront-ils contre de véritables cibles qui, elles, se défendront ?

– Nous le découvrirons bientôt, lui répondit Sappheiros.

Sierra sortit une petite boîte plate de la pochette qui pendait à sa ceinture. Elle l'ouvrit et en montra le contenu au Deusalas : cinq petites médailles en argent sur lesquelles étaient gravées des paires d'ailes.

– Est-ce que ça vous dit quelque chose ?

Sappheiros prit doucement une des breloques.

– Où les as-tu trouvées ? souffla-t-il, ému.

– Dans le coffre que mes parents m'ont légué en héritage. Vous semblez les reconnaître.

– Elles ont été fabriquées à Aludra, où je les ai vues pour la première fois en pleine nuit, dans la vitrine d'un bijoutier.

Elles pendaient au bout de délicates chaînettes en argent, à l'époque. Je n'ai pas pu résister et je me suis servi de ma magie pour les faire passer à travers la vitre jusque dans ma main. Je les ai rangées dans ma ceinture pour aller terminer la cueillette avec les autres. Lorsque nous sommes rentrés à Gaellans, j'ai passé les chaînettes autour du cou de ma femme et de mes enfants et j'en ai gardé une pour moi.

— Êtes-vous certain que ce sont les mêmes ? s'étonna Sierra.

Sappheiros en retourna une et lui montra le « A » qu'il y avait lui-même gravé à l'envers de chaque médaille sauf la sienne.

— Ma femme s'appelait Asarine et nous avons nommé nos trois enfants Arnica, Argus et Azurée.

— Comment se sont-elles retrouvées à Arcturus ? Et entre les mains de ma mère en plus ?

— Je ne saurais le dire. Les membres de ma famille portaient ces médailles quand ils ont été tués par les sorciers il y a de ça fort longtemps.

— Un pilleur de tombes aurait-il pu les leur prendre ?

— Nous n'avons pas enterré les corps des victimes. Nous les avons jetés à la mer.

— Je suis vraiment désolée…

— Pas autant que moi.

— J'ignore où nous nous trouvons, mais est-il possible que les courants marins aient transporté ces bijoux jusqu'à Arcturus ?

— Ils ne circulent pas dans cette direction.

Sappheiros remit les breloques dans la boîte et la tendit à Sierra.

— Gardez-les. C'est à vous qu'elles appartiennent, dit la grande commandante en repoussant la boîte vers lui.

— Merci…

– Si jamais vous arrivez à percer ce mystère, s'il vous plaît, j'aimerais en être informée.

– Je t'en fais la promesse.

Une fois tous les hologrammes éliminés par les rayons lumineux des Deusalas, ceux-ci se posèrent sur la falaise, une escadrille à la fois. Sandjiv en profita pour s'approcher des visiteurs et se présenter. À son tour, Sappheiros lui expliqua succinctement pourquoi ils étaient là.

– S'ils n'en avaient pas déjà plein les bras avec les Aculéos, les Chevaliers d'Antarès vous prêteraient main-forte, Votre Majesté, ajouta Sierra.

– À chacun sa guerre, j'imagine, répliqua le roi. Mais merci de l'avoir offert. Je vous en prie, partagez le repas du soir avec nous.

– Avec grand plaisir.

Sierra vit alors atterrir une nuée d'enfants ailés que Virgile ramenait à leurs parents.

– C'est vraiment prodigieux, s'émerveilla-t-elle. Personne sur le continent ne croit à votre existence.

– Parce que nous l'avons voulu ainsi, précisa Sandjiv. Notre survie en dépend. Puis-je compter sur vous pour ne pas raconter ce que vous avez vu aujourd'hui ?

– Vous avez notre parole, répondit Wellan.

Sandjiv emmena Sierra, Eanraig et l'ancien soldat s'asseoir avec Nemeroff, Sage et Azcatchi. Devinant que Wellan et ses amis n'aimeraient pas le poisson cru et que les fruits ne contenteraient pas leur appétit, le dieu-dragon fit apparaître devant eux des écuelles de ragoût qu'il venait de subtiliser aux Manticores. Le trio se rassasia en écoutant les Deusalas leur raconter comment Kimaati avait bien failli les anéantir. Puis Wellan se tourna vers Sage. Il détacha la cordelette à son cou et la lui tendit. Un large sourire éclaira le visage de l'hybride lorsqu'il reconnut la pierre de Jahonne qui y pendait.

– Je croyais l'avoir perdue pour toujours !

– Elle est venue jusqu'à moi chez les Salamandres autour du rostre d'un dauphin. J'ignore comment, mais il savait que je pouvais te la rendre.

– Merci, Wellan.

Sage l'attacha à son cou. Il n'avait jamais été si heureux.

LAVRENTI

L'intervention de Salocin dans le grenier du palais avait profondément irrité le jeune sorcier qui s'en était pris à Skaïe. Les balles de la mistraille du savant lui avaient transpercé le corps sans le tuer, car en réalité il n'était pas humain, mais un tel affront méritait la mort. Salocin l'avait privé de cette satisfaction. Le jeune mage, dont le véritable nom était Lizovyk, ne faisait qu'emprunter l'apparence du Prince Lavrenti d'Antarès pour commettre ses crimes. Il avait croisé la route de ce dernier tandis qu'il s'amusait à emprunter les trains qui sillonnaient Alnilam. L'accablement du prince avait attiré le sorcier comme un aimant. Il avait trouvé Lavrenti dans un compartiment privé. Son escorte armée montait la garde devant la porte, mais Lizovyk était entré dans le compartiment suivant, qui était inoccupé, et était passé à travers la paroi pour se retrouver dans celui du prince. Il se rappelait encore l'incrédulité sur son visage lorsqu'il l'avait vu surgir devant lui…

À l'aide de sa magie, Lizovyk paralysa Lavrenti et retira tous ses souvenirs de sa tête. Il l'étrangla ensuite cruellement. C'était sa première victime. Il déshabilla Lavrenti avant de le balancer par la fenêtre quelque part entre Koshobé et Arcturus. Pour le sorcier, il s'agissait d'une occasion unique d'évoluer au milieu des humains sans être démasqué. Les gardiens ne s'aperçurent de rien. Pendant le reste du trajet, Lizovyk explora les souvenirs du prince depuis sa plus tendre enfance. Il comprit rapidement que c'était un séducteur qui avait fait de nombreuses conquêtes à la forteresse de ses parents. Une seule femme lui avait résisté… la commandante des Chevaliers d'Antarès. Il prit aussi le temps d'étudier les manières de la cour, si bien qu'à son arrivée au palais d'Einath, sa conduite était impeccable. Ayant grandi dans une petite maison ordinaire sur un autre continent, le sorcier fut frappé par le luxe dans lequel vivait la famille royale. La princesse Militsa était particulièrement jolie, mais malheureusement, le protocole lui défendait de coucher avec elle avant leur mariage fixé à la fin de la saison froide.

Afin de revenir le plus rapidement possible à Antarès pour y semer la terreur, Lizovyk dut attendre une bonne raison de s'éclipser avant son mariage. Lorsque le Roi Iakov annonça son désir de partir à la chasse, il n'hésita pas à manifester sa volonté de l'accompagner. Cette activité figurait dans les compétences du prince, mais le sorcier n'avait aucune intention de tuer autre chose que des humains. Il attendit que le roi et son entourage installent leur premier campement avant de passer à l'acte. Ils furent aussi faciles à étrangler qu'un troupeau d'agneaux.

Enfin libre, Lizovyk conserva ses vêtements de chasse pour ne pas attirer l'attention et il monta dans le train qui le conduirait à Antarès. Il n'utilisa pas ses pouvoirs de déplacement magique, car il n'avait encore jamais mis les pieds au palais des parents du prince.

Afin d'y entrer sans être reconnu, le sorcier reprit sa véritable apparence. Il était de la même taille que Lavrenti, mais ses cheveux n'étaient pas blonds et bien soignés. Ils étaient plutôt noirs et en broussaille. Les deux hommes avaient toutefois les mêmes yeux bleus. Lizovyk descendit du train à Newbourg, la ville la plus proche du château. Il fit le reste du chemin à pied pour s'imprégner de l'atmosphère d'Antarès. Les odeurs de machines lui répugnaient, mais il aimait bien les arômes qui s'échappaient des boulangeries et des pâtisseries. Il franchit les grandes portes de la forteresse sans encombre et entra dans le premier immeuble qu'il rencontra. Pour s'y retrouver, il lui fallut parcourir toutes les avenues couvertes pendant une journée entière. Il n'atteignit le palais qu'à la tombée de la nuit. Les souvenirs de Lavrenti lui laissèrent voir les passages secrets. C'est donc là que Lizovyk se réfugia pour planifier ce qu'il allait faire ensuite.

Cette nuit-là, au lieu de dormir, il accéda aux émotions les plus secrètes du prince. Il découvrit sa profonde déception quand sa mère avait décidé de le chasser d'Antarès pour punir son libertinage, et sa haine sans borne pour Sierra qui l'avait dénoncé. « Je vais te venger, Lavrenti », décida-t-il.

Au milieu de la nuit, il se mit à la recherche d'une arme appropriée. Quoi de mieux que d'en subtiliser une à sa sœur si parfaite qui, un jour, deviendrait la haute-reine ? Il se souvint qu'elle cachait dans son coffre à bijoux la clé de l'armoire où elle gardait ses poignards. Il en choisit un au hasard, remit la clé à sa place et retourna entre les murs. Il déboucha dans la chambre de ses parents quelques pas plus loin. Le roi venait de se lever pour aller à la salle de bain. Sous sa cape noire, Lizovyk reprit l'apparence de Lavrenti. Il sortit de sa cachette et frappa Agafia sans le moindre remords.

Dobromir fut encore plus facile à tuer. Le sorcier le trouva endormi dans son bain juste avant minuit. Il n'eut qu'à lui trancher la gorge avec un croc qu'il avait subtilisé à la boucherie de la forteresse. Lizovyk se réfugia ensuite dans le grenier du palais pour refaire ses forces avant de retourner auprès d'Olsson, qui devait se demander pourquoi il était parti depuis si longtemps. C'est là que le savant trop curieux l'avait trouvé. Il n'avait malheureusement pas eu le temps de lui régler son compte. Salocin était venu à son secours, mais pourquoi ? Son père lui avait pourtant dit que tous les sorciers détestaient profondément les humains, car ils étaient les créatures favorites de leurs bourreaux.

Lizovyk ne prit pas le temps de s'informer de l'état de l'inventeur. Il avait une mission à terminer. Pendant que les constables passaient le grenier au peigne fin, le sorcier resta collé au plafond comme une araignée pour observer leur travail. Ce qu'il vit n'améliora pas son opinion de la race humaine. Ils tournaient en rond comme une meute de chiens sur la trace d'un cerf qui était parti depuis longtemps, prenaient des réflexus et ramassaient tout ce qu'ils trouvaient par terre. Lizovyk décida de ne pas se laisser retarder par ce contretemps. Lorsque les policiers furent partis et qu'il fut persuadé que Salocin avait aussi quitté la forteresse, il retourna dans les passages secrets et déboucha dans les appartements de la sœur chérie de Lavrenti. Kennedy l'y avait enfermée, ce qui allait rendre sa tâche bien plus facile. Silencieusement, il la chercha dans toutes les pièces, sans la trouver. Il jeta un œil sur son balcon. Elle n'était pas là non plus.

Une jeune servante entra alors dans la chambre de la princesse pour aller ranger ses vêtements fraîchement lavés dans sa commode. Lizovyk l'observa sans faire de bruit. Elle fit quelques pas et s'arrêta net en apercevant l'homme près du lit. Croyant reconnaître le Prince Lavrenti, elle laissa tomber son panier, poussa un cri de terreur et se précipita vers la sortie. Lorsqu'elle arriva devant les portes, celles-ci se refermèrent sèchement sous son nez, l'empêchant de fuir.

– Arrête de crier, je ne te veux aucun mal, l'avertit le sorcier.

La servante se retourna lentement, tremblante de peur.

– Vous n'êtes pas censé être ici, Votre Altesse... bredouilla-t-elle.

– Je suis revenu d'Einath pour m'entretenir avec ma sœur, mais elle ne semble pas être chez elle. Sois gentille et dis-moi où elle est.

– Je ne sais pas. La police l'a mise en lieu sûr et n'a rien dit à personne.

Les portes s'ouvrirent toutes grandes et la jeune femme en profita pour prendre la fuite.

– Dans ce cas, je la tuerai plus tard, soupira Lizovyk.

Un sourire arrogant accroché au visage, il suivit la servante en conservant l'apparence de Lavrenti. Sans se presser, il traversa le palais en faisant fuir tous les domestiques. Lorsqu'il arriva enfin aux portes qui donnaient accès à l'avenue, il sentit la présence de plusieurs personnes de l'autre côté. Il se servit de sa magie pour les ouvrir et aperçut une dizaine de gardes du corps de la famille royale armés de lances qu'ils pointaient vers lui.

– Restez où vous êtes, Votre Altesse, ordonna l'un d'eux. La police a été prévenue de votre présence.

– Est-ce ainsi que vous accueillez votre prince ?

– Vous êtes soupçonné d'un crime grave et, comme vous le savez, nul n'est au-dessus des lois.

– Je suis désolé, messieurs, mais je suis attendu ailleurs.

Les lances furent alors attirées vers les murs en métal des immeubles de chaque côté de l'avenue, comme si elles avaient été magnétisées. Elles s'y collèrent malgré tous les efforts des hommes pour les en détacher. Lizovyk passa entre eux et poursuivit sa route vers le portail qui donnait sur la grande cour. Puisque la rumeur voulant que le prince ait tué ses parents circulait désormais partout, tous ceux qui le reconnaissaient faisaient rapidement demi-tour en le rencontrant. Leur réaction amusa beaucoup le sorcier. « Il est temps que les humains admettent que nous leur sommes supérieurs », se dit-il.

Une alarme retentit dans toute la forteresse et les rares habitants qui flânaient encore dans les rues se précipitèrent dans les boutiques et les autres bâtiments pour se mettre à l'abri. Cela ne ralentit pas Lizovyk. Il sortit dans la cour où tombaient de doux flocons même s'il ne faisait pas très froid. Il continua de marcher vers les larges portes d'acier que les sentinelles étaient en train de refermer. Derrière lui, une marée de constables jaillissait de partout.

– Halte-là ! ordonna l'un d'eux.

Agacé, le sorcier se retourna vers cet homme qui semblait mener les autres. Il fouilla dans les souvenirs de Lavrenti et découvrit qu'il était en effet leur chef. Les constables en profitèrent pour encercler leur proie.

– Je n'ai d'ordres à recevoir de personne, monsieur Kennedy.

– Mes pouvoirs me permettent d'interroger même les princes. Veuillez me suivre docilement jusqu'à mon bureau, je vous prie. J'ai plusieurs questions à vous poser.

– Malheureusement, je n'ai pas le temps d'y répondre. Je suis attendu ailleurs.

Les hommes étaient presque tous en place, leur lance pointée devant eux, mais Lavrenti ne semblait pas s'en soucier.

– Ne m'obligez pas à utiliser la force, Votre Altesse.

– Cet avertissement vaut aussi pour vous et vos hommes.

Kennedy décida de gagner du temps pour que ses constables aient le temps de l'entourer complètement.

– Avez-vous assassiné vos parents ?

– Oui, j'ai tué ces deux tyrans et ce n'est qu'un début. Ma mission est de débarrasser Alnilam de la monarchie et de libérer les hommes de ces imbéciles qui s'arrogent le droit de leur dicter leurs faits et gestes. Ensuite, je m'attaquerai aux prêtres.

– Vous n'ignorez certainement pas que dans ce pays, le meurtre prémédité est punissable de mort.

– Voyez-vous ça... Faites savoir à ma chère sœur que, peu importe où vous la cachez, je finirai par la retrouver et ce sera vraiment la fin du très long règne de notre famille.

– Je ne vous laisserai pas quitter cette cour.

Lizovyk éclata d'un grand rire et tourna les talons afin de poursuivre sa route vers la sortie, qui était désormais bloquée.

– Saisissez-vous de lui ! lança Kennedy.

Les constables foncèrent tous en même temps sur le suspect, mais leurs lances se brisèrent sur un mur invisible et plusieurs d'entre eux s'y fracassèrent le visage. D'un geste de la main, Lizovyk fit voler dans les airs ceux qui se trouvaient directement devant lui. Les policiers retombèrent durement sur le dos. Ceux qui n'avaient pas foncé dans le bouclier de protection dégainèrent leurs longs couteaux et poursuivirent le prince. Lorsqu'ils furent presque sur lui, leurs armes devinrent si brûlantes qu'ils durent les laisser tomber sur le sol. Lizovyk écarta les bras en croix et les lourdes portes s'ouvrirent malgré tous les efforts des sentinelles qui frappaient sur les gros boutons à coups de poing pour les refermer. Sans que personne puisse l'arrêter, le sorcier quitta la forteresse.

– Mais qu'est-ce qui vient de se passer ? s'exclama Kennedy, qui n'en croyait pas ses yeux.

Son instinct lui recommandait de poursuivre le criminel, mais il se ravisa en apercevant les visages couverts de sang de ses hommes. Il fit plutôt appeler les secours. Les ambulanciers furent rapidement sur les lieux. Kennedy en profita pour s'approcher des sentinelles.

– De quel côté est-il parti ? cria-t-il.

– Aucun, monsieur.

– Est-il encore là ?

– Il a fait deux pas et il s'est évaporé comme un mirage. C'est à n'y rien comprendre, monsieur.

– À moins qu'il soit un sorcier… marmonna le chef de la police, contrarié.

Pendant que ses hommes étaient transportés à l'hôpital, Kennedy fonça jusqu'au poste de police. Il fit irruption dans la grande salle des communications. Surpris, les constables levèrent la tête vers lui.

– Lancez une alerte générale à toutes les familles royales d'Alnilam ! Elles ne doivent sous aucun prétexte laisser entrer le Prince Lavrenti dans leur palais ! Qu'elles utilisent leur armée pour le tenir à distance et si elles parviennent à s'emparer de lui, qu'elles le fassent transporter à Antarès enchaîné !

– Oui, monsieur ! s'exclamèrent-ils d'une seule voix.

Kennedy tourna les talons et se rendit à l'hôpital, où les infirmiers avaient commencé à s'occuper de ses constables. Le docteur Eaodhin quitta le blessé à qui elle venait de faire des points de suture sur le front et vint à la rencontre de l'inspecteur.

– Comment vont-ils ?

– Ils ont surtout des nez cassés, des entailles, des brûlures et des ecchymoses. Ont-ils affronté un ours ?

– Un sorcier, plutôt.

– Vous savez aussi bien que moi que ces créatures fictives ont été inventées par des mères qui ne voulaient pas voir sortir leurs enfants le soir, monsieur Kennedy.

– Je vous ferai parvenir une copie du vidéoxus de ce qui vient de se passer dans la cour et vous me direz si j'ai tort.

– Très bien, je vous y encourage.

– Quelqu'un est-il resté auprès de monsieur Skaïe ?

– Non. J'ai eu besoin de tout mon personnel ici.

Kennedy se précipita dans le couloir qui menait à la section des soins intensifs, le médecin sur les talons. Il s'arrêta devant la porte vitrée et vit que le savant semblait dormir.

– Respire-t-il ?

– Les machines indiquent que oui, confirma Eaodhin. En fait, il se remet plutôt bien de ses blessures physiques, mais je crains que l'attaque qu'il a subie ne perturbe son équilibre émotionnel.

– Ce n'est pas vraiment de mon ressort.

– Je le sais bien, mais je voulais que vous le sachiez. Je demanderai au docteur Leinad de lui accorder quelques rencontres lorsqu'il sera disponible.

– Puis-je entrer dans cette chambre sans aggraver son état ?

– Sans aucun problème. Mais sachez qu'il a reçu un autre sédatif il y a deux heures. Il se peut qu'il ne se réveille pas avant ce soir.

– J'ai juste besoin de me rassurer.

– Allez-y et refermez la porte derrière vous quand vous le quitterez. Je retourne à l'urgence.

– Merci, docteur.

Kennedy se rendit au chevet du savant sans faire de bruit, soulagé de constater que Lavrenti n'était pas venu l'achever avant de partir. Il promena son regard sur les petits écrans qui surveillaient ses signes vitaux.

– Je comprends pourquoi vos balles n'ont blessé personne dans le grenier, monsieur Skaïe. Ce que vous avez touché n'était pas humain. Reposez-vous, maintenant.

LA PIERRE

Après avoir quitté le campement des Manticores à Arcturus, où elle avait réussi à arracher quelques renseignements à Pavlek en le faisant sombrer dans un état hypnotique, Maridz était descendue plus au sud, jusqu'aux premières villes habitées.

Sous sa forme féline, elle n'avait jamais de difficulté à trouver sa pitance. Les habitants jetaient les restes de leurs repas dans les poubelles. La sorcière pouvait donc y trouver des aliments encore frais et nourrissants. Elle se roulait en boule au soleil sur le balcon d'une maison dont les habitants étaient partis travailler, puis se remettait en chemin avant la tombée du jour. Elle suivait les routes toute la nuit et se cachait dans les arbustes lorsqu'il passait un véhicule.

Maridz ne savait pas à quoi ressemblait sa fille, car elle n'était qu'un bébé lorsqu'elle l'avait confiée à une famille humaine, alors elle pouvait difficilement demander aux gens s'ils l'avaient vue. Elle avait donc décidé d'utiliser sa magie pour la localiser. En plus d'une note pour les nouveaux parents, elle avait laissé dans le panier d'osier de son bébé une pierre ensorcelée qui recelait une puissante énergie.

Un premier balayage magique avait indiqué à Maridz que le bijou se trouvait quelque part au sud-est. Elle traversa donc tout Arcturus et pénétra à Hadar.

C'était une quête qui lui semblait parfois irréaliste, puisque n'importe qui aurait pu arracher la pierre à l'enfant, mais elle ne voulait pas perdre espoir.

La sorcière traversa la ville minière de Parkville, à quelques kilomètres à peine du campement des Basilics, sans rien capter. Elle se faufila derrière le seul restaurant de l'endroit et entra dans la cuisine par la porte laissée entrouverte pour permettre à la fumée des plaques de cuisson de s'échapper. Sous sa forme féline, Maridz s'empara d'une pièce de viande grillée qu'on venait de déposer sur une assiette et fila dans la forêt. Cachée sous un sapin, elle était en train de manger lorsqu'elle ressentit un danger. Elle s'immobilisa et regarda à travers les branches basses. Salocin se tenait devant elle.

– Si je m'attendais à te trouver ici ! se réjouit-il.

– Je ne te cherche pas querelle.

– Je l'espère bien. Que fais-tu ici, au milieu de nulle part ?

– Comme tu peux le constater par toi-même, je mange.

– En d'autres mots, tu erres sur le continent en te nourrissant de ce que tu trouves ?

– Quelque chose comme ça.

Maridz avala le dernier morceau et sortit de sa cachette. Elle reprit sa forme humaine en s'essuyant les lèvres.

– Tu ne nous as pas suivis dans la montagne bleue lorsque nous avons échappé à la mort, Wallasse, Shanzerr, Olsson et moi.

– J'ai choisi une autre route.

– Si tu me racontais ça dans le confort de mon foyer ?

Ils se retrouvèrent tous les deux devant l'âtre de la salle commune du monastère où Salocin s'était établi. Maridz pivota pour regarder partout.

– Tu habites ici ?

– Quand je suis arrivé dans le monde des humains, je me suis caché dans une grotte, jusqu'à ce que je comprenne que je suis bien plus puissant qu'eux. Alors, je me suis mis à la recherche d'un refuge plus convenable. Puis-je te servir du vin ?

– Il y a bien longtemps que je n'en ai bu.

Une coupe apparut dans les mains de la sorcière. Elle commença par la flairer.

– Sois sans crainte, Maridz. Je n'y ai versé aucun philtre d'amour.

– Au lieu de dire des bêtises, continue plutôt de me raconter comment tu as survécu ici.

– J'ai commencé à explorer tout le continent, malgré que Shanzerr, Olsson, Wallasse et moi ayons convenu de ne pas empiéter sur le territoire des autres. Lorsque les Aculéos ont fait peur aux moines qui vivaient dans ce bâtiment, je m'en suis emparé.

– Tu es plutôt confiant pour un homme que les dieux désirent voir mourir.

– J'ai appris à survivre en me fiant à mon instinct. Je t'en prie, assieds-toi.

– Je ne me souviens pas que tu aies déjà été aussi courtois.

– C'était plutôt difficile de l'être, enfermé dans une cage, tu ne crois pas ?

Salocin jeta d'autres bûches sur le feu.

– Je ne suis plus le petit garçon effrayé que tu as connu autrefois, Maridz, déclara-t-il en prenant place devant elle. J'ai beaucoup changé.

Elle se contenta de lui servir un regard incrédule tout en sirotant son vin.

– J'ai fait un petit saut au palais d'Achéron récemment, ajouta-t-il.

Maridz se redressa brusquement, prête à fuir.

– Du calme… Il ne connaît pas ma cachette.

– Mais qu'est-ce qui t'a pris ?

– Je voulais induire l'impétueux Javad en erreur et je voulais aussi voir si je pourrais m'échapper par moi-même, cette fois-ci.

– Tu es encore plus fou que je le croyais.

– Mais j'ai réussi avec brio, ma chère. En passant, Javad n'est pas content du tout que tu lui aies filé entre les doigts.

– Me fait-il chercher par ses horribles chauves-souris ?

– Je ne crois pas. Il est bien trop occupé à traquer les dieux ailés. En fait, je suis retourné là-bas pour le lancer sur une fausse piste et pour qu'il constate que nous ne sommes plus des enfants sans défense. Tu aurais dû voir sa tête quand je lui ai fait croire que nous entretenions de tendres sentiments l'un pour l'autre.

– Tu es vraiment malfaisant.

– Il était tellement en colère. Étiez-vous amants, tous les deux ?

– Il n'a cessé de me courtiser quand je vivais dans la cité céleste, mais il n'a jamais réussi à m'attirer jusqu'à son lit.

– Ravi de l'entendre.

– Ne te fais pas d'illusions. J'ai donné ma vie à un homme autrefois et quand il est mort, mon cœur a sombré dans un tel chagrin qu'il ne s'en est jamais remis.

– Alors, Javad savait que tu te cachais sous son nez et il t'a laissée vivre ?

– Il voulait connaître son avenir, mais je ne le lui révélais que goutte à goutte pour sauver ma peau.

– Donc, tu lui disais n'importe quoi ?

– Apparemment, je n'ai pas ton talent pour le mensonge et la duperie, Salocin. Je lui ai dit exactement ce que je voyais, même quand ça le mettait hors de lui.

– Je n'ai jamais été capable de voir l'avenir, malgré toutes les menaces des noctules.

– Moi, c'est la guérison que je n'ai jamais maîtrisée. À chacun ses faiblesses. Et toi, tu vis seul ?

– J'ai été amoureux, il y a plusieurs années.

– Elle t'a quitté ?

– Elle a été tuée par Kimaati et les sorciers chauves-souris quand ils ont attaqué les Deusalas pour la première fois.

– Une déesse ?

– Avec de belles grandes ailes toutes blanches…

– Je suis vraiment navrée, Salocin.

– Ça fait des lustres qu'elle est partie pour un monde meilleur. Je me suis habitué à ma solitude. Nous avons eu un fils qui est un homme, maintenant. Je lui rends visite de temps à autre.

– Puis plus personne ?

– Aujourd'hui, je ne dirais pas non à la commandante des Chevaliers d'Antarès, mais elle a donné son cœur à un drôle de bonhomme aux oreilles pointues. J'aime décidément les femmes difficiles à apprivoiser. Encore un peu de vin ? offrit Salocin.

Il n'eut qu'à bouger l'index pour que la coupe de Maridz se remplisse.

– Impressionnant, le félicita-t-elle.

– Maintenant, si tu me disais ce que tu cherches vraiment ? C'est mon territoire depuis longtemps, alors je pourrais sans doute t'aider.

– Ma fille, que j'ai abandonnée dans le monde des humains quand elle n'était encore qu'un bébé.

– Comment s'appelle-t-elle ?

– J'ignore le nom que ses parents adoptifs lui ont donné. J'avais décidé de retourner me cacher dans la cité céleste et je ne pouvais pas l'emmener.

– Quel âge aurait-elle, aujourd'hui ?

– Je ne sais pas comment calculer le temps dans le monde des humains, mais elle est très certainement une adulte maintenant. Je me suis d'abord arrêtée dans la ville où je l'ai confiée à une bonne famille, mais elle a été rasée par le feu et il n'y vit plus personne.

– À la suite d'un raid des Aculéos, sans doute. Ce sont des monstres sanguinaires, mais pendant qu'ils occupent les Chevaliers, nous, les sorciers, nous pouvons circuler à notre guise sur le continent.

– À moins que cette guerre ne mette la vie de ma fille en danger, je ne désire pas vraiment en entendre parler.

– Très bien. Possèdes-tu d'autres indices ?

– Dans les ruines de la maison où elle a vécu, j'ai capté l'énergie d'un homme qui s'appelle Wellan.

– Wellan ? s'étonna Salocin. Ça devient intéressant.

– Tu le connais ?

– Nos chemins se sont en effet croisés. C'est un magicien qui s'est égaré dans notre univers et qui cherche à rentrer chez lui. En attendant de trouver le portail entre les mondes, il accompagne la grande commandante dans tous ses déplacements.

– Peut-être saurait-il ce qui est arrivé à ma fille ?

– Qui sait ? Mais il n'est pas facile à suivre, ce monsieur, car il utilise sa magie pour se déplacer. Un moment il est à l'ouest sur les terres de Shanzerr, puis le moment suivant, il se retrouve à l'est, sur celles de Wallasse. Le mieux serait que je le fasse venir à toi, étant donné que tu ne connais pas la géographie de ce monde. Ça t'évitera d'errer pendant des semaines à sa recherche.

– Je n'ai plus que ça à faire, Salocin, mais merci pour ton aide.

La sorcière déposa sa coupe et se rapprocha du feu pour se réchauffer.

– Tu peux rester chez moi tant que tu en auras envie, Maridz.

– C'est gentil, mais ne t'avise pas de me faire la cour, sinon ça tournera mal.

– J'ai déjà compris que je perdrais mon temps.

Pendant un long moment, Salocin contempla le beau visage de la sorcière éclairé par les flammes.

– Je ne sais pas ce qu'il adviendra de nous tous, soupira-t-il. Le monde est en train de changer et c'est de mauvais augure pour les sorciers. Nous sommes divisés sur ce que nous devrions faire pour survivre.

– Quand j'aurai vu le visage de ma fille, ça me sera égal de mourir.

– Tu ne devrais pas tenir ce langage.

– Pardonne-moi. Je suis épuisée.

– Je vais te laisser dormir. Tout ton corps réclame le sommeil. Ne crains rien, je veille sur toi.

Salocin lui fit un clin d'œil et se dématérialisa. Maridz se transforma en chat et se mit en boule sur un gros coussin près du feu. Elle dormit d'un sommeil profond pour la première fois depuis très longtemps. En rêve, elle revit tout le chemin qu'elle avait parcouru depuis qu'elle était libre, ainsi que ceux qui lui avaient tendu la main. Lorsqu'elle aperçut le bébé qu'elle avait déposé à la porte de la plus belle maison de Paulbourg, elle se réveilla en sursaut.

Maridz scruta la pièce. Elle était seule. Les braises fournissaient encore une réconfortante chaleur, mais elle ne parvint plus à fermer l'œil. Elle reprit sa forme humaine, s'enroula dans une des couvertures qui reposaient sur le dossier des fauteuils et se mit à explorer les lieux. Elle compta trois étages et un nombre incalculable de grandes et de petites salles. «Salocin vit seul ici?» s'étonna-t-elle. Elle trouva alors les portes donnant sur un large balcon qui faisait tout le tour de l'immeuble.

La nuit était particulièrement froide, alors elle resserra la couverture autour d'elle en s'approchant de la balustrade. C'est à ce moment qu'elle constata que le monastère était juché tout en haut d'une montagne. « Je pourrais presque toucher les étoiles… » s'extasia-t-elle. Mais ce qui la frappa le plus, ce fut la quiétude de cet endroit hors de portée des humains. Elle sentit alors les bras de Salocin l'entourer par-derrière.

– N'ai-je pas été suffisamment claire ? soupira-t-elle.

– C'est uniquement pour te réchauffer, la rassura le sorcier. La température à l'extérieur de mon domaine est presque toujours glaciale. Mais avoue que la vue est envoûtante.

– Quelle est cette immense étendue blanche qu'éclaire la lune ?

– C'est le domaine givré de notre ami Olsson.

– Pourquoi a-t-il choisi un endroit pareil ?

– Nous ne savions absolument rien de ce continent lorsque nous nous le sommes partagé selon les points cardinaux. On pourrait dire qu'Olsson est tombé sur la courte paille. Mais selon mes petites incursions mentales chez lui, il semble très bien s'en tirer. Son antre est encore plus vaste que le mien et il y vit bien à l'aise.

– Tu épies les autres ? fit mine de le gronder Maridz.

– Juste un peu. Je suis un homme prudent.

– Ce doit être affreux d'habiter seul dans un endroit aussi désolé.

– Mais il est loin d'être seul, ma chère. Sous ses pieds vivent des millions d'Aculéos.

– Les monstres qui ont ravagé Paulbourg ?

– Eh oui. Il n'a vraiment pas eu de chance, Olsson. Shanzerr, quant à lui, s'est bâti une belle petite vie confortable au pied de la montagne au sommet de laquelle nous sommes tombés en sautant de la plateforme du palais d'Achéron. Imagine-toi qu'il évite le plus possible de se servir de la magie. Il fréquente même les humains et il fait bien attention de ne pas leur révéler sa véritable identité.

– Pas toi ?

– J'avoue que je m'amuse souvent à leurs dépens, mais je n'y peux rien. C'est dans ma nature.

– Et Wallace ?

– Il s'est installé dans une mine désaffectée qu'il a transformée en véritable palais.

– Y vit-il seul ?

– Oui, tout comme Olsson dans son ancien volcan. Moi, j'aime bien trop les grandes fenêtres pour retourner vivre dans une caverne. J'ai besoin de lumière et d'air frais. Ils me rappellent que je suis libre et que j'ai bien l'intention de le demeurer. Et toi, Maridz, où iras-tu pour échapper à Javad ?

– Je vais d'abord retrouver ma fille. C'est important pour moi de lui expliquer pourquoi je ne pouvais pas l'élever moi-même. Ensuite, je n'en sais rien. Moi non plus je ne pourrais pas vivre dans un souterrain. En fait, j'ai passé toute ma vie à l'extérieur à observer les étoiles.

– Comme les Deusalas.

– Parle-moi d'eux.

– Ce sont les créatures les plus simples de ce monde. Les Deusalas agissent selon leurs sentiments, avec une honnêteté toute naturelle et une droiture spontanée. Autrefois, ils vivaient au sommet d'une falaise et dormaient dans des nids comme des oiseaux, car ils possèdent des ailes. Mais après la destruction de leur colonie, les survivants se sont réfugiés dans des grottes inatteignables percées dans une falaise qui s'élève au-dessus de l'océan. Ils passent leurs journées à voler au-dessus des flots, à attraper du poisson, à se réunir pour discuter de tout et de rien. Mais récemment, ils ont commencé à bâtir une armée pour pouvoir se défendre en cas d'attaque.

– C'est une vie qui me plairait, avoua Maridz, songeuse.

– Tu es un chat, pas un oiseau.

– Et toi, tu es un cougar et tu t'es bien épris d'une Deusalas.

– Avec qui je n'ai jamais pu vraiment vivre, puisque je n'avais pas d'ailes.

– Quand on veut, on trouve les moyens.

Maridz se tourna vivement vers l'est.

– Que ressens-tu ? demanda le sorcier, qui ne captait rien du tout.

– La pierre que j'ai donnée à ma fille…

– Et si elle en avait fait cadeau à une autre personne ?

– C'est ma seule piste, Salocin. Je partirai au lever du soleil.

– Je comprends, mais sache que ta compagnie m'a fait le plus grand bien. Je t'aiderai à redescendre dans la forêt après le repas. Ne reste pas trop longtemps dehors, tu vas prendre froid.

– Merci pour tout.

Il relâcha son emprise et recula jusqu'à la porte pour la laisser tranquille.

BOULEVERSEMENTS

L'existence de créatures ailées dans son monde fascinait Sierra au plus haut point. Elle aurait aimé leur fournir de précieux conseils sur la façon de se préparer à défendre leur colonie, mais elle ne pouvait pas rester longtemps loin du territoire qu'elle devait elle-même protéger.

Après le repas, le jeune Kiev vint chercher Eanraig pour le présenter à ses amis. Debout près de Wellan, Sierra s'adressa alors à Sandjiv, Sappheiros et Océani.

– Merci de m'avoir fait voir ce qui est tout à fait inconcevable pour mes semblables.

– Et moi, je vous remercie d'avoir changé ma vision des humains, car nous ne les pensions pas aussi conciliants, répliqua le roi.

– Je vous souhaite de triompher de vos ennemis.

– Nous formulons le même souhait pour les Chevaliers.

– Merci pour les médailles, intervint Sappheiros.

– N'oubliez pas votre promesse, lui rappela Sierra.

– Si j'apprends quoi que ce soit au sujet de leur présence aussi loin de la colonie, je me ferai un devoir de t'en informer.

– Je vous confie Eanraig, fit Wellan à l'intention de Sappheiros.

– Nous essaierons d'en faire un guerrier le plus rapidement possible.

– Mais si jamais vous aviez le moindre doute quant à son allégeance, faites-le-moi savoir et je le ramènerai dans l'ouest.

– Je garderai l'œil sur lui. La sécurité de mon peuple me tient à cœur.

Wellan aperçut alors le regard désapprobateur de Nemeroff et décida de l'entraîner plus loin pour lui parler.

– Pourquoi ne restes-tu pas ? lui reprocha le dieu-dragon.

– Je comprends que ma présence te rassurerait, Nemeroff, mais je suis bien plus utile chez les Chevaliers d'Antarès. Comme je te l'ai déjà promis, si l'ennemi des Deusalas vous tombe dessus, je laisserai tout en plan pour venir me battre à vos côtés comme je le pourrai à partir du sol.

– Le jures-tu sur ton honneur ?

– Sur tout ce que tu voudras. Je ne te laisserai pas tomber, promit Wellan.

Les deux hommes s'étreignirent pendant un moment, puis Wellan retourna auprès de Sierra.

– Où veux-tu aller ?

– Allons chercher nos sacoches chez les Manticores, puis emmène-moi chez les Salamandres.

Les deux soldats se prirent la main, saluèrent leurs hôtes de la tête et disparurent sous leurs yeux. Ils se matérialisèrent d'abord dans leur abri à Arcturus et prirent leurs affaires sans alerter qui que ce soit, puis se transportèrent dans leur hutte sur le bord du fleuve Caléana.

– Les Salamandres ont été les premières à constater que les Aculéos modifient leur anatomie, laissa tomber Sierra. Il faut maintenant leur faire comprendre que les prochaines percées de l'ennemi risquent d'être fort différentes.

– Qu'est-ce qui t'inquiète ?

– Leur grand cœur. La plupart de ces Chevaliers aiment les gens, alors si les hommes-scorpions arrivent ici sur de fausses épaves en se faisant passer pour de pauvres hères qui ont été attaqués par les Aculéos et qui cherchent refuge, c'est certain qu'elles les accueilleront à bras ouverts. S'ils tentent cette ruse à Hadar ou à Antarès, les Basilics et les Chimères ne se laisseront pas leurrer. Pour des raisons géographiques, je doute qu'ils essaient de tromper les Manticores. Mais les Salamandres...

Ils déposèrent leurs sacoches sur leur lit et se rendirent sans perdre de temps à la hutte d'Alésia, où celle-ci brossait ses cheveux bouclés qu'elle venait de laver.

– Déjà de retour ? s'étonna-t-elle.

– Tout est possible quand on a accès à un moyen de transport rapide, répliqua Sierra. J'ai besoin de parler à tous tes soldats, Alésia. Peux-tu les rassembler ?

– Il serait irréaliste de déplacer mes milliers de Chevaliers jusqu'ici. Tu peux commencer par mon village, puis je ferai en sorte que les autres soient rapidement informés de tes paroles.

Alésia envoya quelques Salamandres chercher leurs compagnons d'armes. Sierra en profita pour aller se planter au bord de l'eau et observer la falaise.

– Ils verront les Aculéos s'ils arrivent par-là, conclut-elle. De toute façon, personne n'habite au nord du continent. Comment mes soldats pourraient-ils les confondre avec des humains ?

– Selon toi, de quelle façon chercheront-ils à pénétrer sur le continent, alors ? demanda Wellan.

– Les forêts d'Antarès et de Hadar sont plus rapprochées des falaises, mais les divisions qui les patrouillent sont très vigilantes.

– Et si les Aculéos utilisaient leurs nouveaux radeaux pour contourner Arcturus ou Altaïr ?

Sierra se retourna lentement vers Wellan en écarquillant les yeux.

– Pourquoi n'y ai-je pas pensé ? Les hommes-scorpions pourraient débarquer n'importe où sur la côte d'Einath et personne ne s'en apercevrait...

– Tiens donc, l'histoire se répète. Dans mon monde, toutes les tentatives d'invasion ont eu lieu exactement au même endroit.

– Un endroit que nous ne surveillons pas.

– As-tu l'intention de créer une cinquième division ?

– Je ne saurais même pas comment recruter des milliers de soldats en si peu de temps.

– Au besoin, je pourrais facilement transporter la division de ton choix à Einath. Par contre, si les Aculéos décident de contourner Altaïr, alors je ne pourrai rien faire.

Les Salamandres se mirent à arriver par petits groupes et à s'asseoir en demi-cercle devant Sierra et Wellan, excitées comme si elles allaient entendre une belle histoire. Lorsque tous les Chevaliers de ce secteur de la plage furent arrivés, Alésia fit signe à la grande commandante qu'elle pouvait commencer.

– Vous savez déjà que les Aculéos sont en train de modifier leur apparence physique, commença Sierra.

– *Elle* l'a vu de ses propres yeux ! s'exclama Massilia.

– Nous pensons qu'ils pousseront la métamorphose encore plus loin et qu'ils changeront la couleur de leurs cheveux ainsi que leur taille pour nous ressembler davantage.

– Leurs efforts seront inutiles, maugréa Domenti. Nous ne les laisserons pas passer.

– Ils chercheront sans doute à s'infiltrer en douce sur le continent afin de se rendre dans les villes habitées. Une fois qu'ils se seront mêlés à la population, ils commenceront à tuer tout le monde.

– S'ils réussissent à mettre le pied à Alnilam, ce ne sera certainement pas à Altaïr ! clama Alésia.

Les Salamandres acquiescèrent bruyamment.

– De toute façon, nous ne pourrons pas les manquer s'ils arrivent sur leurs immenses radeaux, commenta Léokadia.

– J'ignore comment ils s'y prendront, mais je vous laisse choisir la façon de les arrêter, continua Sierra. Je veux juste que vous soyez conscients qu'ils pourraient agir comme s'ils étaient de pauvres paysans perdus.

– Ils ne nous berneront pas, déclara Pergame.

– Toutefois, ce qui m'inquiète encore plus, c'est que quelqu'un est en train d'assassiner les membres de la royauté d'Alnilam.

– Pourquoi ? s'étonna Massilia.

– Nous l'ignorons, pour l'instant.

– Savez-vous qui est le coupable ? demanda Alésia.

– La police ne peut pas encore se prononcer.

– Nous ne pouvons pas être partout à la fois, se désola Séïa.

– J'en suis consciente et je veux seulement que vous demeuriez vigilants.

– Nous trouverons la meilleure façon d'empêcher les radeaux d'atteindre la rive, promit Gavril.

– On pourrait demander au gros poisson blanc de leur barrer la route, proposa Massilia.

– Pourquoi ne pas installer une chaîne géante à la sortie du canal qui les empêcherait d'aller plus loin ? suggéra Pergame.

Comme elle ne voulait pas être mêlée à cette discussion stratégique, Sierra se dirigea vers sa hutte. Wellan lui emboîta le pas. La grande commandante se laissa tomber assise sur son lit.

– Qu'as-tu l'intention de faire ? lui demanda Wellan.

Elle n'eut pas le temps de répondre que la sonnerie de son movibilis retentit dans l'une de ses sacoches. Elle parvint à l'en extraire et appuya sur le bouton au centre du cadran.

– Ici Sierra. Qui m'appelle ?

– C'est Skaïe.

– Skaïe ? Ne me dis pas qu'il y a eu d'autres meurtres ?

– Pas à ce que je sache. J'ai réussi à mettre la main sur un movibilis grâce à mon collègue Odranoel, car je suis cloué sur un lit d'hôpital.

– Un lit d'hôpital ? Que s'est-il passé ?

– Le Prince Lavrenti s'en est pris à moi alors que je le traquais dans les passages secrets du palais. Je voulais seulement l'empêcher de s'attaquer à sa sœur, peu importe où monsieur Kennedy l'a cachée. En fait, je voulais juste que vous sachiez, si vous aviez le moindre doute, que c'est bien lui qui a tué ses parents et le roi d'Einath. Cependant, les constables n'ont pas réussi à l'empêcher de quitter la forteresse. Il est en liberté sur le continent.

– La princesse est en sécurité, Skaïe.

– Il y a autre chose. La force que Lavrenti a employée contre moi n'est pas celle d'un homme ordinaire. Il m'a saisi à la gorge et m'a soulevé de terre d'une seule main. Pire encore, je lui ai tiré dessus avec la mistraille sans arriver à le tuer. Je vous en prie, méfiez-vous.

– Nous en tiendrons compte. S'il te plaît, tâche de rester tranquille et laisse les médecins s'occuper de toi. Je serai bientôt de retour à la forteresse.

– Attrapez ce salaud, commandante.

– Sois sans crainte. Il paiera pour ses crimes.

Sierra raccrocha et se tourna vers Wellan.

– Lavrenti a attaqué Skaïe, puis il a réussi à s'échapper. Apparemment, il est devenu très fort et immortel, en plus. La mistraille du savant n'a eu aucun effet sur lui. Je ne comprends tout simplement pas comment Lavrenti a pu changer à ce point. Le prince que j'ai connu ne pratiquait aucun sport, sauf dans les chambres à coucher de toutes les femmes d'Antarès. Il n'aurait jamais pu battre Skaïe au point de l'envoyer à l'hôpital. Wellan, c'est le moment de mettre ton don à l'œuvre pour retrouver Lavrenti. As-tu toujours sa bague ?

– Oui, je l'ai sur moi. Mais pour utiliser ce type de magie, j'ai besoin d'un endroit tranquille.

– Allons dans la guérite, décida Sierra en sortant une carte du continent de ses affaires. Personne ne l'utilise à cette heure-ci.

Wellan prit la main de Sierra et les transporta tous les deux sur la plateforme qui dominait le village. Ils prirent place sur le plancher, l'un en face de l'autre.

– Si le but de Lavrenti est de tuer les familles royales d'Alnilam, il est certainement en route pour le Château de Hadar, raisonna la guerrière. C'est le plus rapproché de celui d'Antarès.

– Alors, il faut agir vite. Voyons ce que la bague peut nous révéler au sujet des déplacements de son propriétaire.

– S'il possédait des instincts meurtriers, pourquoi ne se sont-ils pas manifestés avant ? raisonna Sierra.

– Je ne peux pas répondre à cette question, mais uniquement le localiser.

Wellan retira la bague de la pochette attachée à sa ceinture. Il la déposa sur le sol entre la commandante et lui. Il alluma ensuite sa paume et la plaça au-dessus de la chevalière. Celle-ci se mit à tourner rapidement sur elle-même.

– Qu'est-ce qu'elle te dit ? s'impatienta Sierra.

– Elle est en train de le chercher.

Le chaton plat de la bague s'arrêta vers le sud-ouest.

Pour montrer à Wellan ce qui se trouvait par-là, Sierra déroula la carte du continent sur le plancher. À la grande surprise des deux soldats, la chevalière roula sur le papier et s'immobilisa à la frontière d'Arcturus et de Koshobé, tout près d'Einath.

– Et là ? demanda la guerrière.

– Je pense que Lavrenti est retourné à son point de départ, avança Wellan.

– Sans doute pour achever la famille royale.

– Mais la bague ne s'est pas arrêtée sur la côte.

– Tu as raison. Il n'y a que des forêts à proximité de cet affluent de la rivière Camélia… et la voie ferrée ! C'est ce train qu'a dû prendre Lavrenti lorsqu'il a été conduit chez sa future belle-famille. Tu peux nous emmener jusque-là ?

– Est-ce le train dans lequel nous sommes montés pour nous rendre chez le Roi Iakov ?

– Le deuxième, celui qui nous a rapprochés du château, mais en sens inverse.

– Laisse-moi voir ce que je peux faire, dit Wellan en s'emparant de la bague pour la remettre dans la pochette.

Il laissa errer son esprit en direction de l'océan de l'ouest et localisa le train qui, justement, avait quitté Einath quelques jours plus tôt.

– Il est ici, indiqua-t-il en mettant le doigt sur la carte.

– Ce qui veut dire qu'il traverse cette petite partie du sud d'Arcturus et qu'il va atteindre la rivière Camélia dans deux ou trois heures.

– Prête à repartir ?

– Tu vas nous déposer dans un train en mouvement ?

– Je vais essayer.

Sierra lui décocha un regard chargé d'avertissement. Elle rangea sa carte et son movibilis et jeta ses sacoches sur son épaule. Wellan en fit autant et lui tendit la main. En quelques secondes, ils se retrouvèrent dans un compartiment du train qui, heureusement, ne contenait aucun passager. Ils prirent place sur la banquette. Wellan libéra une fois de plus la bague ensorcelée. Cette fois-ci, il la déposa sur le bord de la grande fenêtre pour observer son comportement.

– En attendant, tu veux manger quelque chose ? demanda-t-il.

– Laisse. Je vais aller acheter des provisions dans le wagon-restaurant.

Elle quitta momentanément Wellan, surtout pour se délier les jambes. Celui-ci en profita pour scruter le train, juste au cas où Lavrenti s'y serait trouvé. Il n'y était pas. S'il était en route pour Einath, il avait certainement utilisé le train qui faisait le trajet vers l'ouest plutôt que vers l'est. Sierra leur rapporta des assiettes profondes recouvertes d'une pellicule transparente. Elles contenaient du poulet en sauce avec du brocoli, des carottes et de minuscules pommes de terre. Ils ouvrirent le panneau de la table et percèrent le plastique de leurs plats.

— Ce n'est pas aussi bon que ce que nous avons mangé jusqu'à présent, mais ça ira, déclara-t-elle après deux bouchées.

Ils venaient à peine de terminer leur repas lorsque la chevalière se mit à s'agiter sur le bord de la fenêtre jusqu'à se mettre à frapper furieusement contre la vitre.

— Elle semble indiquer que Lavrenti se trouve dans cette forêt, s'étonna Wellan. Comment fait-on pour descendre d'un train en marche ?

Sierra se précipita sur un levier rouge près du plafond et l'abaissa. Avisé d'une urgence dans l'un des wagons, le chef de train amorça le freinage.

— Viens ! lança la guerrière.

Wellan réussit à attraper la bague et suivit Sierra dans le couloir jusqu'à la porte qu'elle entreprit d'ouvrir manuellement. Un préposé accourut.

— Mais qu'est-ce que vous faites là ?

— Je suis la grande commandante des Chevaliers d'Antarès. Je dois quitter immédiatement ce train pour une opération militaire.

— Laissez-moi vous aider.

Les deux soldats sautèrent de la dernière marche sur le sol et reculèrent de quelques pas. Wellan en profita pour fouiller dans ses sacoches. Il trouva le lacet de cuir avec lequel il attachait ses cheveux lorsqu'il allait nager dans le fleuve

Caléana et le passa dans l'anneau pour qu'il lui serve de courte laisse. Le train se remit lentement en marche.

– De quel côté devons-nous aller ? s'enquit Sierra.

Wellan lâcha la bague qui non seulement resta dans les airs, mais se mit à donner des coups sur le lacet dans une direction bien précise.

– Si nous la suivions ?

– Décidément, j'aurai tout vu… soupira Sierra.

Ils n'eurent pas à pénétrer très loin dans la forêt comme elle s'y attendait. Si Lavrenti se trouvait dans le coin, il aurait pourtant eu intérêt à s'y enfoncer pour ne pas être vu. La chevalière les conduisit plutôt le long des rails pendant une quinzaine de minutes avant de tourner carrément à droite.

– Mais qu'est-ce que ça sent ? fit Sierra en plissant le nez.

La bague se mit à tirer si fort sur le cordon que celui-ci finit par glisser des mains de Wellan. Mais au lieu de filer au loin, elle fonça vers le sol, derrière un bosquet. Le duo se précipita à sa poursuite et s'arrêta net en découvrant un corps en putréfaction. Wellan l'enveloppa aussitôt dans une bulle invisible pour échapper à l'odeur pestilentielle qui s'en dégageait. La chevalière s'était glissée sur le doigt osseux du cadavre, qui ne portait plus aucun vêtement. Sierra se pencha près de sa tête et reconnut les traits du prince malgré son visage en décomposition.

– C'est bien Lavrenti, confirma-t-elle. Mais comment est-ce possible ? Il est certainement mort depuis plus d'une semaine, alors comment peut-il avoir tué ses parents, le roi d'Einath et attaqué Skaïe ?

– La seule explication logique, c'est qu'un sorcier l'a tué et qu'il a emprunté son apparence pour commettre tous ces crimes.

– Logique dans ton monde, peut-être. Nous sommes au milieu de nulle part. Comment allons-nous le ramener à Antarès ?

– Sur un brancard. Je me souviens d'en avoir vu dans la salle d'autopsie à Einath.

Wellan en fit apparaître un près d'eux. Il n'était pas en bois comme à Enkidiev, mais en métal.

– Laisse-moi utiliser encore une fois ma magie pour le mettre là-dessus, proposa Wellan. Ainsi, nous pourrons rapporter tous ses morceaux aux médecins.

– Ce n'est certainement pas moi qui vais t'en empêcher.

Il enroba tout le corps dans l'enveloppe invisible qui avait servi à en masquer la puanteur, le souleva avec son pouvoir de lévitation et le déposa sur la civière à roulettes.

– Emmène-nous à l'hôpital, exigea Sierra.

– Je n'y suis jamais entré, mais tu m'en as déjà montré la porte principale lors du répit.

– Ça ira.

Wellan mit une main sur le brancard et l'autre sur le bras de la grande commandante. Ils furent instantanément transportés dans la forteresse d'Antarès, à l'entrée de l'immeuble médical. L'ancien soldat poussa la civière à l'intérieur. Sierra demanda à voir le docteur Eaodhin. Celle-ci arriva en courant et jeta un œil à ce qu'elle lui rapportait.

– Par ici, indiqua-t-elle.

Elle conduisit les soldats directement à la salle d'autopsie.

– De qui s'agit-il ?

– Nous croyons que c'est le Prince Lavrenti, mais ce sera à vous de nous le confirmer. Dans combien de temps aurez-vous les premiers résultats ?

– Si je m'y mets maintenant, au milieu de la soirée, estima Eaodhin.

– Je serai dans le hall. Faites-moi appeler, d'accord ?

– Je n'y manquerai pas.

Wellan fit disparaître l'enveloppe invisible autour des restes du prince et se dirigea aussitôt vers la sortie. Sierra se précipita à sa suite en se bouchant le nez.

– Dans le hall ? répéta-t-il, étonné.

– Ouais… J'ai besoin d'une bière.

Ils longèrent l'avenue couverte pour s'y rendre.

WALLASSE

De tous les sorciers créés par les généticiens d'Achéron, Wallasse avait été le plus difficile à maîtriser. Même très jeune, il avait sauvagement résisté à sa captivité sous le palais d'Achéron. Il avait souvent lancé ses repas au visage de ses geôliers, qui avaient reçu l'ordre du dieu-rhinocéros lui-même de ne pas réagir par la force. Il était important pour lui que ses futurs sorciers acceptent de le servir de leur plein gré.

Le caractère de Wallasse ne s'améliora pas. En vieillissant, il avait toutefois compris que seule la magie pourrait l'aider à échapper à cette vie de servilité. Il s'était donc appliqué à maîtriser ses pouvoirs sans se montrer plus docile pour autant. Toutes les nuits, il s'était attaqué aux barreaux de sa cage dans l'espoir qu'ils finissent par céder et il avait échafaudé des centaines de plans d'évasion. Wallasse ignorait ce qui se trouvait au-dessus de l'immense salle où il vivait, mais il était certain qu'il y avait une sortie quelque part.

Il ne parlait à personne et préférait garder ses peurs et ses espoirs pour lui. En réalité, il craignait que les autres enfants le trahissent pour s'attirer des faveurs. La seule à qui il avait adressé plus d'un mot, c'était Maridz. La douceur de la jeune sorcière avait eu le don de calmer ses angoisses. Ils avaient découvert, quand tous les autres dormaient, qu'ils partageaient les mêmes craintes et s'étaient murmuré des encouragements.

Puis les chauves-souris étaient devenues très exigeantes, poussant les sorciers à grimper les échelons magiques de plus en plus rapidement. Wallasse avait craqué. En poussant un terrible cri de rage, il avait laissé partir de ses mains des flammes meurtrières qui avaient incinéré son mentor.

Ce geste irréfléchi avait signé l'arrêt de mort de tous les jeunes mages. Pour éviter qu'ils se rebellent tous de la même façon, Achéron avait ordonné leur exécution. Tandis qu'on poussait les adolescents vers le grand hall, Wallasse avait mémorisé le trajet et les sorties qu'ils croisaient.

Dès que les soldats-taureaux avaient commencé à frapper mortellement ses semblables, Wallasse avait profité du chaos pour se métamorphoser en chien et leur filer entre les pattes. Il avait violemment poussé les portes du hall et avait couru sans regarder derrière lui. Ce fut seulement une fois dans la grotte de la montagne bleue qu'il s'était rendu compte qu'on l'avait suivi.

Wallasse avait accepté avec soulagement la division du continent proposée par Shanzerr, Salocin et Olsson et surtout leur promesse de n'entretenir aucun contact entre eux. Il voulait désespérément vivre seul et libre.

Le jeune sorcier avait erré longtemps avant de trouver une mine désaffectée dans le flanc d'une montagne qui surplombait le petit lac Caléana, à la frontière d'Altaïr et d'Ankaa. D'année en année, il y avait ajouté tous les meubles et les accessoires qu'il avait trouvés dans ces royaumes, ainsi qu'à Phelda et à Aludra. Il avait donc pu aménager un salon, une salle à manger, une réserve de nourriture et même une pièce retirée avec une grande baignoire en cuivre.

Pour décourager les aventuriers de grimper jusqu'à l'entrée de la mine, Wallasse avait démoli les anciennes routes qui y menaient et taillé sur ce versant de la montagne une falaise escarpée et lisse comme l'écorce du hêtre. Seule la magie donnait désormais accès à son vaste logis. Il restait encore des kilomètres de galeries et de tunnels à explorer dans la montagne, mais puisqu'il vivrait des centaines d'années, Wallasse ne se pressait pas.

La vie du sorcier était routinière et relativement sereine. Il savait que Salocin traversait parfois son domaine, mais puisqu'il ne s'y arrêtait jamais longtemps, il n'avait pas tenté de l'intercepter. Puis, un jour, une énergie étrangère était apparue de nulle part sur son territoire. Inquiet, il en avait suivi la progression. Les chauves-souris s'étaient-elles finalement lancées à la recherche des survivants du carnage ? Depuis son évasion, Wallasse n'avait cessé d'augmenter sa puissance. Il ne les craignait plus.

Avec l'intention de les chasser à tout jamais du monde des humains, il avait d'abord localisé la source de cette magie sur la rive est du fleuve Caléana et s'y était transporté. C'est dans le plus grand étonnement qu'il n'y avait trouvé qu'un seul magicien, qui ne possédait ni ailes ni dents pointues.

Wallasse avait questionné cet homme qui disait s'appeler Wellan et être arrivé dans la région par accident. Son récit avait profondément perturbé le sorcier, car il ne le croyait pas. Il avait donc exercé une surveillance constante de tout le continent, assis devant l'âtre de sa mine.

Wallasse n'avait eu aucune difficulté à suivre les déplacements de Wellan. Puis, il avait capté une autre présence. Il ne s'agissait pas de ses frères de captivité. Cette énergie avait circulé sur le domaine de Salocin et celui de Shanzerr sans que ceux-ci s'y opposent, alors Wallasse n'avait pas réagi. Il avait aussi ressenti les efforts des Deusalas qui apprenaient à se défendre pour éviter d'être massacrés une nouvelle fois par les chauves-souris. Il les avait donc tolérés. Mais lorsqu'il avait ensuite perçu l'arrivée de milliers de soldats-taureaux sur le territoire d'Olsson, Wallasse avait tout de suite pensé que ce Wellan n'était en réalité qu'un espion à la solde d'Achéron. Furieux, il avait arpenté son salon en se demandant comment il pourrait affronter une armée entière, mais curieusement, celle-ci avait battu en retraite.

Après avoir imaginé un grand nombre de scénarios tout aussi funestes les uns que les autres, Wallasse avait finalement décidé de se débarrasser de celui qu'il tenait responsable de cette invasion manquée.

Le soleil n'était couché que depuis peu et les Salamandres venaient d'allumer les flambeaux entre les huttes lorsqu'il apparut sur la plage du village d'Alésia.

Domenti, qui était de garde dans le mirador, crut apercevoir une ombre entre les torches, mais il se demanda si c'était Massilia, car elle respectait rarement le couvre-feu. Lorsque la silhouette s'arrêta devant l'abri de la grande commandante et que des flammes apparurent dans ses mains, Domenti décrocha la corde reliée à une grosse cloche en étain suspendue au plafond de la guérite et sonna l'alarme. En quelques secondes, les Salamandres se précipitèrent sur la plage, armées jusqu'aux dents, prêtes à se battre.

— Mais il n'y a personne sur l'eau ! s'étonna Séïa.

— Où est Wellan ? tonna une voix caverneuse.

Les Salamandres firent volte-face et aperçurent un homme seul, vêtu de noir, qui tenait des boules de feu dans les mains.

— Il vient et il part, répondit Massilia, mais *elle* ne sait pas où. Pouvez-vous aussi faire apparaître des étoiles ?

Wallasse pencha la tête de côté, car il ne comprenait pas ce qu'elle disait.

— Je vais aller appeler Sierra sur le movibilis, chuchota Alésia à Léokadia. Occupez-le.

— L'occuper ? Comment ?

— Vous êtes des Salamandres, utilisez votre imagination.

— Est-ce que c'est du vrai feu ? demanda Massilia.

— Oh oui, c'en est, se réjouit Gavril. Je peux sentir sa chaleur jusqu'ici.

– Si vous ne me livrez pas Wellan, je vous tuerai tous ! les menaça Wallasse.

– *Elle* pense que vous ne savez pas compter, répliqua Massilia. Vous êtes un et nous sommes plus de cent.

– Mais il utilise de la magie, lui fit remarquer Séïa en lui prenant doucement le bras et en la faisant reculer pour qu'il ne lui prenne pas l'idée de le provoquer davantage.

– Nous sommes en train de communiquer avec Wellan ! déclara Léokadia en s'avançant devant ses compagnons d'armes. Il est impossible toutefois de dire quand il sera là.

– Qu'est-ce que vous lui voulez ? lâcha Pergame, son long couteau à la main.

– Ce n'est qu'un traître qui ne mérite pas de vivre !

– Hein ? s'étonna Massilia. C'est lui, le traître que nous cherchons ?

– Non, ma chérie, l'apaisa Léokadia. Ça ne peut pas être lui.

– Alors, pourquoi il dit ça ?

– Il a sûrement reçu des informations erronées, avança Nienna.

Pendant que ses Salamandres retenaient l'attention du sorcier, Alésia s'était précipitée dans sa hutte et avait signalé le numéro de Sierra. Celle-ci était en train de boire une bière dans le hall avec Wellan en analysant les événements de sa journée, quand son movibilis avait sonné dans ses sacoches posées à ses pieds.

– Quoi ? s'exclama-t-elle en dirigeant un regard inquiet vers Wellan.

– Que se passe-t-il, cette fois ? demanda-t-il en déposant sa chope.

– Un sorcier menace les Salamandres, mais c'est toi qu'il cherche, répondit-elle en mettant la main sur le microphone du combiné.

– Je ne les laisserai certainement pas l'affronter toutes seules.

Sierra enleva la main pour qu'Alésia puisse l'entendre de nouveau.

– Nous arrivons tout de suite.

– Il est devant ta hutte, précisa le chef des Salamandres.

– Bien compris.

Sierra raccrocha.

– En tout cas, avec toi, on ne s'ennuie jamais, dit-elle à Wellan en lui prenant la main.

Ils abandonnèrent leurs consommations et se matérialisèrent dans l'abri de la grande commandante sur la rive du fleuve. Wellan commença par jeter un œil prudent à l'extérieur, mais Wallasse avait déjà capté son arrivée. Il se retourna pour lui faire face.

– Tu es le chef de l'Ordre, mais laisse-moi passer d'abord, dit Wellan à Sierra.

– Après toi.

Il forma son bouclier invisible pour les protéger tous les deux et sortit de la hutte. Wallasse se tendit en apercevant l'étranger.

– Tu m'as menti ! cracha-t-il.

– On ne peut pas le laisser tuer Wellan ! s'écria Napoldée.

– Surtout n'intervenez pas ! les avertit l'ancien soldat. Reculez près de l'eau !

– Faites comme si c'était juste un spectacle, ajouta Alésia pour faire bouger ses Chevaliers.

La dernière chose que Wellan voulait c'était que les boules enflammées de Wallasse le manquent et qu'elles mettent le feu au village. Il se mit donc à marcher de côté pour se rendre sur le sable, où il n'y avait rien ni personne derrière lui. Sierra en profita pour se joindre aux Salamandres.

– Je ne mens jamais, répondit-il enfin.

– Tu n'es pas venu seul dans mon monde! l'accusa Wallasse.

– Il est vrai qu'un autre homme s'est retrouvé ici en même temps que moi et que deux de nos amis sont arrivés dernièrement pour nous aider à rentrer chez nous. Achéron leur a permis de passer, mais malheureusement, il n'a pas l'intention de leur laisser emprunter le chemin inverse.

– Tu oublies l'armée que tu es en train de rassembler pour exterminer les sorciers!

– Il n'y a aucune armée. Wallasse, écoutez-moi.

– Tu n'as pas cessé d'utiliser tes pouvoirs depuis que tu es ici!

– Uniquement pour protéger les habitants d'Alnilam et les Chevaliers.

Furieux, le sorcier lança ses projectiles ardents, qui explosèrent sur le bouclier de Wellan en provoquant des cris de surprise et d'admiration parmi les Salamandres. Voyant qu'il ne réussissait pas à atteindre son adversaire, Wallasse multiplia les charges.

– Il en a combien des boules de feu dans ses manches? s'étonna Massilia.

– Tais-toi et ne déconcentre pas Wellan, l'avertit Léokadia.

– La violence ne vous mènera nulle part, Wallasse. Cessez cette agression.

– Achéron est vraiment prêt à tout pour nous faire disparaître!

– Je ne peux pas réfuter cette accusation, parce que je ne le connais pas, déclara Wellan.

Son bouclier commençait à faiblir.

– Pourquoi ne riposte-t-il pas? s'étonna Nienna.

– Sans doute parce qu'il ne sent pas que sa vie est en danger, répondit Sierra. Ne faites rien avant d'en avoir reçu l'ordre.

– Wallasse, si vous ne mettez pas fin tout de suite à cette attaque, je vais être forcé d'utiliser la force, le menaça Wellan.

– Enfin ! s'exclamèrent en chœur Nienna, Pergame et Séïa.

– C'est ton corps calciné que je vais rendre au dieu-rhinocéros ! répliqua Wallasse.

– Montre-lui de quel bois tu te chauffes, Wellan ! lança Massilia.

Puisqu'il n'avait aucune intention de tuer le sorcier, mais uniquement de le convaincre qu'il avait tort, l'Émérien se servit d'un vieux truc qu'il avait appris durant sa propre guerre, plusieurs années auparavant. Au risque d'être frappé par les boules de feu, il fit disparaître son bouclier. À l'aide de son pouvoir de lévitation, il creusa rapidement un grand trou derrière Wallasse et l'y poussa brutalement. Wellan s'élança et lui cloua les poignets sur le sable en lui administrant une solide décharge anesthésiante.

– Je ne suis pas votre ennemi ! cria-t-il, exaspéré. Ce qui se passe en ce moment dans votre univers nous menace tous, pas juste les sorciers !

Les yeux pâles de Wallasse fixaient son adversaire avec haine, mais il garda le silence.

– Lorsque je suis arrivé ici, c'était par accident, poursuivit Wellan. Au début, je n'ai pas voulu me mêler des affaires d'un monde qui n'était pas le mien, mais j'ai vite compris qu'il avait besoin de mon aide.

Wallasse demeura muet, mais l'ancien soldat le sentit se détendre.

– Votre véritable ennemi, c'est le panthéon d'Achéron, dont je ne fais nullement partie. D'ailleurs, mes trois amis et moi sommes prêts à mettre nos pouvoirs au service de tous ceux qu'il menace à Alnilam.

Un éclair aveuglant s'échappa du corps de Wallasse. Wellan fut projeté plusieurs mètres plus loin sur le sable. À la tête des Salamandres, Sierra dégaina son épée. Secouant la tête pour se remettre du choc, l'Émérien lui fit signe de ne rien faire. Les deux mages se relevèrent, un en face de l'autre.

– Encore! Encore! s'écria Massilia en sautillant. *Elle* aime ça!

– Où sont tes prétendus amis? maugréa Wallasse.

– Chez les Deusalas pour leur apprendre à se battre, car Achéron a décidé de faire disparaître les dieux ailés qu'il n'a pas réussi à éradiquer la première fois. Nous ne désirions pas modifier le cours de votre histoire, mais nous ne pouvons pas non plus laisser un tel tyran anéantir des races entières pour son seul plaisir. Quant à moi, comme je vous l'ai déjà dit, je me suis rangé du côté des Chevaliers d'Antarès dans leur guerre contre les Aculéos.

Wallasse disparut sans ajouter un seul mot.

– Reviens ici, espèce de lâche! protesta Massilia.

Sierra rengaina son épée et se précipita sur Wellan.

– Est-ce que ça va?

– J'ai eu beaucoup de chance, parce qu'un sorcier qui a peur est un homme vraiment dangereux.

– Si vous appreniez à travailler ensemble au lieu de vous disputer, intervint Alésia, nous pourrions en finir une fois pour toutes avec les Aculéos.

Les Salamandres n'osaient pas bouger. Elles n'arrivaient pas à croire ce qu'elles venaient pourtant de voir de leurs propres yeux.

– Pourriez-vous attendre un jour ou deux avant de repartir? ajouta Alésia.

– Ce serait en effet plus prudent, admit Sierra, mais laisse-moi en discuter avec Wellan, d'accord?

– Est-ce qu'il faut aller se recoucher? soupira Massilia.

– Eh oui, répondit Séïa. Le spectacle est terminé.

Les soldats se séparèrent et retournèrent à leurs abris. Ils savaient que si un autre danger survenait, Domenti les préviendrait aussitôt. Wellan suivit Sierra en époussetant le sable sur ses vêtements. Il attendit d'être à l'intérieur de leur hutte pour lui faire part de ses commentaires.

– À mon avis, ce n'est pas de toi qu'il a peur, le devança Sierra. Il a sans doute senti la présence du sorcier qui se fait passer pour Lavrenti et il pense que vous êtes de mèche.

– C'est possible.

– Pendant que nous sommes ici, pourrais-tu tenter de retrouver ce monstre d'imposteur par sa trace magique ?

– C'est justement ce que j'allais te proposer.

– Tu n'es pas obligé de commencer maintenant. Après tous les projectiles que tu as dû bloquer, tu es sûrement crevé.

– Je vais en effet devoir refaire mes forces.

– T'en reste-t-il suffisamment pour allumer un feu magique ? Il fait plutôt humide dans la hutte.

Elle n'avait pas fini sa phrase que les flammes apparaissaient au milieu de l'abri.

UNE QUESTION DE SURVIE

Au sommet de la falaise des Deusalas, à Girtab, Eanraig s'était senti bien seul lorsque Wellan et Sierra étaient repartis. Mactaris aussi lui manquait. Dans toute la colonie, il ne connaissait que Nemeroff. Conscient qu'il était le fils de l'ennemi juré des dieux ailés, il s'était fait très discret et n'avait pas cherché à se faire d'autres amis. Craignant une ruse de la part de Javad, Sappheiros n'avait pas commencé à entraîner tout de suite le jeune Hadarais. Il s'était d'abord contenté de l'observer. Eanraig ne se plaignait de rien, mangeait ce qu'on lui offrait et dormait où on le lui indiquait. Il n'affichait vraiment aucun des traits de caractère de son père divin.

Ce matin-là, Eanraig était assis entre Nemeroff et Kiev, qui continuait d'apprendre à lire le Venefica sur le tableau magique créé par le dieu-dragon. Le jeune Deusalas arrivait à déchiffrer la langue des dieux de plus en plus rapidement, au grand bonheur de son mentor. En fait, Eanraig n'était là que pour passer le temps, mais au milieu de la leçon, il commença à voir les lettres se détacher du tableau et venir danser sous son nez. Il n'en parla pas tout de suite à Nemeroff, de peur qu'on se moque de lui, mais au bout d'un moment, il se demanda s'il était en train de devenir fou.

– Est-il normal que les mots se promènent partout? finit-il par demander.

– Eh oui! s'enthousiasma Kiev. Et c'est tout naturel que ça t'arrive, puisque tu es d'essence divine. Attends qu'ils s'enfoncent dans ton cerveau.

– Quoi ?

– Je t'assure que ce n'est pas souffrant. Au contraire, je trouve ça plutôt grisant.

Eanraig se tourna vers Nemeroff avec un regard interrogateur.

– Moi, je ne m'en souviens plus. Je l'ai appris quand j'étais tout petit.

Le dos appuyé contre un arbre, Sappheiros les surveillait en silence. Sentant que quelque chose le troublait, Océani s'approcha de lui.

– Tu ne lui fais pas confiance, c'est ça ?

– Le sang d'Achéron coule dans ses veines.

– Je comprends ton inquiétude, mais rappelle-toi qu'il apparaît dans les sculptures de la grotte d'Upsitos et qu'il y affronte son père.

– Est-ce qu'il l'affronte vraiment ou est-ce qu'ils sont en train de discuter de notre perte ?

– Malheureusement, nous n'avons aucune certitude. Mais le destin ne l'a certainement pas conduit jusqu'à nous sans raison, Sappheiros.

– Sans doute, mais est-il sage de lui enseigner à utiliser les puissantes facultés qui dorment en lui juste avant que l'armée de Javad nous tombe dessus ?

– Je te jure que s'il devait s'en servir pour éliminer les Deusalas avant l'arrivée de son père, je le tuerais de mes propres mains. En attendant, je pense qu'il faut faire confiance à l'augure et lui montrer à se défendre s'il veut survivre à un duel contre le dieu-rhinocéros.

– Veux-tu t'en charger à ma place, Océani ?

– Absolument pas. Je fais partie d'une escadrille, rappelle-toi, et nous nous entraînons du matin au soir.

Sappheiros soupira. Son ami lui tapota le dos avec affection et poursuivit sa route jusqu'aux jeunes gens qui apprenaient à lire.

– Kiev, je regrette de mettre fin à ta leçon, mais c'est l'heure de retourner dans le ciel.

– Nous continuerons plus tard, n'est-ce pas, Nemeroff ?

– Mais oui, sauf en pleine nuit, plaisanta le dieu-dragon.

– Profites-en pour faire avancer Eanraig jusqu'à mon niveau !

– Comme si c'était possible ! rétorqua le jeune Hadarais.

Kiev suivit docilement Océani. Les leçons de Nemeroff lui plaisaient beaucoup, mais ce qu'il aimait par-dessus tout, c'était les manœuvres militaires aériennes. Il menait désormais toutes les escadrilles avec une main de maître.

– C'est quoi cette histoire de cerveau ? demanda alors Eanraig.

– Le Venefica est une langue divine, répondit Nemeroff. Elle ne s'apprend pas comme toutes les autres. C'est elle qui décide qui peut la lire ou pas.

– Donc, elle m'a choisi ?

– Oui, sans doute parce que tu es un dieu.

– J'ai encore beaucoup de difficulté à accepter que je ne suis pas le jeune garçon ordinaire qui a grandi dans ma ville de Hadar.

– N'as-tu jamais eu l'impression que tu étais différent ?

– Non, jamais… même en ce moment.

Ils poursuivirent la leçon sans Kiev pendant encore une heure avant que Sappheiros se décide à se joindre à eux. Il prit place près d'Eanraig.

– Je fais face à un déchirant dilemme, avoua le Deusalas. On me demande de t'aider à embrasser ta nature divine, mais tu es le petit-fils du dieu qui a fait tuer toute ma famille.

– Je comprends votre méfiance, Sappheiros, mais je vous jure que je n'ai jamais su qui était mon père. Ni ma mère ni mon oncle n'ont jamais voulu m'en parler, mais après tout ce que j'ai appris sur lui depuis que je suis arrivé ici, ce n'est pas étonnant. Franchement, je n'ai aucune envie de faire sa connaissance. Mais vous semblez persuadé que ça arrivera et que ce ne sera pas très plaisant.

– À mon avis, Javad essaiera de te tuer.

– Parce que je me trouve parmi vous ?

– Non, Eanraig. Parce qu'il n'a pas l'intention de partager son trône divin. Il voudra régner seul sur cet univers.

– Il pourrait aussi continuer d'ignorer que j'existe, vous savez.

– J'ai peur que ce ne soit pas possible. Que tu le veuilles ou non, tes facultés vont finir par se manifester. Même en ce moment, je peux les ressentir. Donc, lui aussi.

Nemeroff confirma les dires de Sappheiros d'un hochement de tête.

– Étant donné que Sage et Azcatchi n'ont nullement besoin de moi pour créer des hologrammes de soldats-taureaux sur la falaise, je propose que nous commencions l'éducation d'Eanraig en l'emmenant voir de ses propres yeux ce qui se trouve dans la grotte d'Upsitos, ajouta le dieu-dragon.

– C'est une très bonne idée, acquiesça le Deusalas.

– Levez-vous et donnez-moi la main.

Nemeroff les transporta tous les trois à l'entrée de la caverne sur l'île défendue.

– C'est ici ? s'alarma Eanraig.

– Tu n'as rien à craindre, l'apaisa le roi d'Émeraude. Il s'agit d'un grand livre de prophéties écrites dans la pierre. Nous l'utilisons pour parer à toute éventualité.

– Où s'arrêtent-elles ?

– Elles ne nous révèlent pas l'issue de la guerre, si c'est ce que tu veux savoir.

– En fait, elle nous fournit ses prédictions au compte-gouttes, marmonna Sappheiros en allumant ses paumes.

Nemeroff l'imita et le suivit dans la grotte en poussant Eanraig devant lui. Ils lui firent voir toutes les fresques à partir du début en les lui expliquant jusqu'à ce qu'ils arrivent à celle montrant Javad qui se tenait devant un jeune homme en position de défense.

– C'est vrai que ça me ressemble… mais je pourrais aussi avoir un frère quelque part.

– Mets ta main sur la sculpture, exigea Nemeroff.

Sans cacher son appréhension, Eanraig lui obéit. Aussitôt, la tête du petit personnage sembla se retourner vers lui. Le pauvre homme fit un bond vers l'arrière, effrayé, et se frappa le dos sur le mur opposé. Sous ce nouvel angle, il était évident qu'il s'agissait de lui.

– Mais le roc n'est pas censé se mouvoir ainsi, balbutia le Hadarais.

– Tu as raison, confirma Sappheiros. Il ne s'incline que devant les dieux.

Eanraig se ressaisit et se rapprocha une fois de plus de la paroi pour étudier les traits de son père.

– C'est donc lui mon père… Il doit être bien plus fort que moi…

– Nous n'en savons rien, l'informa Nemeroff. Et nous ne pourrons sans doute pas mesurer sa véritable force avant qu'il nous attaque avec son armée.

– Est-ce à ce moment que je devrai entrer en scène ?

– C'est ce que je vais tenter de savoir…

Le dieu-dragon fit quelques pas en éclairant le mur.

– On dirait qu'il y a enfin une suite à cette histoire, annonça-t-il.

Sappheiros et Eanraig s'empressèrent de le rejoindre devant un autre tableau, où un rhinocéros fonçait tête baissée sur le jeune homme uniquement armé d'une épée.

– Nous avons beaucoup de travail sur la planche, soupira Nemeroff.

– Qu'est-ce que c'est que ça ? s'effraya Eanraig.

– La forme animale de ton père.

– S'il me charge à toute vitesse avec une corne pareille, il va m'embrocher.

– C'est certain, affirma Sappheiros. En fait, nous avons deux choix. Nous pouvons te laisser te débrouiller pour rester en vie ou nous pouvons te préparer à ce combat pour que tu aies au moins une chance de t'en sortir.

– Une chance ?

Nemeroff poussa son enquête plus loin, mais ne trouva pas d'autres sculptures.

– Tout est encore possible, déclara-t-il. Mais à mon avis, si tu n'apprends pas au moins à former un bouclier de défense, Javad ne fera qu'une bouchée de toi.

– Autrement dit, c'est une question de vie ou de mort.

Les deux hommes laissèrent Eanraig étudier les fresques aussi longtemps qu'il en eut besoin et attendirent qu'il se tourne vers eux.

– Instruisez-moi, décida-t-il.

Nemeroff les ramena dans sa caverne personnelle plutôt que sur la falaise de Girtab. Non seulement était-elle suffisamment grande pour entraîner le jeune dieu, mais il n'y serait pas distrait par les vols des Deusalas au-dessus de sa tête. Sappheiros expliqua à Eanraig où se trouvait la source de sa magie. Celui-ci ne mit que quelques minutes à la localiser dans son corps.

– C'est de là que part la lumière que nous avons utilisée pour éclairer les murs de la grotte tout à l'heure, lui apprit Nemeroff.

– Et c'est aussi de là que partiront bien d'autres choses, ajouta Sappheiros.

Il fit jaillir une flamme de sa main.

– Je pourrai faire la même chose ?

– J'en suis convaincu.

Ce jour-là, après de multiples efforts, Eanraig réussit à faire apparaître une toute petite flamme sur sa paume, qui le fit énormément souffrir.

— Ça me prendra des mois à maîtriser cette énergie pour me défendre, paniqua-t-il. Quand cette attaque doit-elle avoir lieu ?

— Nous n'en savons rien, admit Sappheiros. C'est pour cette raison que nous poussons les Deusalas à s'entraîner sans relâche.

— Alors, c'est ce que je devrai faire moi aussi. Mais dites-moi, est-ce que je serai capable de me transformer en un animal comme mon père ?

Sappheiros plaça ses mains sur les tempes d'Eanraig et ferma les yeux un instant.

— Oui, lui apprit-il au bout de quelques secondes. Ce que je viens de voir pourrait t'aider à encaisser les coups de Javad, mais certainement pas à le tuer.

— Qu'est-ce que je suis ?

— Un animal qui ressemble à un rhinocéros mais d'une couleur différente et sans corne.

— Oh…

Nemeroff jugea que ce n'était pas le moment de le décourager.

— Sais-tu au moins te battre avec une épée ? demanda-t-il.

— Je m'y suis entraîné pendant des semaines avec les Manticores et j'ai même participé à une bataille contre les Aculéos, mais j'imagine que ça ne me servira pas à grand-chose contre Javad.

— J'ai tué Kimaati à l'aide d'une épée enflammée, avoua Sappheiros.

— J'imagine que je pourrai apprendre à le faire quand mes mains me feront moins mal…

— Mon père m'a souvent répété que seul un dieu peut en anéantir un autre, intervint Nemeroff. Tu es un dieu. Et puis, si les Deusalas, qui sont pacifiques jusqu'au bout des plumes, ont appris à se battre comme de véritables guerriers en très peu de temps, alors tu peux y arriver aussi.

– Il faudra évidemment consacrer tout ton temps à cet entraînement, mais Nemeroff a raison. Si tu y mets les efforts nécessaires, tu pourras devenir un formidable combattant.

– Mais en ce qui concerne les techniques de combat à l'épée, quand tu auras réussi à en enflammer une, poursuivit le dieu-dragon, je te confierai plutôt à Azcatchi et à Sage, qui sont plus habiles que moi avec les armes.

– Je suis disposé à tout apprendre. Mais la grotte finira-t-elle par nous en dire plus au sujet de mon duel ?

– Nous ne savons jamais ce qu'elle nous révélera, répondit Sappheiros. Elle ne parle même pas de ce qui nous arrivera à nous.

– Sans doute parce que nous n'avons pas fini de former les Deusalas, s'empressa d'ajouter Nemeroff pour qu'Eanraig ne sombre pas dans le découragement.

– Vous avez une si grande confiance en vous…

– C'est une question de survie, Eanraig, soupira Sappheiros. Allez, rallume tes paumes autant de fois que tu le pourras. Lorsqu'elles te feront trop souffrir, plonge-les dans le bassin de Nemeroff.

Obéissant, leur jeune élève se remit au travail.

Après une autre longue journée à attaquer des bovins holographiques sous tous les angles possibles, les Deusalas se posèrent une dernière fois sur la place de rassemblement et s'étreignirent en se félicitant de leurs progrès avant de rentrer chez eux.

Sage et Azcatchi les regardèrent plonger dans le vide les uns après les autres sur le bord de la falaise.

– Ça te plairait d'aller manger ailleurs, ce soir ? demanda Sage lorsqu'ils se retrouvèrent seuls.

– Quelque part où nous avons le droit d'aller ?

– Personne ne me l'a encore défendu…

– Chez les Basilics, j'imagine ?

– Tu l'as lu dans mes pensées ?

– Ce n'était même pas nécessaire, Sage.

– Et puis, je pense que le moment est tout indiqué pour savoir si tu as récupéré ton pouvoir de te déplacer magiquement, toi aussi. Forme ton vortex et emmène-nous au campement de Chésemteh.

– S'il n'est pas au point, nous pourrions tout aussi bien nous retrouver dans la neige chez les Aculéos.

– Dans ce cas, je te conseille de bien te concentrer sur notre destination.

Azcatchi mit donc la main sur le bras de son compagnon d'aventure et les transporta tous les deux directement à Hadar. Sage ne cacha pas son soulagement.

– Je savais que tu y arriverais ! le félicita-t-il.

Ils marchèrent jusqu'aux nombreux feux sans qu'on les arrête, car les sentinelles les avaient facilement reconnus.

Chésemteh fut surprise de voir son nouveau prétendant arriver au coucher du soleil plutôt qu'en pleine nuit, et en compagnie de son ami, en plus.

– Vous arrivez juste à temps pour le repas, les convia-t-elle.

Sage et Azcatchi mangèrent avec les Basilics. Dès qu'il eut terminé son écuelle, le dieu-crave se dirigea vers la falaise pour laisser Sage en tête à tête avec la commandante. Locrès et Mohendi s'élancèrent derrière lui.

– Est-ce que tu possèdes de la magie, toi aussi ? demanda Locrès à Azcatchi lorsqu'ils le rejoignirent sur le sentier.

– Oui, mais pas la même que les autres.

– Tant que tu en as, c'est tout ce qui compte, non ? fit Mohendi en haussant les épaules.

Ils s'arrêtèrent devant le canal creusé par Nemeroff. Azcatchi promena son regard sur la falaise.

– Captes-tu quelque chose d'inquiétant ? s'enquit Locrès.

– Il y a une étrange énergie là-dedans que je n'avais pas ressentie la première fois que nous nous sommes arrêtés ici.

– Wellan pense que les Aculéos ont un sorcier à leur solde.

– C'est ce que je crois aussi. Mais les dieux sont plus puissants que les sorciers. Ils feraient mieux de faire bien attention.

– Es-tu rassuré ? demanda Mohendi à Locrès.

– Pas vraiment…

Ils marchèrent avec Azcatchi le long de l'eau afin qu'il ne s'égare pas.

OLSSON

Des quelques sorciers qui avaient fui le monde des dieux, Olsson était le plus secret. Durant sa captivité, il avait obstinément gardé le silence, si bien que ses geôliers avaient fini par croire qu'il était né muet. Toutefois, ce garçon était le meilleur apprenti des chauves-souris. Docile, du moins en apparence, il maîtrisait tous les types de magie. Lorsqu'on l'enfermait dans sa cage, à la fin du jour, Olsson n'adressait pas la parole aux autres sorciers tant que les gardiens n'étaient pas partis. Il n'aimait pas la nourriture qu'on lui servait, mais il la mangeait quand même pour ne pas perdre ses forces. Il se couchait toujours sans faire d'histoire quand les lampes étaient finalement éteintes dans la vaste prison. Les chauves-souris voyaient en lui le genre de sorcier que recherchait Achéron, mais au fond de l'âme d'Olsson grandissait un brûlant désir de liberté.

Le jeune mage avait trouvé étrange, un beau matin, qu'ils soient tous conduits dans le grand hall du dieu fondateur. Il avait d'abord pensé que les chauves-souris voulaient les présenter à Achéron. Pourtant, la majorité des adolescents n'étaient pas encore prêts à le servir… Il avait eu un terrible choc en voyant les taureaux se mettre à planter leurs cornes dans le corps des sorciers. Quand Wallasse, Shanzerr, Salocin et Maridz avaient foncé vers les portes sous leur forme animale, Olsson s'était élancé derrière eux. Sans réfléchir, il avait sauté lui aussi dans le vide au bout de la plateforme circulaire. Quatre des évadés s'étaient retrouvés dans une caverne au sommet d'une haute montagne dans un monde qui leur était tout à fait inconnu, mais Maridz n'y était pas. Elle avait sans doute emprunté une autre route. « Que les plus forts survivent », avait songé Olsson. Wallasse, Shanzerr, Salocin et lui s'étaient divisé le continent en quatre en utilisant les points cardinaux. Olsson avait acquiescé à cette façon de procéder afin de pouvoir partir le plus rapidement possible de son côté. Les bovins auraient beaucoup plus de mal à les retrouver s'ils se séparaient tout de suite.

Olsson avait accepté de s'installer au nord, mais en arrivant sur ces immenses terres gelées, il avait regretté sa décision. Toutefois, il n'était pas le genre de sorcier à revenir sur sa parole. Il avait donc marché pendant des jours en espérant trouver une oasis plus accueillante. Il avait fini par atteindre l'océan glacé. Heureusement, en scrutant l'horizon, il avait ressenti au loin une bienfaisante chaleur.

À l'aide de ses puissantes facultés, Olsson venait de découvrir une cité habitée par des humains, qui possédait un grand port. Il avait aussi localisé une embarcation juste assez grande pour un petit équipage. Il l'avait patiemment détachée avec sa magie et attirée jusqu'à lui. Elle avait mis un jour entier avant de s'engraver devant lui. Il y était monté sans la moindre crainte et l'avait retournée d'où elle était venue. Heureusement, il avait trouvé des vivres dans les armoires de la cabine et avait pu manger pendant le voyage de retour.

Le jeune sorcier était finalement arrivé dans un havre bourdonnant d'activité, taillé dans du roc blanc, à l'embouchure d'un grand fleuve. Il était descendu sur le quai et avait marché en observant les hommes qui déchargeaient de grands bateaux à voiles. Élevé dans une cage, Olsson ne comprenait rien de ce qu'il voyait. Cependant, il avait rapidement remarqué qu'il n'était pas habillé comme tout le monde et que sa tunique blanche attirait un peu trop les regards. Il avait donc subtilisé un long manteau noir à capuchon accroché parmi une dizaine d'autres devant l'étal d'un marchand. Grâce à sa magie, il n'avait eu aucune difficulté à se nourrir. Il avait volé des fruits, des noix et du pain au marché public, mais il n'était pas arrivé à se trouver un logement. On lui avait invariablement répondu que tout était déjà loué et qu'il lui faudrait s'exiler à l'ouest s'il voulait trouver un abri convenable. Refusant de se décourager, Olsson avait dormi dans les parcs, enroulé dans son manteau. C'est là qu'il avait rencontré Danaéla.

Ce matin-là, la jeune femme promenait son grand chien noir, comme elle le faisait tous les jours à cette heure-là, lorsque l'animal la tira jusqu'au dormeur couché en boule au pied d'un arbre. Les coups de langue amicaux du chien sur le visage d'Olsson l'avaient réveillé en sursaut.

— Pauvre homme, laissez-moi vous aider, avait offert Danaéla.

Le sorcier s'était redressé sans savoir quoi lui dire. Elle était la première personne à s'intéresser à son sort depuis son arrivée à Antenaus. Elle était humaine, grande et élancée. Ses longs cheveux blonds étaient plus pâles que ceux de Maridz et ses yeux aussi limpides que ceux de Wallasse.

— Je vais commencer par vous offrir à manger.

Olsson s'était laissé emmener jusqu'à un établissement où on servait de bons repas chauds. Il avait dévoré la nourriture comme un loup affamé. Le chien s'était couché à ses pieds, comme s'il sentait l'appartenance de l'étranger à la race canine.

— Je m'appelle Danaéla, s'était finalement présentée la jeune femme. Quel est votre nom ?

— Olsson.

— Vous n'êtes pas d'ici. Ça se voit tout de suite.

Il avait timidement hoché la tête.

— Vous n'êtes pas le premier à arriver à Antenaus avec l'intention d'y trouver une vie meilleure, mais ce n'est pas aussi facile que tout le monde le croit. Avez-vous au moins quelques deniers en poche ?

– Deniers ?

– Oui, des pièces d'argent ?

– Non.

– Avez-vous trouvé du travail ?

– Non plus.

– Avez-vous cherché partout ?

– Pas encore. J'essaie de comprendre les coutumes de cette ville.

Danaéla avait donc décidé de le ramener chez elle pour lui donner un coup de pouce. Elle vivait seule dans la maison de ses parents depuis leur décès et louait occasionnellement des chambres pour se procurer un revenu supplémentaire.

Pour intégrer Olsson à la société, elle avait commencé par lui apprendre l'histoire du pays et lui faire visiter les différents quartiers de la ville. Puis, elle lui avait trouvé un poste à la boutique d'orfèvrerie où elle travaillait, à une rue à peine du port. Ils prenaient chaque repas du midi dans l'un des petits cafés intercalés entre les gros immeubles des armateurs et des entreprises d'exportation. Olsson avait été fasciné par les nombreux types de bateaux que fabriquaient les humains et surtout par les immenses radeaux qui transportaient un nombre incroyable d'ouvriers et de marchandises sur le fleuve, en direction des villes à l'intérieur du pays.

Danaéla s'était éprise d'Olsson, même s'il ne parlait jamais de lui-même ou de son passé. Elle avait finalement partagé son lit et était tombée enceinte quelques mois plus tard. La naissance de Lizovyk avait transporté Olsson de joie. Son fils était venu au monde libre et vivrait libre. Petit, l'enfant blond n'avait manifesté aucune faculté magique. Il était beau comme sa mère et attentif comme son père. Tout s'était merveilleusement bien passé pour Olsson jusqu'au dixième anniversaire de Lizovyk.

Cette année-là, il avait découvert que la sorcellerie était punissable de mort à Antenaus. Tandis qu'il se rendait au travail, au beau milieu de la rue, la roue d'une grosse charrette s'était cassée. Le véhicule lourdement chargé avait penché sur le côté si rapidement qu'il avait menacé d'écraser les piétons qui passaient à proximité. Olsson avait instinctivement utilisé sa magie pour empêcher cet accident mortel. Au lieu de le remercier pour cet acte héroïque, les citoyens s'étaient rassemblés autour de lui, menaçants. Sans aucune forme de procès, ils l'avaient poussé vers la place publique. Les sentiments d'injustice que le jeune homme avait refoulés dans sa cage du palais d'Achéron avaient aussitôt refait surface. Alors, lorsque les humains avaient ramassé des pierres et avaient commencé à les lui lancer, Olsson avait décidé de se défendre. Il avait levé son bouclier. Les projectiles y avaient rebondi et avaient atteint plusieurs des lyncheurs.

– Brûlez-le ! avait hurlé quelqu'un.

Pour empêcher que la population s'en prenne à sa compagne et à son fils, Olsson avait pris la déchirante décision de quitter Antenaus. Il s'était brusquement dématérialisé en arrachant des cris de terreur à ses bourreaux et était revenu chez lui. Danaéla et Lizovyk n'y étaient pas. Il avait donc pris le temps d'écrire une courte lettre à sa bien-aimée pour lui expliquer ce qui lui était arrivé et pourquoi il devait partir. Il les aimait plus que tout au monde, son fils et elle, et ne voulait pas qu'ils soient lapidés à leur tour. Il avait terminé en lui disant que dès qu'il trouverait un endroit plus sécuritaire, il reviendrait les chercher.

En ravalant ses larmes, il avait traversé l'océan avec sa magie et était instantanément revenu à son point de départ sur son grand domaine enneigé. Si les sorciers étaient ainsi traités par les humains, il était parfaitement inutile de chercher une autre maison dans une cité, même à Alnilam.

À force d'explorer le haut plateau, Olsson avait finalement découvert un ancien volcan recouvert de glace, ce qui en rendait l'escalade périlleuse. Il s'était soulevé par lévitation jusqu'à son sommet et était redescendu à l'intérieur. « Je pourrais certainement rendre ces lieux plus cléments », avait-il décidé. Il avait d'abord décroché des blocs de roc des pics plus à l'est pour refermer l'ouverture du cratère. Non seulement ce nouveau toit le protégerait des intempéries et des hommes-scorpions qu'il avait aperçus quelques kilomètres plus loin en train de chasser, mais il enfermerait aussi la chaleur de la terre dans son antre.

Enfin à l'abri du climat, Olsson s'était approprié tout ce dont il avait eu besoin dans les maisons des gens d'Antenaus qui avaient tenté de le tuer. Il avait sans cesse remis son projet d'aller chercher sa famille en se disant que cette existence souterraine ne lui plairait pas. Il ne voulait pas la condamner à une telle vie d'exil. Il savait que Danaéla avait les moyens de prodiguer une belle éducation à leur enfant et qu'il serait mieux auprès d'elle qu'avec lui.

Olsson s'était habitué à son ermitage. Il avait rencontré Zakhar tout à fait par hasard un jour où il marchait sur le bord de l'océan pour respirer un peu d'air frais. Le futur roi, qui chassait seul, venait de tuer un grand phoque pour montrer à son père qu'il était courageux. Il n'avait affiché aucune agressivité envers le sorcier, malgré ses pinces et son dard menaçants. Les deux hommes avaient bavardé et pour que les congénères de l'Aculéos ne cherchent pas à le traquer, Olsson lui avait avoué qu'il était un sorcier. Il l'avait prouvé à Zakhar en tuant une dizaine de phoques sans même lever le petit doigt et les avait même traînés jusqu'à lui. Impressionné, Zakhar lui avait à son tour confié qu'il convoitait le trône de son peuple et que lorsqu'il serait enfin couronné, il aimerait pouvoir compter sur ses services magiques dans les cas d'urgence. En échange, il ne soufflerait mot de son existence à personne. Le sorcier n'avait plus entendu parler de lui pendant de nombreuses années. Pour s'occuper, il avait subtilisé des livres partout sur Alnilam. Il avait appris à lire et les avait dévorés au coin du feu.

C'était justement ce qu'il était en train de faire lorsqu'il avait ressenti une présence magique sur la plaine. Persuadé qu'il s'agissait d'un de ses frères d'éprouvette, Olsson était allé à sa rencontre. À son grand étonnement, il s'était retrouvé face à face avec un grand jeune homme qui lui ressemblait !

– Je suis venu t'annoncer que mère est morte, lui avait-il dit.

La nouvelle avait anéanti Olsson. Lizovyk avait réussi à le ramener dans le volcan en suivant ses indications fragmentaires et avait pris soin de lui jusqu'à ce qu'il se remette du choc. Le père avait alors poursuivi l'éducation magique de son fils.

Lizovyk avait avoué à Olsson que ses pouvoirs naissants lui avaient permis de le localiser de l'autre côté de l'océan. L'apprenti n'avait par contre pas pu s'y transporter autrement qu'en volant un bateau. Impressionné par la forte volonté de son fils, le sorcier lui avait enseigné presque tout ce qu'il savait. Lorsqu'il avait senti qu'il était enfin prêt, il lui avait montré à se déplacer par la magie et s'était servi de lui comme espion sur la frontière entre le continent des humains et les terres des Aculéos. Puis, un jour, Lizovyk avait pris le large.

Les services qu'Olsson rendait au nouveau Roi Zakhar avaient redonné un sens à sa vie, mais sa famille lui manquait cruellement...

Assis dans son fauteuil sur le bord du feu, comme il le faisait tous les soirs depuis la disparition de son fils, le sorcier était en train de patrouiller ses terres gelées avec son esprit lorsque Lizovyk apparut devant lui.

– Bonjour, père.

– Où étais-tu passé pendant tout ce temps ?

– J'ai visité le monde et j'ai aiguisé mes griffes.

– En sachant que j'avais besoin de toi ici ?

– J'en ai assez des tâches insignifiantes que tu me confies. Je ne suis plus un novice. Ma puissance me permet de faire autre chose que de me promener au pied des falaises pour récolter tout ce que j'entends. Tu seras content d'apprendre que j'ai décidé de faire comme toi et de m'assurer les services de pauvres hères qui n'ont pas eu d'autre choix que de m'obéir.

– Quand es-tu devenu aussi arrogant ? s'étonna Olsson.

– Je ne suis pas arrogant, père. Je connais maintenant ma véritable valeur. Il y a une grande différence entre les deux. J'ai même tué des humains.

– La valeur d'un sorcier ne se mesure pas de cette façon, Lizovyk.

– Ces créatures sont si primitives et si inutiles.

– Puis-je te rappeler que ta mère en faisait partie.

– C'est vrai, mais heureusement, grâce à toi, je suis un être supérieur.

– Que s'est-il donc passé pour que tu deviennes à ce point insensible ?

– Il y a tellement de belles choses que les humains ne savent pas apprécier. Tuons-les tous et emparons-nous de leur monde !

– Est-ce que tu as bu de l'alcool ?

– Je me suis en effet arrêté dans une taverne d'un bourg perdu d'Antarès, mais je ne suis pas ivre.

– Tu me tiens pourtant des propos insensés.

– Oh non, père. Mes pensées n'ont jamais été aussi claires. Maintenant, je sais ce que je veux.

– Laisse-moi plutôt te rappeler que mon rôle est d'assister le roi des Aculéos et surtout de respecter le territoire des trois autres sorciers.

– Pendant que Salocin, lui, se promène absolument partout où il veut ?

— Il sait ce qu'il risque.

— Tu vas le gronder ? Le punir ? Le faire disparaître ?

Lizovyk éclata de rire.

— Nous reprendrons cette conversation lorsque tu auras dégrisé, mon fils. Va dormir quelques heures.

— Dormir ? Quelle perte de temps ! Je veux boire !

Le jeune sorcier fit apparaître une chope de bière et la vida d'un seul trait. Comprenant qu'il était inutile de le raisonner dans cet état, Olsson lui lança un sort qui lui fit perdre connaissance. Lizovyk s'écroula, mais la magie de son père l'empêcha de se casser la figure sur le plancher. Utilisant la lévitation, Olsson fit flotter son fils jusqu'à son lit. Il s'approcha une chaise et observa son sommeil en se demandant ce qui l'avait rendu si rebelle tout à coup. Il était loin de se douter que la menace qui pesait sur Alnilam était beaucoup plus grande que tout ce qu'il pouvait imaginer…

LE LÂCHE

Au lieu de le rendre plus prudent, les dernières découvertes de Rewain avaient plutôt piqué sa curiosité. Tatchey avait répondu à plusieurs de ses questions, mais il continuait d'en jaillir d'autres dans son esprit. Cependant, il ne savait plus où chercher des réponses. Alors, il se risqua une fois de plus dans les passages secrets et monta jusqu'à l'étage de Javad en faisant le moins de bruit possible. Son frère aîné avait l'habitude de parler tout seul. Peut-être en apprendrait-il davantage en l'écoutant…

Il regarda par le trou d'un boulon qui avait été enlevé dans le panneau de métal et vit Javad en train d'arpenter la salle sous sa forme humaine. Il était profondément troublé. Rewain attendit de longues minutes, mais son frère n'émit que des grognements de mécontentement. Le jeune zèbre allait repartir lorsqu'il vit entrer le sorcier Réanouh.

– Vous m'avez fait appeler, Votre Altesse ?

– Oui, il y a au moins une heure.

– Je suis venu aussi vite que j'ai pu.

– Parle-moi des sorciers humains qui ont réussi à s'échapper.

– Leurs noms ne vous diraient rien.

– Je veux quand même les entendre.

Rewain tendit l'oreille.

– Ils s'appelaient Shanzerr, Wallasse, Salocin, Maridz, Olsson, Carenza et Aldaric.

– Avez-vous réussi à en capturer quelques-uns ?

– Nous n'avons jamais reçu l'ordre de les traquer, Votre Altesse.

– Représentent-ils une menace pour mon armée ?

– Pas séparément, mais ensemble, je pense qu'ils pourraient lui causer beaucoup de pertes.

– Pourraient-ils être retrouvés, même après toutes ces années ?

– Il est certainement possible d'envoyer des espions, mais par expérience, je sais que les sorciers pourraient les tuer avant qu'ils nous aient révélé leur position. Sans doute étiez-vous encore très jeune lorsqu'ils vivaient encore ici, mais l'un d'eux a incinéré un de mes meilleurs mages alors qu'il ne maîtrisait pas encore tous ses pouvoirs. Je n'ose même pas imaginer ce qu'il pourrait nous faire maintenant.

– Nous devons trouver une façon de neutraliser ces indésirables avant qu'ils décident d'interférer avec mes plans de conquête.

– Je me pencherai sur la meilleure façon de le faire, si vous voulez bien.

– Ne me faites pas attendre trop longtemps, Réanouh.

La chauve-souris se courba très bas devant lui et quitta la salle. Javad crut alors ressentir une présence à quelques pas de lui. Il se tourna brusquement vers le panneau métallique derrière lequel était caché Rewain. Celui-ci étouffa un cri d'effroi et quitta son poste d'observation à la hâte sous sa forme humaine, car ses sabots auraient fait trop de bruit.

«Shanzerr, Wallasse, Salocin, Maridz, Olsson, Carenza et Aldaric», se répéta-t-il sans cesse en redescendant à l'étage qu'occupaient jadis ses autres frères. Il ne devait pas oublier les noms de ces sorciers. Il poussa le panneau pour quitter le passage secret au plus vite et s'arrêta net. Javad se tenait devant lui, les mains sur les hanches.

– Depuis quand m'espionnes-tu, petit mouchard ?

Lè dieu-zèbre fut d'abord incapable de prononcer un seul mot.

— J'espère que tu comprends que cette indiscrétion va te coûter la vie.

— N'est-ce pas le sort que tu comptes tous nous faire subir de toute façon ? s'enhardit Rewain.

— On ne peut rien te cacher, on dirait. Si je veux enfin régner sur cet univers, je devrai le faire seul.

— Père est invincible.

— Personne n'est à l'abri d'un coup fatal, jeune imbécile.

— Si tu lui fais du mal, mère t'écrasera d'une seule patte.

— Tu es vraiment naïf, mon frère.

Rewain tenta de s'enfuir en contournant Javad. D'un geste vif, ce dernier le saisit solidement à la gorge d'une seule main. Au lieu de l'étrangler sur place, il le traîna dans le couloir. Rewain tenta en vain de se libérer, car il n'arrivait plus à respirer. Loin de lui venir en aide, tous les serviteurs que croisaient les deux dieux s'écartaient vivement de leur chemin.

Javad aboutit finalement sur la plateforme circulaire reliée au palais. Il passa entre les deux soldats-taureaux qui la gardaient. Ils échangèrent un regard inquiet, mais ne bougèrent pas. Le dieu-rhinocéros se rendit jusque sur le bord de la soucoupe géante et sauta dans le vide en tenant toujours son frère par le cou. Il aurait été bien trop imprudent de le tuer sous le nez de leurs parents. Il devait le faire loin de tout témoin.

En atterrissant brutalement dans la grotte de la montagne bleue, Javad perdit son emprise sur Rewain. Effrayé, le jeune prince se précipita vers la seule sortie qu'il aperçut. Il s'arrêta juste à temps sur la corniche pour ne pas dégringoler sur le versant du grand pic rocheux. Il entendit les pas furieux de Javad derrière lui. Rewain n'avait pas le choix : il s'aventura sur la saillie qui semblait faire le tour du sommet de la montagne. Mais elle n'allait pas très loin. Il se retourna et vit son frère qui le regardait avec cruauté.

– Je souhaite que les Deusalas te fassent payer tous les crimes que tu es sur le point de commettre ! hurla-t-il.

– Ils mourront comme toi, petit poison. Quand tu pénétreras dans le grand hall des trépassés, transmets mes salutations à Kimaati et à Amecareth.

Javad projeta un rayon ardent en direction de son frère, mais préférant quitter cette vie autrement que par la main de cet assassin, Rewain fit un pas vers l'arrière pour se laisser tomber dans la forêt tout en bas. La puissance de l'énergie du dieu-rhinocéros le fit voler dans les airs. Persuadé qu'il l'avait mortellement frappé, Javad ne prit pas la peine de descendre pour s'assurer que Rewain ne respirait plus. Il tourna les talons et retourna dans le vortex qui le ramena sur la plateforme. Il s'arrêta devant les soldats-taureaux.

– Vous n'avez rien vu, compris ?

– Compris, Votre Altesse, affirmèrent-ils d'une seule voix.

Pendant que Javad retournait à son étage du palais, son jeune frère venait d'atterrir sur le sol. Heureusement, il n'avait pas rebondi sur les centaines de corniches rocheuses qui striaient la montagne, sinon tous les os de son corps auraient été brisés. Le destin avait décidé qu'il ne mourrait pas ce jour-là. Il s'écrasa dans les branches d'un sapin qui amortirent le choc, mais perdit conscience. S'il était tombé du côté de la montagne où vivait Shanzerr, celui-ci l'aurait sans doute recueilli, mais il se trouvait complètement à l'opposé de sa grotte. Pire encore, l'attaque avait tellement réduit sa force vitale qu'il n'émettait plus qu'un faible signal divin.

Ce fut la pluie drue d'un gros orage qui réveilla finalement Rewain. Puisqu'il n'avait jamais vu d'éclairs de toute sa vie, il crut que c'était Javad qui multipliait les charges afin de l'achever. En grimaçant de douleur, il s'extirpa des branches et clopina vers le nord en restant sous le couvert des arbres. Il ne s'arrêta que lorsque l'obscurité enveloppa la forêt et se mit en boule sous un gros conifère. «Mère se mettra bientôt à ma recherche et Javad paiera pour ce qu'il vient de me faire», se dit-il pour se rassurer.

Il se remit en route avant l'aube, croyant nécessaire de mettre le plus de distance possible entre son agresseur et lui. Buvant l'eau des ruisseaux, il chercha désespérément de la nourriture jusqu'à ce qu'il remarque que les écureuils mangeaient des noix qu'ils trouvaient sous les feuilles mortes. Il se mit aussi à leur recherche et en ramassa une grande quantité, dont il se remplit les poches. En observant les rongeurs, il comprit qu'il devait les fracasser avec des pierres pour ne manger que l'amande qu'elles contenaient.

C'est ainsi qu'il parvint à marcher pendant des jours jusqu'à ce qu'il atteigne un des grands ponts qui enjambaient la rivière Chélidoine. De l'autre côté, il aperçut ce qui ressemblait à une cité. Sans doute pourrait-il y trouver de l'aide. Mais lorsqu'il arriva sur la rue principale, il constata avec déception qu'il ne s'agissait que de ruines.

Découragé, Rewain s'assit sur les restes d'un mur de briques. «Que dois-je faire, maintenant?» se demanda-t-il. Il se sentait plus en sûreté dans les vestiges de cette ancienne ville, mais son instinct le pressait de ne pas s'y attarder. Il continua donc de remonter vers le nord et marcha sur un sentier dans la forêt, ignorant qui pouvait bien l'y avoir creusé. Le soleil avait commencé à se coucher lorsque Rewain tomba sur un petit village bâti dans une immense clairière, qui n'était en fait qu'un camp de bûcherons abandonné. Il dormit en boule dans un coin du bâtiment principal, le seul qui n'avait pas été endommagé par les intempéries. Les hurlements des loups lui glacèrent le sang, alors il se fit encore plus petit en espérant que les bêtes qui poussaient ces cris ne le flaireraient pas.

Au matin, le soleil lui redonna du courage. Il mangea des noix et se mit à la recherche d'un cours d'eau. Il trouva un ruisseau et se désaltéra avant de poursuivre sa route. Encore une fois, avant la tombée de la nuit, il se retrouva dans un autre camp semblable à celui qu'il venait de quitter. De moins en moins angoissé, Rewain prit le temps d'inspecter toutes les installations et découvrit que la petite construction circulaire en pierre était un puits dans lequel les anciens habitants de l'endroit prenaient leur eau. Il s'enferma dans une cabane pour échapper aux prédateurs et s'endormit dans ses pleurs de désespoir.

Il attendit le lever du soleil avant de quitter sa cachette. Il puisa de l'eau et constata qu'il ne lui restait plus que deux noix pour toute la journée. Il lui fallait en trouver d'autres. Le ciel semblait encore se couvrir, alors il s'enfonça dans la forêt sans tarder. « Je ne sais même pas où je vais », s'affligea-t-il au bout d'un moment.

— Halte-là ! lui ordonna alors une voix de femme.

Rewain s'immobilisa, soudain paralysé par la peur.

— Retourne-toi très lentement et ne fais aucun geste agressif.

Il prit une profonde inspiration pour se calmer et parvint à pivoter sur lui-même. Il aperçut alors une jeune femme habillée comme un garçon, une lance à la main. La pointe de ses cheveux noirs était rouge et elle avait un regard perçant.

— Es-tu un pillard ?

— Moi ? Mais pas du tout ! se défendit le dieu-zèbre.

— Alors, qu'est-ce que tu fais aussi loin de la civilisation ?

— Je fuis mon frère qui essaie de me tuer.

— Ça fait deux jours que je chasse par ici et je t'assure qu'il n'y a personne d'autre que toi dans les parages.

— C'est une excellente nouvelle.

— Pourquoi portes-tu des vêtements tout en velours et en dentelle ? Es-tu un personnage royal ?

— En fait, je suis un dieu.

– Ou un pauvre type qui est tombé sur la tête, répliqua Samara en riant. D'où viens-tu ?

– Du palais de mon père, mais je ne saurais dire où il est situé. Quand mon frère m'en a extirpé, nous nous sommes retrouvés dans une grotte tout en haut d'une montagne. Il m'a attaqué et je suis tombé ici.

– Oui, bien sûr…

– Qui êtes-vous et où suis-je, au juste ?

– Je m'appelle Samara et je suis un Chevalier d'Antarès, fit-elle sans la moindre méfiance.

– Qu'est-ce qu'un Chevalier ?

– Si tu ne le sais pas, tu dois en effet venir de très loin. Assieds-toi et laisse-moi examiner ta tête.

– Pourquoi ?

– Parce qu'il est évident que tu as reçu un bon coup quand tu as dégringolé de cette montagne.

Rewain obtempéra, mais il tremblait de peur.

– Tu n'as rien à craindre. Les Chevaliers ne tuent pas ceux qui ne sont pas leurs ennemis.

Samara alluma sa paume et la passa tout autour du jeune dieu.

– Êtes-vous une sorcière?

– Je ne crois pas, non, mais je possède le don de la guérison. Pour un homme qui prétend avoir fait une telle chute, tu n'as pas une seule égratignure.

– Je vous ai dit la vérité.

– Comment t'appelles-tu, étranger ?

– Rewain, fils d'Achéron et de Viatla.

– Vraiment ?

– Je peux vous le prouver.

Il se changea en zèbre l'espace d'un instant. Samara fit un prodigieux bond vers l'arrière en poussant un cri de surprise.

– Je ne voulais pas vous faire peur.

– Je suis bien obligée de te croire, maintenant, mais je vois mal comment je pourrais t'aider à rentrer chez toi. J'ignore où se trouve le domaine des dieux.

– C'est bien le dernier endroit où je voudrais aller. Comme je vous le disais tout à l'heure, mon frère Javad veut me tuer pour pouvoir régner seul sur le monde. Je ne sais même pas vers qui me tourner pour demander de l'aide.

– Possèdes-tu des pouvoirs magiques ?

– Sans doute, mais on ne m'a jamais enseigné à les utiliser. Je vous en prie, dites-moi qui pourrait me conseiller dans votre monde.

– J'ai une petite idée, mais je vais commencer par te ramener à mon campement.

– Me donneriez-vous quelques minutes pour chercher de quoi manger ? Je suis affamé.

Samara sortit de sa besace plusieurs fruits qu'elle lui tendit.

– Vous êtes très gentille, merci.

Elle le laissa manger en l'examinant attentivement. Elle avait toujours imaginé que les dieux de son panthéon étaient deux fois plus grands que les humains et que leur peau irradiait de lumière. Pourtant, Rewain ressemblait à un homme normal… sauf pour ses vêtements.

– Quand nous arriverons chez les Manticores, il faudrait que tu arrêtes de vouvoyer les gens. Ça les énerverait.

– Je veux bien essayer.

– Allez, en route, Rewain.

Ils marchèrent côte à côte sur le sentier.

– Pourquoi vos cités sont-elles désertes ? demanda-t-il tout à coup.

– Nos ennemis, les Aculéos, ont détruit la plupart des villes de l'extrême nord. Alors, les habitants de la région n'ont pas voulu subir le même sort. Ils ont fui vers le sud.

– J'ignore ce que sont les Aculéos.

– Des hommes-scorpions qui tentent de nous déposséder de nos terres. Les dieux ont-ils aussi des ennemis ?

– Des dieux ailés, apparemment, mais je ne comprends pas pourquoi. Beaucoup de choses m'échappent encore.

– Combien êtes-vous dans la cité céleste ?

– Il y a mon père, ma mère et le dernier de mes frères. Tous les autres sont des serviteurs, même les sorciers chauves-souris.

– Sont-ils dangereux ?

– J'imagine que oui, mais je n'ai jamais eu à utiliser leurs services. Je commençais à peine à m'habituer au monde extérieur quand Javad s'est emparé de moi. J'ignore comment je survivrai jusqu'à ce que ma mère se mette à ma recherche.

– La déesse Viatla ? Elle viendra ici ?

– J'en suis certain. Elle retournera ce monde sens dessus dessous pour me retrouver.

– Nous allons discuter de tout ça avec Apollonia, ma commandante. Elle saura quoi faire.

Ils marchèrent toute la journée et arrivèrent en vue du campement des Manticores au début de la soirée. Celles-ci furent très étonnées de voir Samara revenir de la chasse avec un homme plutôt qu'avec un cerf.

– C'est ça que tu nous ramènes pour le repas ? la taquina Messinée.

Rewain écarquilla les yeux avec effroi.

– Tiens donc ! s'exclama Apollonia. On perd Eanraig et on gagne un autre orphelin égaré ?

– C'est qui, celui-là ? demanda Baenrhée, menaçante.

– C'est Rewain, le fils de Viatla, répondit Samara. Alors, je vous conseille de ne pas le bousculer.

Après quelques secondes de silence indécis, les Manticores éclatèrent de rire. Koulia fit alors claquer son fouet pour les faire taire.

– Donnons-lui au moins la chance de s'expliquer, réclama-t-elle.

– Tu as raison, Koulia, acquiesça la commandante des Manticores. Où sont nos manières ? Dis-nous comment nous devrions nous adresser à un dieu !

Les Chevaliers s'esclaffèrent encore une fois.

– Je n'en sais rien, répondit innocemment Rewain. C'est la première fois que je rencontre des humains.

– N'est-ce pas ? plaisanta Apollonia.

– Transforme-toi comme tu l'as fait ce matin pour qu'on en finisse avec ces moqueries, conseilla Samara au jeune dieu. Quelques secondes suffiront.

Rewain se transforma donc en zèbre. Le silence tomba sur tout le campement. Plus un mot ne sortit de leur bouche, même une fois que le jeune homme eut repris son apparence humaine.

– Je ne désire pas vous imposer ma présence, mais je ne sais pas où me réfugier pendant que je suis dans votre monde.

Priène fut la première à réagir. Elle se leva et vint mettre un genou en terre devant Rewain.

– Puisque tu es un dieu, c'est à toi de nous dire ce que tu attends de nous.

– Tu ne l'as pas vu venir dans tes cartes, celle-là, hein ? chuchota moqueusement Baenrhée dans l'oreille d'Apollonia.

La commandante lui jeta un regard noir. Comme Rewain ne semblait pas savoir quoi répondre, Messinée décida de s'en mêler. Elle s'approcha de lui et le prit par le bras en le ramenant près du feu, où elle était assise avec Tanégrad.

– Que mangent les dieux ? demanda-t-elle.

– Ce qu'on leur sert, répondit Rewain.

– Des humains ? grommela Baenrhée.

– Ça ne m'est jamais arrivé, avoua le jeune dieu, plein de candeur.

Elle le fit asseoir. Samara s'empressa de prendre place près de lui pour qu'il se sente davantage en sécurité. Messinée lui servit une écuelle de ragoût bien chaud et Tanégrad lui tendit une fourchette.

– On dirait que peu d'entre vous me prennent au sérieux, déplora Rewain.

– Elles s'y feront, le rassura Messinée. Moi, j'ai l'habitude des dieux.

– Merci, vous… tu es très gentille.

– C'est la moindre des choses.

Rewain mangea sous les regards chargés de curiosité des autres Manticores.

KHARLA

Chez les Chimères, la Princesse Kharlampia avait beaucoup de difficulté à s'habituer à la vie du campement. Son confort lui manquait. Camryn continuait de faire l'impossible pour lui fournir un maximum de bien-être.

La jeune servante avait tempêté auprès d'Ilo jusqu'à ce qu'il envoie des Chevaliers à la ville pour acheter une baignoire sur pied et qu'il fasse monter une tente isolée pour l'y installer. Tous les matins Camryn faisait chauffer plusieurs marmites d'eau pour la remplir et elle montait la garde devant cette salle de bain de fortune jusqu'à ce que Kharla en ressorte, enroulée dans une grande serviette en ratine. Elle l'aidait alors à enfiler des vêtements secs qu'elle avait déposés près du feu pour qu'ils ne soient pas glacials, puis coiffait ses beaux cheveux blonds. Elle l'emmenait ensuite manger, faisant en sorte que Méniox lui serve toujours la meilleure assiette.

— Tu prends bien soin de moi, Camryn, et je t'en remercie, lui dit la princesse en lui tendant l'écuelle vide.

— C'est tout naturel, Kharla. Mais je vois bien que peu importe ce que je fais, tu es de plus en plus triste.

— Je crains de ne pas être faite pour la vie de soldat.

— Ça, je le vois bien, mais essaie de voir cette expérience sous un angle différent.

Camryn vérifia qu'elles étaient seules avant de lui livrer le reste de sa pensée.

— Lorsque tu seras couronnée haute-reine, tu sauras exactement ce à quoi font face tes Chevaliers, chuchota-t-elle.

– Je me demande souvent si je finirai par me rendre jusque-là. Alnilam a de plus en plus d'ennemis.

– Dont les troupes de Sierra viendront à bout, j'en suis certaine.

– On ne peut pas t'accuser d'être pessimiste, toi, plaisanta Kharla.

– Ma mère dit que je suis un boute-en-train.

– Elle a bien raison.

Ilo s'approcha d'elles. Son expression était toujours la même, alors il était impossible de deviner s'il avait de bonnes ou de mauvaises nouvelles à leur apprendre.

– Encore une fois, je viens m'assurer que tu ne manques de rien, laissa-t-il tomber.

– Je suis fort bien traitée, commandant, répondit Kharla, mais si c'était possible, j'aimerais bien savoir ce qui se passe au palais.

– Comme je te l'ai expliqué à ton arrivée, il est primordial que personne ne sache que tu es ici. Depuis que les Chevaliers sont postés sur la frontière, ils n'ont jamais cherché à s'informer de ce qui se passe ailleurs sur le continent. Ils se mettent à jour pendant le répit. Il serait donc très suspect que tout à coup je commence à appeler à Antarès pour avoir les dernières nouvelles.

– Je comprends.

– Je suis sûr que Sierra fait l'impossible en ce moment pour rétablir la situation. Il faut lui faire confiance. Si tu as besoin de quoi que ce soit qu'il est en mon pouvoir de te fournir, fais-le-moi savoir.

Ilo la salua d'un mouvement sec de la tête et s'éloigna en direction du sentier qui menait au champ de tir.

– Ce n'est vraiment pas mon style de commandant, grommela Camryn. Il est juste incapable de comprendre ce que ressentent les gens dans leur cœur.

– Il ne faut pas lui en vouloir. C'est un Eltanien. Ceux de sa race sont élevés ainsi. Et si Sierra l'a choisi pour diriger toute une division, c'est parce qu'il a certainement d'autres belles qualités.

– Ouais… j'imagine…

La petite lui prépara du thé.

– Est-ce que tu aimerais que je te fasse acheter un vrai lit? demanda-telle.

– On ne pourrait même pas le faire tenir sous une tente, plaisanta Kharla.

– Sauf si on en trouvait une plus grande.

– Il n'y a donc rien qui t'arrête, toi?

– Absolument rien.

Kharla se mit à siroter la boisson chaude en pensant à Skaïe. «Sait-il que je ne suis plus à la forteresse? Comment se débrouille-t-il? Pense-t-il à moi?» Elle vit alors approcher Antalya, Cyréna et Cercika, qui revenaient de la rivière, les cheveux encore humides. «Comment font-elles pour se baigner dans cette eau glaciale?» se demanda la princesse en frissonnant.

– Bonjour, jolie dame, la salua Cercika en prenant place près du feu avec ses deux amies. Nous avons décidé de venir prendre le thé avec toi.

– C'est gentil.

Camryn leur en versa à elles aussi.

– Il n'y a rien comme le thé pour réconforter l'âme, ajouta Cyréna.

– Nous t'observons depuis ton arrivée et nous en sommes venues à la conclusion que ce doit être terriblement ennuyant de se retrouver dans un campement de Chevaliers quand on n'a aucun entraînement militaire et d'être obligé de partager leur quotidien, avoua Cercika.

– Nous avons donc décidé de remédier à cette situation, s'enthousiasma Antalya.

– Je ne suis pas certaine de bien comprendre… s'inquiéta Kharla.

– Les vacances sont terminées, mademoiselle, lui apprit Cyréna. Nous allons faire un soldat de toi.

– Un soldat ?

– En fait, c'est une excellente idée qu'elle apprenne à se défendre, acquiesça Camryn. On ne sait jamais ce qui pourrait nous arriver, ici.

– Mais je n'ai jamais tenu une seule arme dans mes mains de toute ma vie, protesta Kharla.

– Nous non plus avant de prendre la décision de devenir des Chevaliers, affirma Cyréna.

– C'est aujourd'hui que tout va changer, l'encouragea Cercika.

Les Chimères terminèrent le thé, puis entraînèrent Kharla au champ d'exercices. Camryn les suivit avec plaisir. Une fois sur place, Antalya se sentit soulagée qu'Ilo n'y soit pas. Il se serait certainement opposé à leur initiative. La princesse apprit d'abord à tenir une épée correctement et à effectuer les mouvements de base. Sa première simulation de combat contre Antalya surprit la jeune femme, mais elle y prit plaisir rapidement. Elle affronta ensuite Cyréna, puis Cercika.

– Et moi ? s'impatienta Camryn.

– Montre-moi ce que tu sais faire ! la défia Kharla.

– C'est peut-être un peu tôt pour provoquer les gens en duel, plaisanta Antalya.

Camryn la mit à l'épreuve tout en faisant bien attention qu'elle ne se blesse pas elle-même avec son arme.

– Tu as ça dans le sang, Kharla ! s'exclama Cyréna, contente du résultat.

– Ça me fait vraiment du bien de pouvoir bouger, admit la princesse.

Elles se rendirent à une source pour se désaltérer et s'éponger le visage.

– On dirait qu'il fait moins froid tout à coup, remarqua Kharla.

– C'est parce que tes muscles se sont enfin activés, expliqua Antalya.

– Je reste toutefois consciente que je ne parviendrai jamais à votre maîtrise des armes.

– Parfois, un seul coup bien placé peut neutraliser un ennemi, Kharla, la réconforta Cyréna. C'est pour ça qu'il est important de tous les connaître pour choisir le bon, le moment venu.

– Vous avez donc l'intention de continuer à me former ?

– Tous les jours ! l'avertit Antalya.

– Quand tu seras à l'aise avec l'épée, nous continuerons avec le poignard, ajouta Cercika.

– Je vais devenir une femme très dangereuse ! s'exclama la princesse en riant.

– C'est le but ! confirma Camryn.

Elles rentrèrent au campement juste à temps pour le repas. Au lieu de laisser la petite servante la servir, Kharla alla chercher son écuelle elle-même, puis s'assit avec ses nouvelles amies. Elle dégusta le poisson croustillant au citron et aux tomates séchées en fermant les yeux.

– Je n'ai jamais aussi bien mangé de toute ma vie.

Kharla se promit d'embaucher Méniox comme chef personnel au château dès que la guerre serait finie. Les trois Chimères décidèrent d'épargner les muscles de la princesse et de ne pas lui imposer l'entraînement de l'après-midi. Elles l'emmenèrent plutôt marcher dans la forêt pour aller lui montrer la falaise que surveillaient les sentinelles.

– Quelqu'un fait-il battre ton cœur ? lui demanda Antalya tandis qu'elles avançaient entre les sapins.

– Oui, avoua Kharla. Et il doit être mort d'inquiétude de ne pas savoir où je suis et d'être sans nouvelles de moi.

– Le contraire est vrai aussi, leur fit remarquer Camryn. Elle ne pense qu'à lui toute la journée.

– C'est tout à fait normal, ma petite chérie, répliqua Cyréna. Quand tu seras grande et que tu tomberas amoureuse, toi aussi, tu le comprendras.

– Moi, je serai Chevalier, alors je n'aurai pas besoin d'aimer qui que ce soit.

– L'un n'empêche pas l'autre, jeune fille, lui dit Cercika. Sierra s'est bien éprise d'Ilo.

– Elle devrait le quitter pour Wellan.

– Camryn, qu'est-ce que tu dis là ? s'étonna Kharla.

– Ça saute aux yeux qu'il lui plaît.

Antalya décida de changer de sujet pour épargner la réputation de leur grande commandante.

– Ne crains rien, Kharla. Tu le reverras bientôt, ton beau prétendant, et vous vivrez heureux jusqu'à la fin des temps.

– Vous êtes gentilles de me rassurer ainsi, mais nous sommes tous en danger.

Elles arrivèrent près du canal et scrutèrent la falaise pour s'assurer qu'elles ne mettaient pas leur protégée en danger.

– Cercika, ne pourrais-tu pas utiliser tes dons pour lui prouver que ce ne sont pas des paroles en l'air ? s'enquit Cyréna.

– Tu as des dons ? s'étonna Kharla.

– Eh oui, soupira Cercika. Je suis née comme ça. Habituellement, ils me montrent ce qu'ils veulent bien me montrer, mais peut-être que grâce à la récente intervention de Wellan, je pourrais les forcer un peu à aller dans la direction de mon choix. Est-ce que ça t'intéresse ?

– Ça m'inquiète un peu, mais, croyez-le ou non, j'ai un petit côté hardi.

– Dans ce cas, donne-moi tes mains et voyons ce que je peux trouver.

Kharla lui obéit en affichant un air brave. Cercika ferma les yeux et fit le vide dans son esprit pour laisser toute la place à ses pouvoirs. Il ne sembla rien se passer au début, puis la voyante fronça les sourcils comme si quelque chose la faisait souffrir. Kharla retira tout de suite ses mains.

– Qu'est-ce que tu as vu ? s'inquiéta Antalya.

– Un avenir si étrange que je me demande si mes facultés ne m'ont pas fait défaut.

– Était-ce si effrayant ? s'alarma Cyréna.

– Non. C'était plutôt tellement beau que je n'y comprends rien.

– Ne me dis pas que Wellan t'a aidée à forcer tes visions mais qu'il a oublié de te montrer comment les interpréter ? se fâcha Antalya.

– Mais dis-nous ce que tu as vu, à la fin ! explosa Camryn.

– Kharla était assise sur ce qui ressemblait à un trône, révéla Cercika. Elle était richement vêtue et parée de bijoux.

– Alors là, je suis rassurée, avoua la princesse en riant.

– Moi, je voulais entendre parler de celui qui fait battre son cœur, exigea Cyréna.

– Pas besoin d'une vision pour ça, je vais vous le décrire moi-même, fit Kharla. Mon amoureux est l'homme le plus brillant de tout Alnilam, mais pas le plus romantique. Son cœur est pur comme du cristal et il dit toujours ce qu'il pense. Il est passionné dans tout ce qu'il fait et je suis certaine qu'il finira par passer à l'histoire.

– Il est parfait, quoi ? se réjouit Antalya.

– À mes yeux, oui.

– Comment s'appelle-t-il ? s'enquit Cyréna, suppliante.

– Skaïe.

– Mais nous le connaissons ! s'exclama Antalya.

– Il est venu ici pour expliquer à Ilo et à Sierra comment utiliser le movibilis, se rappela Cyréna.

– Il est très séduisant, mais un peu trop savant.

Ilo sortit alors de la forêt avec son arc et son carquois.

– Que faites-vous ici ?

– Nous flânions, répondit Antalya, sans gêne.

– Juste un peu avant de retourner à l'entraînement, assura Cercika.

– Après vous, les invita Ilo.

Les trois femmes Chevaliers n'eurent pas le choix : elles quittèrent leur amie et s'enfoncèrent entre les arbres, suivies du commandant. Camryn ramena donc Kharla vers les feux.

– Si seulement je pouvais lui écrire une lettre, soupira la princesse.

– Je la lui livrerais avec joie ! affirma l'enfant.

– Je sais…

Elles passèrent l'après-midi à se réchauffer devant le feu. Camryn avait déposé une chaude cape sur les épaules de Kharla et lui avait aussi apporté un des livres de poésie qu'Ilo lui avait prêtés. Toutes les Chimères revinrent pour le repas du soir. Elles étaient éreintées.

– Pourquoi Ilo oblige-t-il les Chevaliers à s'entraîner autant ? grommela Camryn.

– Il redoute une attaque, supposa Kharla.

– Ils ne pourront jamais nous protéger s'ils sont morts de fatigue.

– Ilo est le commandant des Chimères depuis assez longtemps pour savoir ce qu'il fait, Camryn.

Les jeux d'esprit s'arrêtèrent tôt, ce soir-là. Les soldats quittèrent graduellement les feux par petits groupes pour aller dormir. Camryn alla préparer le lit de la princesse, puis s'installa sur le sien. Elle s'endormit aussitôt. « Moi aussi je trouvais facilement le sommeil quand j'avais son âge », se rappela Kharla. Elle regarda le plafond pendant un long moment, jusqu'à ce qu'elle entende s'ouvrir la toile de la porte.

– Kharla ?

Elle reconnut la voix de Cercika.

– Je t'en prie, entre.

La princesse alluma le fanal et lui fit signe d'approcher.

– Ne t'inquiète pas. Rien ne peut déranger Camryn, la nuit.

– Je ne resterai pas longtemps. Je voulais seulement te parler de ce que j'ai vu dans ma vision. Je n'aurais pas dû le faire devant mes amies.

– Tu as été franche. C'est ça qui compte.

– Mais les bijoux et le trône ?

– Je vais te faire une confidence, pour que tu saches que tes dons sont bien réels, mais il ne faudra la répéter à personne.

– Je sais garder un secret.

– Mon véritable nom est Kharlampia d'Antarès.

– La princesse ?

– Puisque ma vie était en danger à la forteresse, la grande commandante m'a emmenée ici incognito. Personne ne doit savoir où je me cache.

– Ça va de soi. Je suis vraiment émue de me trouver en présence de la prochaine haute-reine.

– Nous sommes pourtant des gens ordinaires mais qui portons d'énormes responsabilités sur nos épaules, Cercika. Je te remercie pour ta vision, car elle m'informe que je survivrai à tous ces complots. C'était très rassurant.

– J'ai vu autre chose, Votre Altesse.

– Surtout, ne m'appelle pas ainsi. Je dois demeurer Kharla jusqu'à ce que les constables appréhendent le meurtrier de mes parents, qui est à ma recherche.

– Tu as raison. Mais avant de retourner dans ma tente, je voulais que tu saches qu'il y avait un homme à tes côtés quand je t'ai vue sur le trône. Je ne l'ai pas reconnu tout de suite dans ses beaux vêtements, mais c'était Skaïe.

Cercika l'embrassa sur la joue.

— Je te promets qu'il ne t'arrivera rien chez les Chimères. Bonne nuit, Kharla.

— Bonne nuit, Cercika.

La princesse se recoucha le cœur plus léger.

RÉUNION AU SOMMET

Au beau milieu de la nuit, Salocin ouvrit les yeux, en proie à un indescriptible malaise. Il se redressa lentement sur son lit en se demandant s'il y avait un intrus dans son monastère. Immobile, il scruta magiquement chaque centimètre de son antre. L'énergie qu'il flairait ne provenait pas d'un endroit en particulier, mais de partout à la fois.

– Mais qu'est-ce que ça peut bien être ? maugréa-t-il.

Il s'enveloppa dans son grand manteau et sortit sur la galerie couverte qui faisait tout le tour de l'édifice. Il sonda le plateau enneigé, puis les autres points cardinaux, pour finalement lever les yeux vers le ciel.

– Nous n'avons donc plus le choix…

Salocin retourna à l'intérieur. En s'accroupissant devant l'âtre pour y jeter d'autres bûches, il regretta d'avoir laissé Maridz partir seule pour poursuivre sa quête. Il demeura un moment devant les flammes pour se réchauffer, puis prit sa décision. Il se rendit jusqu'à un des pupitres des moines et y trouva des feuilles de papier et des stylos. En peu de mots, il écrivit quatre copies d'une invitation à l'intention de ses semblables, les plia et les glissa dans des enveloppes. Salocin passa ensuite la main au-dessus de celles-ci pour leur jeter un sort. Elles s'élevèrent dans les airs et s'envolèrent par la fenêtre la plus proche.

Le sorcier alla ensuite chercher sa besace et la remplit de provisions et de bouteilles de vin. Il laissa brûler le feu et se transporta au sommet de l'île défendue. Le temps était maussade, ce qui découragerait les Deusalas de passer par là. Malgré tout, Salocin ne voulait courir aucun risque. Il choisit de tenir sa réunion sous une saillie rocheuse qui protégerait le groupe de la pluie, puis l'entoura d'une bulle protectrice qui le rendrait invisible. Seul un autre sorcier pourrait la retrouver et la traverser. Salocin espéra que son fils ne capterait pas sa présence, car il se trouvait près de Girtab. Non seulement Sappheiros était un dieu, mais il avait également hérité de ses pouvoirs.

Salocin alluma un feu magique et s'assit sur le sol. Il ne comprenait pas ce qu'il percevait dans l'Éther, mais peut-être que Wallasse, Shanzerr, Olsson ou Maridz savait ce qui se passait. Il sortit une bouteille de sa besace, en arracha le bouchon avec ses dents et but le vin à même le goulot.

Au même moment, dans la mine qui lui servait de refuge, Wallasse se remettait de son duel avec Wellan. Il en était venu à l'évidence que l'énergie maléfique qu'il captait depuis quelque temps ne provenait pas de lui.

Une fois calmé, il s'assit en tailleur devant son âtre avec l'intention de mieux localiser la source de l'anomalie. Il se rendit compte qu'elle était plus puissante tout à coup et qu'elle provenait de l'espace ! « Achéron se prépare-t-il à frapper ? » se demanda Wallasse. Il capta une présence étrangère et ouvrit les yeux. Une enveloppe toute blanche voletait vers lui à la manière d'un oiseau. Pourtant, l'entrée de son antre était protégée par sa magie ! D'un geste furieux, le sorcier s'empara de la missive et en reconnut la provenance.

– Salocin... Mais qu'est-ce qu'il veut encore ?

Il décacheta l'enveloppe et parcourut les quelques lignes de l'invitation pour se rendre compte que Salocin était aussi inquiet que lui.

Wallasse était disposé à discuter avec ses semblables de ce qui se tramait dans l'Éther, mais il n'aimait pas du tout l'endroit choisi pour tenir cette rencontre. Néanmoins, il ne pouvait pas rester dans sa mine à faire semblant que l'énergie maléfique disparaîtrait d'elle-même. Sans rien prendre avec lui, il se transporta sur l'île qui faisait partie du territoire qui lui avait été attribué. Il localisa facilement le dôme ensorcelé sous la saillie et y pénétra sans difficulté.

– Que fais-tu sur mes terres ? tonna-t-il.

– Tu sais sûrement que lorsque nous sommes tous ensemble, nous ne pouvons pas passer inaperçus. Or c'est le seul lieu d'Alnilam qui émet suffisamment de vibrations pour masquer les nôtres. Heureux de te revoir, Wallasse. Tu n'as pas changé de caractère, à ce que je vois.

– Pourquoi nous avoir tous conviés ?

– Parce que la situation est grave. Je t'en prie, calme-toi et assieds-toi. J'ai apporté mes meilleures bouteilles de vin. Je suis certain que ça te déridera un peu.

– Je n'en bois pas, parce que l'alcool altère nos facultés, grommela Wallasse en s'installant de l'autre côté du feu. Dis-moi ce qui se passe.

– Ne peux-tu pas attendre que les autres soient arrivés pour ne pas avoir à entendre mon petit boniment deux fois ?

– Non.

– Il est vrai que tu n'as jamais été le plus patient d'entre nous.

– Est-ce à cause de l'étrange énergie qui s'approche de ce monde ?

– Ce n'est qu'une des raisons qui m'a poussé à briser notre promesse de ne plus jamais nous rassembler.

– L'autre, c'est l'étranger qui s'est échoué ici ?

– Wellan ? Non. Il n'a rien à voir là-dedans. Préférerais-tu une tisane, Wallasse ?

Puisqu'il ne répondait pas, Salocin fit apparaître un plateau avec une théière et plusieurs tasses qu'il venait de trouver au Château de Girtab.

– C'est de la camomille, l'informa Salocin en lui versant une tasse. Ça t'aidera à te détendre.

Wallasse flaira prudemment la boisson chaude avant de risquer une gorgée.

– En attendant les autres, pourquoi ne me racontes-tu pas comment ça s'est passé pour toi depuis que nous nous sommes séparés dans la montagne bleue ? demanda Salocin.

– Eh bien, contrairement à toi, j'ai respecté notre entente de ne pas franchir les frontières du domaine qu'on m'avait attribué.

– Tu sais bien que je n'ai jamais aimé les règles.

– Et je croyais avoir trouvé une cachette où personne ne viendrait jamais me déranger. Mais apparemment, tu n'as eu aucune difficulté à me retrouver.

– Ce n'est pas de ta faute, Wallasse. Ma magie est beaucoup plus puissante que lorsque nous étions des gamins. Rien de ce qui se passe à Alnilam ne m'échappe.

– Tu nous espionnes ?

– Pas du tout. Je protège mes arrières. As-tu trouvé l'amour ?

– Non. Je vis seul et je m'en porte très bien.

– Comment occupes-tu tes journées ?

– J'ai passé les premières années à meubler mon logis et à améliorer mes facultés. Maintenant, je médite ou je lis.

Pendant que les deux sorciers se faisaient des confidences, Maridz poursuivait sa route dans la forêt en direction d'Altaïr. Elle était en train de boire à une source lorsqu'une enveloppe tomba à côté d'elle. Effrayée, elle sursauta, puis scruta les alentours. Il n'y avait personne... Elle reprit sa forme humaine et ramassa la missive d'une main tremblante. Elle n'en avait pas reçu depuis si longtemps... Maridz déchira l'enveloppe et prit connaissance de l'invitation. Puisqu'elle ne connaissait pas encore très bien la géographie d'Alnilam, à la dernière ligne,

Salocin lui suggérait d'appuyer la paume sur le papier afin d'obtenir les coordonnées du lieu qu'il avait choisi pour la rencontre. Elle prit une profonde respiration et décida de mettre sa quête en attente. Elle suivit la consigne de Salocin et, en l'espace d'un instant, elle se retrouva, dans la même position, sur le sentier qui menait au sommet d'une montagne.

Maridz scruta les lieux. Ses sens magiques la conduisirent tout droit à la bulle de protection. Même à quelques centimètres, on ne pouvait pas voir qui se trouvait à l'intérieur. Elle traversa prudemment la pellicule invisible et aperçut les deux hommes. Wallasse se leva, en proie à une vive émotion. Un large sourire fendit le visage de la sorcière. Elle s'approcha de lui et lui tendit les mains. Il les serra avec amitié.

– Je suis vraiment heureuse de te revoir, Wallasse. Tu sembles en pleine forme.

– Je prends soin de moi, mais on dirait que ça n'a pas été ton cas.

– J'ai eu quelques soucis. Surtout ne t'en inquiète pas.

– D'ailleurs, ce n'est rien en comparaison avec ce qui nous guette en ce moment, intervint Salocin. Puisque vous n'avez rien apporté à manger, je vais retourner chez moi pour aller chercher plus de nourriture. Surtout, ne vous éloignez pas. Cette île masque seulement en partie notre présence. Tâchez de ne pas sortir de la bulle.

Salocin disparut. Maridz fit asseoir Wallasse à côté d'elle et contempla son visage désormais plus âgé.

– Je n'ai jamais cessé de penser à vous tous après notre évasion, avoua-t-elle.

– Tu as pris la fuite en même temps que nous, mais tu n'es pas arrivée dans la montagne avec moi et les autres.

– J'ai sauté ailleurs sur la plateforme.

– Mais pourquoi ?

– En nous séparant, nous avions de meilleures chances d'échapper aux soldats-taureaux.

– Tu as fait ça pour nous sauver ?

– Eh oui. J'ai abouti dans la cité céleste, sous le palais. Au début, j'étais terrifiée de me trouver là, puis j'ai fini par comprendre qu'Achéron ne penserait jamais à me chercher au milieu de ses serviteurs.

– Tu es restée cachée sous son nez tout ce temps ?

– Pas tout à fait. Une fois, je suis venue voir à quoi ressemblaient les humains en me faufilant jusqu'à la plateforme sous ma forme féline, sous les jupes des servantes. Un homme est tombé amoureux de moi et je suis restée avec lui plusieurs années.

– Amoureux ? répéta Wallasse avec une pointe de jalousie.

– Il ne savait pas qui j'étais vraiment. J'en ai profité pour apprendre les coutumes des hommes, mais mon mari est mort dans un accident et je me suis retrouvée seule avec un bébé dont je ne savais pas prendre soin. Alors, je l'ai confié à une bonne famille et je suis retournée à la cité céleste pour rapiécer mon cœur brisé.

– Je suis désolé de l'entendre, mais à mon avis, les sorciers ne devraient pas entretenir de relations avec les humains. Ce n'est jamais bon pour eux.

– Ils ne sont pas si terribles que ça, Wallasse, seulement démunis.

– Est-ce que l'invitation de Salocin s'est rendue jusqu'à la cité céleste ? Parce que s'il a réussi cet exploit sans se faire prendre, il est encore plus puissant que je le croyais.

– Non, j'étais à Alnilam. Javad a mis ma tête à prix là-haut, alors je me suis enfuie. Et maintenant, je suis à la recherche de ma fille, qui est certainement devenue adulte maintenant.

– Tu ne retourneras donc pas dans le monde des dieux ?

– Plus jamais.

– Tu n'étais pas là quand nous nous sommes divisé ce continent. Où vas-tu t'établir ?

– Nulle part. En ce moment, je dors où je peux et je poursuivrai ma quête jusqu'à ce que je retrouve la pierre que j'avais laissée à mon enfant. Toutefois, la curieuse énergie dont Salocin parle dans son invitation me complique beaucoup la vie. Ce n'est pas facile de repérer une si faible trace depuis quelque temps.

– Je vis seul dans une vaste mine abandonnée, lui révéla Wallasse. Ta compagnie me plairait beaucoup.

– Qu'est-ce que tu essaies de me dire ?

– Que j'arrêterais de m'inquiéter pour toi si je t'avais sous les yeux tous les jours.

– Je viens de te dire que mon seul but dans la vie, pour l'instant, c'est de retrouver ma fille.

– Nous pourrions la chercher ensemble.

Wallasse s'avança doucement vers Maridz avec l'intention de l'embrasser, mais Salocin choisit ce moment précis pour réapparaître. Il recula timidement.

– Ne restez pas là à ne rien faire, leur dit Salocin. Donnez-moi un coup de main avec toutes ces provisions.

Maridz l'aida à diviser les aliments de façon à ce que chacun puisse choisir ce dont il aurait envie, lorsqu'ils seraient tous là.

– Je suis contente que vous soyez devenus des hommes et que la vie ne vous ait pas trop fait souffrir, déclara-t-elle en revenant à sa place.

– La meilleure chose que les généticiens du rhinocéros ont mêlée à notre sang, c'est l'instinct de survie, répliqua Salocin.

– Les soldats-taureaux ont-ils cherché à vous reprendre ?

– Non, jamais.

– Mais toute une armée est descendue sur les terres des Aculéos il n'y a pas si longtemps, rétorqua Wallasse.

– Oh oui, ça. C'était ma faute. J'ai voulu leur faire affronter les hommes-scorpions pour diminuer le nombre des guerriers dans les deux camps, mais ce plan a échoué. D'ailleurs, quand Olsson arrivera, il risque de me le reprocher.

– Avec raison. Ils auraient tout aussi bien pu flairer notre présence.

– Ce sont les Deusalas qu'ils voulaient. Est-ce que tu observes les astres, Wallasse ?

– Très rarement.

– Ils annoncent qu'un dieu ailé réussira à anéantir tout le panthéon d'Achéron et à libérer les humains de son joug.

– Ce serait parfait pour nous.

– Mais ça n'éliminerait pas cette force maléfique qui se rapproche de plus en plus.

– Depuis que nous sommes partis du palais, les généticiens ont peut-être eu le temps de créer d'autres sorciers et d'apprendre comment les maîtriser, murmura Maridz, effrayée.

– Si tel est le cas, ils ne sont pas dans nos anciennes cages, en tout cas, leur apprit Salocin.

– Comment le sais-tu ? s'inquiéta Wallasse.

– Parce que j'y suis retourné.

– As-tu perdu la tête ?

– Je me suis laissé prendre pour voir si je pourrais m'enfuir par mes propres moyens, cette fois.

– Tu n'es qu'un imbécile, Salocin, se fâcha Wallasse. Ils auraient pu te tuer.

– J'en ai profité pour leur faire croire que les dieux ailés se cachaient chez les Aculéos. Avoue que c'était plutôt brillant.

– Mais ça n'a pas fonctionné, lui rappela Maridz.

– Ouais… Je pensais qu'ils auraient le temps de s'entretuer un peu avant qu'Olsson s'en mêle. Mais où sont les olives ? Je raffole des olives. Je vais retourner les chercher.

Salocin disparut encore une fois.

'– Je ne sais pas ce que tu éprouves pour moi, Wallasse, mais tu dois comprendre que je ne suis pas encore prête à donner mon cœur à un autre homme.

– Je sais me montrer patient… à moins que ce soit Salocin qui t'intéresse…

– Non. Si je dois prendre un autre compagnon, il devra être plus mature que ce bouffon. D'ailleurs, avant de refaire ma vie, je préfère attendre que la menace soit d'abord éliminée, sinon comment pourrais-je vivre mon bonheur autrement ?

Il retira la bague qu'il portait au petit doigt et la lui tendit.

– Wallasse, non…

– Ce n'est pas pour nous fiancer, assura-t-il. Je l'ai ensorcelée. Si jamais tu te retrouves dans une situation désespérée et que personne n'est là pour t'aider, tu n'auras qu'à l'approcher de tes lèvres et à prononcer mon nom. Je t'en prie, accepte-la pour que je puisse au moins avoir l'esprit tranquille.

– Tu me jures que c'est tout ce qu'elle fait ?

– Oui, je te le jure.

Maridz examina l'anneau en or serti d'une émeraude taillée.

– Elle est vraiment très belle… Malheureusement, je n'ai rien à t'offrir en retour.

– Un sourire suffira.

Maridz éclata de rire.

– Qu'est-ce que j'ai dit ?

– Pardonne-moi, Wallasse, mais en ce moment, c'est difficile de croire que tu étais le plus colérique de nous tous.

– Ne te moque pas de moi.

Elle s'approcha de lui et l'embrassa sur la joue.

– C'est à cause de moi que tous nos semblables ont été tués, souffla-t-il, en proie à une grande culpabilité.

– Et grâce à toi que nous avons pu nous enfuir, lui rappela-t-elle. Merci pour ma vie.

Salocin se matérialisa avec un gros pot d'olives.

– Je les ai trouvées ! s'exclama-t-il. Maintenant, la fête peut vraiment commencer. Mais où sont Shanzerr et Olsson ? Ils auraient dû déjà recevoir mon invitation. Allez, mangez en les attendant. Si vous voulez que je réchauffe quoi que ce soit, il faut me le dire.

– Nous sommes parfaitement capables de le faire nous-mêmes, affirma Maridz.

– Où as-tu trouvé cette étrange vaisselle ? s'étonna Wallasse en prenant une écuelle.

– Dans un campement de Chevaliers, avoua Salocin. C'est plus pratique qu'un bol et moins cassant aussi.

Il leva sa bouteille devant Wallasse et Maridz.

– Santé !

Salocin se remit à boire.

LES CINQ

Shanzerr, qui préférait faire les choses avec ses mains plutôt que d'utiliser constamment sa magie, était en train de fendre du bois à l'extérieur de sa grotte, au pied de la montagne bleue. Cet exercice lui permettait de garder la forme et de ne penser à rien en même temps, une des rares activités humaines que le sorcier pouvait apprécier. Il capta un mouvement du coin de l'œil et crut qu'il s'agissait d'un papillon. « À ce temps-ci de l'année ? » s'étonna-t-il. Il déposa sa hache pour mieux voir ce que c'était.

– Une enveloppe ?

Il tendit la main pour la faire voler jusqu'à lui, la décacheta et lut rapidement le message qu'elle contenait.

– Salocin, pourquoi cherches-tu toujours à te mêler de tout ? soupira-t-il.

Le sorcier prit le temps d'aller porter les bûches à l'intérieur de son logis et de les corder sur le mur près de l'âtre. Il se débarrassa de ses vêtements sales, alla se laver dans la rivière, tailla sa barbe et revint s'habiller proprement. Ce n'était pas tous les jours que les survivants se rencontraient ainsi. Il voulait faire bonne impression.

Peu importe ce qu'était la menace qui troublait Salocin, il était important de l'éliminer pour qu'il cesse d'embêter tout le monde. Au pied de la montagne bleue, qui était en réalité une énorme pile naturelle chargée d'électricité, Shanzerr ne pouvait pas ressentir ce qui se passait dans l'Éther. Mais une fois qu'il eut mis la main sur l'invitation et qu'il se fut transporté sur l'île défendue, il fut assailli par l'énergie dont Salocin faisait état.

– Comme c'est étrange...

Il ferma les yeux pour se concentrer sur sa provenance, mais curieusement, elle semblait englober la planète. Salocin avait-il raison de s'alarmer? Il grimpa jusqu'à la saillie et pénétra dans la bulle de protection dont les sorciers s'étaient entourés.

– Enfin! s'exclama Salocin. Je t'en prie, assieds-toi.

Shanzerr salua Maridz, qui remuait le contenu fumant d'une marmite suspendue au-dessus du feu magique, content de voir qu'elle était entièrement remise de la blessure que lui avait causée la lance d'un soldat-taureau, puis se tourna vers Wallasse.

– Ça m'inquiète de tous vous revoir au même endroit, mais en même temps, ça me fait du bien. J'ignorais que c'était un repas, par contre.

– Ce n'était pas mentionné dans l'invitation, le rassura Maridz.

– Ils voulaient manger chaud, alors ils m'ont obligé à aller chercher un gros chaudron, expliqua Salocin.

– Ce ragoût sent vraiment bon. Est-ce une rencontre stratégique ou une petite fête de retrouvailles? s'enquit Shanzerr.

– C'est une discussion sérieuse.

– Heureuse de te revoir, Shanzerr, lui dit Maridz. Jusqu'à présent, tu es celui des quatre qui ressemble le plus à un humain, avec ta barbe.

– Elle me permet en effet de passer inaperçu parmi eux.

Il prit place entre Salocin et elle.

– Surtout que je vis déjà en ermite à l'extérieur de la ville. Je ne veux pas effrayer ses habitants chaque fois que j'ai besoin de m'y rendre. Où est Olsson?

– Croyez-vous vraiment qu'il viendra? soupira Maridz. Il ne parlait jamais à personne quand nous étions en captivité.

– Il te parlait à toi, se rappela Shanzerr.

– Il viendra, les rassura Salocin. Ce qui approche de cet univers nous concerne tous les cinq. Il ne peut pas y échapper même s'il était le plus fort de la bande.

Pour les empêcher de poursuivre sur ce sujet, il se servit du ragoût et y goûta.

– Félicitations ! C'est très bon !

– Merci. J'ai appris à faire la cuisine quand j'habitais à Paulbourg, avoua Maridz.

– Voulez-vous commencer à parler de ce danger ? s'enquit Shanzerr.

– Accordons encore quelques minutes à Olsson, proposa Salocin.

– Plus nous restons ensemble ici, plus nous nous exposons à la menace, protesta Wallasse.

– Je me suis assuré que le dôme magique ne laisse passer aucune de nos magies, fit Salocin avec un large sourire qu'il voulait le plus rassurant possible. Savoure plutôt l'excellente cuisine de Maridz, Wallasse.

Salocin en servit une écuelle à chacun et offrit des bouteilles de vin à la ronde. Shanzerr et Maridz les acceptèrent volontiers, mais Wallasse refusa la sienne.

– Parle-moi de tes contacts avec les humains, Shanzerr, le supplia Maridz.

– Eh bien, toutes les semaines, je me rends à la ville la plus proche pour boire un café ou un thé et lire le journal dans le même petit restaurant. Je vais aussi chez quelques marchands pour acheter ce que je ne peux pas fabriquer moi-même.

– Tiens donc, un sorcier qui ne vole pas ce dont il a besoin, plaisanta Salocin.

– Travailler de mes mains et parler à des gens de temps à autre, ça m'empêche de devenir fou. Si tu n'avais pas raison de prétendre que cet univers court un grand danger, je ne serais pas assis parmi vous en ce moment. Je tiens à ma petite vie tranquille.

– Moi aussi, renchérit Wallasse, mais je ne veux pas parler aux humains.

– Je pensais que c'était Olsson le plus farouche de nous cinq, fit mine de s'étonner Salocin.

– C'était bien lui, fit une voix qu'ils n'avaient pas entendue souvent.

Olsson traversa la paroi magique. Il portait un long manteau comme les autres, mais le capuchon rabattu sur sa tête ne permettait de voir que la moitié de son visage.

– As-tu l'intention de rester ? lui demanda Salocin.

Le sorcier rabattit son capuchon dans son dos. Il portait ses cheveux noirs plus courts que ceux de Wallace, mais ils se ressemblaient comme deux gouttes d'eau et ils avaient les mêmes yeux bleus. Il était évident que leurs éprouvettes avaient contenu des gènes communs. Shanzerr aussi avait les cheveux sombres, mais ils étaient bouclés et ses yeux étaient noirs comme la nuit. Salocin et Maridz étaient les seuls blonds.

– Assieds-toi, je t'en prie.

Avec beaucoup de méfiance, Olsson prit place entre Wallasse et Shanzerr.

– Je vous avais bien dit qu'il viendrait. Tu peux te détendre, lui dit Salocin. Nous sommes entre amis, ici.

Maridz lui servit à manger.

– Merci, murmura Olsson.

– Tiens donc, un sorcier qui a de bonnes manières, ironisa Maridz en imitant Salocin.

– Comment te débrouilles-tu, mon frère ? lui demanda Shanzerr.

– Ça va, quand on ne fait pas débarquer des milliers de soldats-taureaux sur mon territoire, répondit Olsson en se tournant vers Salocin.

– Je ne l'ai pas fait de gaieté de cœur, crois-moi. J'ai seulement voulu rendre service aux Chevaliers d'Antarès et aux Deusalas. J'ai pensé que ces efficaces bovins décimeraient les rangs des hommes-scorpions et vice-versa de façon à ce que les combats soient plus équitables pour les humains et pour les dieux ailés.

– Tu as fait quoi, Salocin ? s'étonna Shanzerr.

– Avant que je capte cette troublante énergie maléfique en provenance du ciel, mon but était d'agir sur le continent de façon à conserver l'équilibre du monde, ce qui nous permettait de continuer à vivre en paix tous les quatre... tous les cinq maintenant. Pendant qu'ils se battent, nous pouvons facilement passer entre les mailles du filet, mais si l'une des armées finit par l'emporter sur l'autre, c'en est fait de nous.

– N'arriverions-nous pas au même résultat si le panthéon d'Achéron disparaissait une fois pour toutes ? intervint Maridz.

– J'avoue que si les Deusalas nous en débarrassaient, une véritable ère de paix s'installerait à Alnilam, admit Salocin, à condition toutefois d'éliminer aussi les Aculéos.

– Pourquoi est-ce si important pour toi de les anéantir ? lui demanda Olsson.

– Parce qu'ils tuent les humains, qu'ils incendient leurs villes et leurs villages et qu'ils saccagent tout ce qu'ils ne comprennent pas. Non seulement ils menacent l'existence de la race humaine, mais ils risquent aussi de plonger tout le continent dans la noirceur si nous ne mettons pas fin à leurs efforts de conquête.

– Moi, j'aimerais savoir pourquoi les Aculéos attaquent les humains ? s'enquit Maridz. Leur territoire est si immense. Pourquoi ont-ils besoin de s'emparer du reste du continent ?

– Tu as raison, affirma Olsson. Ils pourraient encore creuser des milliers de kilomètres de tunnels dans le haut plateau.

Ce n'est pas par esprit de conquête qu'ils s'en prennent aux Alnilamiens, mais pour se venger des dieux qui les ont cruellement rejetés dans la neige et les ont abandonnés à une fin atroce.

— Et si Achéron et toute sa famille s'éteignaient, intervint Wallasse, les Aculéos cesseraient-ils ces massacres ?

— L'important, pour l'instant, c'est que les Chevaliers continuent de les contenir dans le nord pour qu'ils n'aillent pas plus loin, indiqua Salocin.

— Je ne suis pas d'accord, intervint Maridz. Il n'y a que de la haine dans le monde des hommes alors qu'il devrait y avoir de l'harmonie. Nous ne pouvons pas laisser perdurer cette situation. Nous devons l'améliorer.

— Tu voudrais que nous nous opposions aux dieux ? s'inquiéta Wallasse. Nous ne sommes que cinq.

— Mais nous ne sommes plus les enfants d'autrefois, lui fit remarquer Olsson.

— Wallasse a raison, les raisonna Shanzerr. Les dieux pourraient nous tuer en claquant des doigts, car ils sont plus forts que nous.

— Mais les Deusalas pourraient y arriver, les encouragea Maridz, parce que ce sont des dieux eux aussi. Nous devrions les appuyer.

— Ils se préparent déjà pour la guerre. Et n'avions-nous pas convenu de protéger uniquement notre propre territoire ? précisa Salocin.

— Ce sont de belles paroles vides venant de toi, le piqua Olsson.

— Si je comprends bien ce que vous dites tous, les coupa Shanzerr, nous ne pouvons plus nous cacher la tête dans le sable. Je suis d'accord avec Maridz que nous devons faire quelque chose pour rétablir l'harmonie sur le continent, mais quoi ?

– Comment mettre fin à une guerre lorsque les deux camps n'ont aucune raison d'arrêter de se battre ? voulut savoir Wallasse.

– En leur procurant un but commun, avança Maridz.

– Ou en les séparant pour de bon, fit Olsson.

– Aucune de ces solutions n'est réalisable, soupira Salocin.

– Revenons un peu en arrière, si vous le voulez bien, proposa Shanzerr. Achéron est responsable de tous les troubles auxquels font face les mortels. En le faisant disparaître, les pacifiques Deusalas pourraient prendre sa place et instaurer un règne de paix. Les Aculéos n'auraient plus aucune raison de s'en prendre aux humains et les humains auraient enfin des dieux qui les entendent.

– C'est très beau, tout ça, mais comment fait-on pour en arriver là ? s'entêta Wallasse.

– Si Javad accepte de mener ses armées lui-même, les Deusalas pourront venir à bout de lui, poursuivit Shanzerr.

– Mais il n'était pas à leur tête lorsqu'elles sont débarquées chez moi, commenta Olsson.

– S'il ne les mène pas, alors après la défaite des soldats-taureaux, il faudra aider les Deusalas à s'infiltrer chez Achéron, indiqua Shanzerr.

– Nous pourrions aussi nous allier aux représentants du panthéon d'Abussos qui se trouvent présentement dans notre monde, suggéra Salocin.

– Qui ? s'étonnèrent ses quatre compagnons.

– Abussos est le dieu fondateur de l'univers où Kimaati est allé se réfugier et où il a finalement péri, en passant. Quatre de ses descendants sont coincés ici. L'un d'entre eux, qui s'appelle Wellan, appuie la cause des Chevaliers d'Antarès.

– Wellan ? répéta Maridz, les yeux chargés d'espoir, car c'était son énergie qu'elle avait ressentie dans les ruines de Paulbourg.

– Il n'est pas particulièrement brillant, mais il possède une magie intéressante.

– Il dit vrai, avoua Wallasse. J'ai eu affaire à lui.

– Les trois autres sont auprès des Deusalas et ils partagent leurs connaissances de la guerre avec eux, poursuivit Salocin. Javad s'est mis dans la tête de les éliminer afin que la prophétie ne se réalise pas.

– Quelle prophétie ? demanda Wallasse.

– Elle dit qu'un dieu ailé réussira à anéantir tout le panthéon d'Achéron et à libérer les humains de son joug.

– Il est donc clair que nous devons les aider, conclut Maridz.

– Mais à quoi rimeront tous ces efforts si nous finissons tous par être dévorés par l'énergie maléfique que nous captons ? argumenta Shanzerr.

– Avant que nous abordions cette question, il y a un autre sujet dont j'aimerais vous entretenir, s'interposa Salocin. À la forteresse d'Antarès, je suis tombé sur un apprenti-sorcier qui venait de tuer le roi d'Einath, la haute-reine et son mari et qui s'apprêtait à faire subir le même sort à l'un des inventeurs.

Olsson se redressa en pâlissant.

– Tu sais donc de qui je parle.

– Je crains que ce soit mon fils.

– Ne me dis pas que tu as eu un enfant avec une femme-scorpion ! s'horrifia Wallasse.

– Ce jeune homme n'avait rien d'un Aculéos, affirma Salocin.

– Tu as raison, confirma Olsson. Je n'ai pas toujours vécu sur le plateau enneigé du Roi Zakhar. À mon arrivée sur mon domaine, j'étais si découragé par les conditions climatiques que je me suis plutôt réfugié sur un continent de l'autre côté du pôle, où j'ai rencontré la mère de Lizovyk. Si les gens avaient été plus larges d'esprit, sans doute que j'y habiterais toujours. Mais ils craignent la sorcellerie et je m'en suis malheureusement servi devant plusieurs témoins pour sauver des passants d'une mort certaine. Leur attitude belliqueuse m'a convaincu de revenir sur mes terres inhospitalières. Toutefois, je n'ai pas voulu imposer ces conditions de vie impossibles à ma famille.

– Tu as laissé ta femme et ton fils là-bas ? s'attrista Maridz.

– Pour qu'ils aient une meilleure vie. Personne ne savait que nous étions ensemble, alors elle a pu élever notre enfant en paix.

– Comment le sais-tu ? le questionna Wallasse. Es-tu retourné là-bas ?

– Non, jamais. Mais Lizovyk est arrivé chez moi un beau matin pour me dire que sa mère était morte. Lorsque je les ai quittés, il n'était qu'un enfant qui ne manifestait aucun don pour la magie. Celui-ci a dû se manifester à la puberté, car il s'est servi de ses pouvoirs pour me retrouver. À ce moment-là, son comportement n'était nullement agressif. Il a accepté de surveiller la frontière des Aculéos pour moi et de me rapporter tous les mouvements des Chevaliers. Puis il s'est éclipsé et, quand il est revenu, il avait changé. Il m'a annoncé sans le moindre remords qu'il venait d'assassiner des gens.

– Où est-il, en ce moment ? s'inquiéta Salocin.

– Je lui ai jeté un sort anesthésiant, mais à mon retour dans le volcan, il était parti. J'ai tenté tant bien que mal de le localiser, mais il a appris à se couper de moi, je ne sais comment.

Shanzerr analysa rapidement la situation et, tout à coup, elle lui sembla très claire.

– Je sais ce qui s'est passé, laissa-t-il tomber. Cette énergie maléfique qui tourne autour de cet univers n'a pas l'intention de le conquérir elle-même. Elle le fera en utilisant les sorciers pour accomplir ses sombres desseins.

– Mais pourquoi Lizovyk ? murmura Olsson, désemparé.

– Sans doute parce qu'il est jeune et qu'il n'est pas aussi méfiant que nous, avança Shanzerr.

– Notre nouvel ennemi l'a déjà poussé à tuer une reine et deux rois, leur rappela Salocin. Il faut l'arrêter avant qu'il ne récidive.

– Comment ? demanda Maridz. Il a déjà échappé à Olsson.

– Et il y a fort à parier que cette énergie maléfique l'a aidé à s'enfuir, se découragea Wallasse.

– Ce n'est pas parce que Lizovyk est mon fils qu'il doit être épargné, précisa Olsson. La survie de notre monde justifie ce sacrifice.

Salocin se demanda s'il serait prêt à condamner ainsi son propre enfant.

– Le mieux, c'est de ratisser chacun notre territoire, proposa Shanzerr. Le premier qui le trouve devra le neutraliser en utilisant toute la force qu'il jugera nécessaire.

– En évitant si possible d'être contaminé par la force noire qui l'habite, ajouta Salocin. Sinon nous finirons par tous nous éliminer mutuellement.

– Tu as raison, l'appuya Maridz. Celui qui tombera sur Lizovyk devra bien se protéger avant de l'affronter.

– Je me suis retrouvé face à face avec ce jeune sorcier, indiqua Salocin. Comme je ne le connaissais pas, je me suis entouré d'un bouclier suffisamment puissant pour qu'il ne me réduise pas en cendres. Sentez-vous la moindre trace de l'énergie maléfique en moi ?

Ils firent signe que non.

– Ce qu'il faudrait également découvrir, c'est où se trouvait Lizovyk lorsqu'il a été atteint par celle-ci, suggéra Olsson. Ça s'est produit après son arrivée chez les Aculéos, alors il est certain que la source de contamination se trouve quelque part à Alnilam.

– Et si l'un de nous la découvre ? demanda Maridz.

– Il doit appeler les autres pour qu'elle soit détruite dans les plus brefs délais, décida Shanzerr.

Ils hochèrent tous la tête pour signifier qu'ils étaient d'accord.

MIRACH

Sur les sables chauds du désert de Mirach, sous un ciel étoilé, un homme fortement bâti aux cheveux blonds comme les blés et aux yeux céruléens et une femme à la peau noire comme l'ébène et aux longs cheveux tressés en une multitude de nattes étaient assis l'un en face de l'autre sur le bord de l'étang d'une oasis. Entre eux reposait une vasque remplie d'eau à la surface de laquelle ils suivaient avec intérêt la discussion entre Salocin, Maridz, Shanzerr, Wallasse et Olsson.

– Sont-ils les seuls mages à part nous dans ce monde, Carenza ? demanda Aldaric.

– Nous ne sommes que sept à avoir échappé à nos exécuteurs, confirma la sorcière. Je m'étonne de les voir ainsi réunis. C'est la première fois que ça se produit depuis notre évasion.

– Ils s'inquiètent de la même chose que nous. Ne devrions-nous pas unir enfin nos forces ?

– Je pense que c'est en effet le bon moment, Aldaric, surtout si les dieux ont lancé à nos trousses un nouveau bourreau.

Les yeux sombres de la sorcière se mirent à pâlir jusqu'à ce que ses iris disparaissent complètement et que de la lumière éclatante s'en échappe, forçant Aldaric à détourner la tête. Le sable s'éleva en spirales à quelques mètres d'eux et se mit à tourner de plus en plus rapidement. Lorsqu'il retomba, Salocin, Maridz, Shanzerr, Wallasse et Olsson, et même leur feu magique et leurs provisions, venaient d'être transportés de l'île défendue jusqu'à Mirach malgré leur bulle de protection.

– Qu'est-ce qui se passe ? s'écria Wallasse en bondissant sur ses pieds le premier.

– Paix, mes frères, ma sœur, leur dit Aldaric en s'approchant d'eux. Soyez les bienvenus chez nous.

– Où ça, chez vous ? se méfia Salocin.

– Vous n'avez rien à craindre, ajouta Carenza, toujours assise devant la vasque. Tout comme vous, nous avons échappé au massacre dans le hall du dieu-rhinocéros.

– Comment avez-vous réussi à nous déplacer jusqu'ici sans notre consentement ?

– Carenza est la plus puissante sorcière que les généticiens ont créée, expliqua Aldaric.

– Je ne les reconnais pas, grommela Wallasse.

– Ce n'est pas étonnant, puisque nous étions au moins une centaine, chercha à l'apaiser Shanzerr.

– Mais Olsson me connaît, leur apprit Carenza.

Les sorciers se tournèrent vers lui pour obtenir sa confirmation, mais Olsson demeura muet et immobile.

– Il est presque aussi doué que moi, ajouta Carenza. Je vous en prie, approchez.

Sans que les cinq mages comprennent comment, le feu devant lequel ils se trouvaient se fusionna avec celui des deux étrangers et ils se retrouvèrent assis tous ensemble.

– Comment avez-vous su où nous étions ? s'étonna Shanzerr. Nous étions protégés par une puissante magie.

– Les yeux de Carenza voient partout et rien ne lui résiste, expliqua Aldaric.

– Partout ? s'inquiéta Maridz.

– Je vous surveille depuis bien longtemps, avoua la sorcière.

– Pourquoi ? se méfia Wallasse.

– Pour m'assurer que rien de fâcheux ne vous arrive.

– Vous n'avez pas pris la fuite en même temps que nous, se rappela Maridz.

– Lorsque j'ai senti ce que les soldats-taureaux s'apprêtaient à faire, j'ai saisi Aldaric par le bras et je nous ai transportés directement sur la plateforme avec ma magie.

– Pourquoi juste lui ? se méfia Wallasse.

– C'était le seul qui se trouvait près de moi.

– Tu viens de nous attirer ici tous les cinq alors que nous nous trouvions à des centaines de lieues et tu n'as pas été capable d'en sauver plus ? s'étonna Wallasse.

Maridz mit doucement la main sur son bras pour l'apaiser.

– À cette époque, je ne savais pas encore comment le faire, admit Carenza.

– Nous ne vous voulons aucun mal, intervint Aldaric. Nous avons constaté que vous vous posez les mêmes questions que nous. Je vous en prie, détendez-vous. Personne ne peut nous retrouver, ici.

– C'est ce que nous pensions aussi sur l'île défendue, leur fit remarquer Salocin.

– Il est plus facile d'échapper à un dieu qu'à une puissante sorcière.

– As-tu des réponses à nos questions ? s'enquit Shanzerr.

– Carenza a passé des années à sonder l'Éther, déclara Aldaric.

– Ah… cet endroit mystique d'où nous viennent nos pouvoirs mais dont nous ne savons absolument rien, laissa tomber Salocin.

– Oui, affirma Carenza. C'est le vide qui entoure la matière. Il se trouve entre vous et moi, entre le feu et vous, entre les arbres et le sable. Il est chargé d'une extraordinaire énergie qui n'attend que d'être utilisée.

– Mais à l'heure où l'on se parle, quelque chose ou quelqu'un est en train de l'avaler, ajouta Aldaric.

– De l'avaler ? s'étonna Shanzerr.

– Je ne savais même pas que c'était possible, se troubla Salocin.

– Et quand il n'en restera plus, notre magie disparaîtra, ajouta Carenza.

– Si je comprends bien, nous devons nous unir pour nous assurer que ça ne se produira pas ? demanda Maridz.

– C'est exact, ma sœur.

– Mais si tu prétends être plus puissante que nous tous, pourquoi n'arrives-tu pas à localiser et à anéantir cette menace ? la piqua Wallasse.

– L'Éther est vaste.

Des milliers de petites étoiles se mirent à scintiller autour de Carenza en sept rayons de couleurs différentes.

– Voilà à quoi il ressemble lorsqu'il entre en contact avec la lumière. J'ai besoin de votre aide pour l'explorer à fond, car il ne reste visible que pendant quelques heures et seulement une fois tous les deux mois. Pire encore, il change constamment de configuration. Malgré la force de ma magie, je n'ai jamais le temps de regarder partout. Si nous en explorions tous une portion, ce soir, peut-être commencerions-nous à obtenir des réponses. Lorsque l'Éther ne sera plus visible, vous pourrez rentrer chez vous. Et maintenant que vous savez où nous nous cachons, vous pourrez revenir aussi souvent que vous le désirerez, à condition que notre magie n'ait pas disparu entre-temps…

Les cinq sorciers se consultèrent du regard pendant quelques secondes.

– Moi, je veux bien, accepta Salocin.

– Occupe-toi de la section où les étoiles sont rouges.

– Entendu.

Carenza assigna les roses à Maridz, les bleues à Wallasse, les vertes à Shanzerr, les jaunes à Olsson et les orange à Aldaric, gardant les violettes pour elle-même. Les sorciers fermèrent les yeux et utilisèrent leur esprit pour foncer dans ce vide où ils puisaient leurs pouvoirs.

Olsson vola comme un aigle entre les astres dorés. Au bout d'un moment, il aperçut ce qui ressemblait à un immense trou noir qui aspirait les étoiles sur son pourtour. Se sentant lui aussi attiré par ce siphon surnaturel, le sorcier réintégra brutalement son corps pour ne pas y disparaître. Il se retrouva seul devant Carenza et Aldaric, qui l'observaient avec inquiétude.

– Où sont les autres ? demanda Olsson.

– Salocin et Shanzerr sont partis les premiers, répondit Aldaric. Ils n'ont rien trouvé. Wallasse a attendu que Maridz se soit baignée dans l'étang, puis il l'a emmenée avec lui. Tu es celui qui est resté dans l'Éther le plus longtemps.

– J'ai vu quelque chose, mais c'est encore très loin. Ça ressemble aux remous qu'on aperçoit souvent dans les rivières. Cette force avale en effet les étoiles.

– Maintenant que nous savons que notre ennemi se trouve dans la section jaune, nous devons imaginer une façon de l'anéantir ou, du moins, de ralentir sa progression, décida Carenza.

– Nous ne savons même pas ce que c'est, lui fit remarquer Olsson.

– Nous le découvrirons, l'encouragea Aldaric.

– Avant que nous nous quittions, il y a quelque chose que je dois te dire, insista Carenza.

– Je t'écoute.

– Le cœur de ton fils est beaucoup plus noir que le tien, Olsson. Sois prudent.

Carenza lui tendit les mains et il les serra avec amitié.

– Ça m'a fait du bien de te revoir.

– À moi aussi, assura-t-il.

Olsson lui adressa un rare sourire et se dématérialisa.

– Tu leur fais confiance, Carenza ? laissa tomber Aldaric.

– Ils sont aussi meurtris que nous par la trahison d'Achéron, mon ami, mais ils se sont plus attachés à ce monde que toi et moi. Pour cette seule raison, je pense qu'ils nous aideront à le sauver.

Maridz n'avait accepté de suivre Wallasse que parce qu'il vivait à Altaïr, là où se trouvait sans doute la pierre qu'elle avait laissée à sa fille. Elle n'avait aucune intention de devenir sa compagne. En fait, elle ne voulait plus jamais aimer personne. Elle insista donc pour que le sorcier lui fournisse un coin bien à elle dans sa mine, où elle pourrait méditer en paix. Wallasse était si content d'avoir de la compagnie qu'il accepta toutes ses conditions. Assis devant le feu, ils parlèrent pendant un moment de ce qu'ils avaient ressenti dans l'Éther, puis se séparèrent pour dormir. La sorcière attendit que son ami ait sombré dans le sommeil pour se transporter à Mirach, à côté de l'étang.

– Je savais que tu reviendrais, murmura Carenza.

Elle était assise devant sa vasque, alors qu'Aldaric dormait à poings fermés sur sa couverture à quelques pas d'elle.

– Viens t'asseoir devant moi, Maridz.

– Dis-moi comment tu as fait pour suivre tous nos progrès.

– Je me sers de cette eau ensorcelée, répondit Carenza en passant sa main au-dessus du grand récipient plat.

L'image de Wallasse en boule sur son lit apparut à la surface.

– Mais comment savais-tu qui nous étions et où nous nous trouvions ?

– Quand nous sommes arrivés ici, Aldaric et moi, nous avons commencé par nous assurer que personne ne pourrait nous retrouver, puis nous avons voulu savoir si d'autres sorciers avaient échappé à la tuerie.

– Pourquoi ne pas nous avoir réunis à cette époque-là ?

– Nous étions tous en état de panique et j'ai aussi voulu attendre que vous soyez enfin ensemble avant de faire votre connaissance.

– Cette étrange magie te montre donc ce que tu veux savoir. L'as-tu apprise auprès des chauves-souris ?

– Non. C'est un don que j'ai développé par moi-même, comme Olsson en a développé d'autres de son côté. Nous partageons la même curiosité, lui et moi. Nous poussons toujours nos limites plus loin. Tu te demandes si la vasque pourrait t'aider à retrouver ton enfant, n'est-ce pas ?

– Je ne sais même pas à quoi ressemble ma fille…

– As-tu conservé quelque chose d'elle ?

– Malheureusement, non. Je lui ai plutôt laissé la pierre divine que Wallasse avait volée à une chauve-souris pour me l'offrir.

– Voilà qui est intéressant… Ces cristaux émettent des fréquences faciles à localiser pour un sorcier qui sait comment les flairer.

Carenza passa la main au-dessus de l'eau, mais les représentations qui apparurent furent d'abord floues.

– Je capte sa présence dans le pays où s'est établi Wallasse…

– Je t'en supplie, Carenza, je veux la voir.

– Donne-moi encore un peu de temps.

Maridz joignit les mains avec nervosité, mais fit bien attention de ne pas troubler le travail de la sorcière. Elle garda les yeux rivés sur la surface du petit bassin jusqu'à ce que les images se précisent. Le visage d'une femme blonde éclairé par des flammes se dessina clairement.

– Est-ce que c'est elle ? balbutia-t-elle.

– Regarde ce qu'elle porte au cou.

Sur une chaînette pendait la pierre divine !

– Elle ressemble à son père…

– Maintenant, à toi de la trouver.

– Je ne sais pas comment te remercier, Carenza.

– Ton bonheur me suffit.

Maridz étreignit sa sœur d'éprouvette et retourna chez Wallasse. Dès le lever du jour, elle poursuivrait sa quête.

En rentrant chez lui, Olsson retraça les pas de son fils dans son volcan. Les paroles de Shanzerr continuaient de résonner dans sa tête. Avait-il raison de prétendre que l'énergie maléfique qui semblait vouloir s'emparer du monde avait contaminé Lizovyk et l'utilisait à ses fins ? « Pourquoi ne l'ai-je pas senti ? » se découragea-t-il.

Avant de prendre le large, le jeune sorcier avait fouillé partout dans ses affaires, même dans le coffre où il conservait les présents que lui avait offerts Zakhar au fil des ans. « J'aurais dû le marquer avec ma magie pour pouvoir le retrouver », regretta Olsson.

Il alla s'asseoir devant le feu et laissa son esprit partir à sa recherche sur tout le continent, même s'il soupçonnait qu'il utilisait un sort pour se couper de tous les mages.

Pendant que son père tentait de le localiser, Lizovyk était retourné sur l'île Inaccessibilis dans la partie nord-ouest du lac Mélampyre. Il avait découvert cet endroit insolite la première fois qu'il avait désobéi à Olsson. Au lieu de se rendre sur la frontière qui séparait Antarès des terres des Aculéos, il avait poussé son observation du continent plus loin vers le sud, où quelque chose l'attirait. Cela ressemblait aux battements réguliers d'un énorme cœur. Le sorcier s'était arrêté sur la berge du lac, dans une partie de la forêt qui n'avait pas été développée par les humains.

Puisqu'il n'avait jamais appris à nager, il avait constaté avec regret que son exploration devrait s'arrêter là. Il savait comment utiliser un bateau. C'était d'ailleurs ainsi qu'il était arrivé sur les rives des grandes terres gelées. Mais les embarcations des humains se trouvaient à l'autre extrémité du lac.

Au moment où Lizovyk avait finalement pris la décision de se rendre à la marina à pied, un phénomène miraculeux s'était produit. Du fond de l'eau étaient remontées de grosses pierres qui avaient formé un pont devant lui, comme si celui qui habitait sur l'île le conviait chez lui.

Sa témérité avait poussé le jeune homme à s'y aventurer. Le sorcier avait alors compris pourquoi on avait donné le nom d'Inaccessibilis à cet endroit. L'île s'élevait très haut. Rongée par l'érosion à sa base, elle ressemblait à un parapluie à l'envers. La surface de la pierre était si lisse que son ascension était impossible. Grâce au pont qui montait de plus en plus haut, Lizovyk avait été le premier humain à y avoir accès.

En moins de deux heures, il avait fait tout le tour de cette étendue de terre où ne vivaient ni humains ni animaux, uniquement des oiseaux.

Avant de repartir, il s'était dirigé vers le centre de l'île et y avait trouvé un petit cratère rempli d'eau. Les vibrations énigmatiques provenaient de là ! Lizovyk aurait bien aimé voir ce qui se trouvait tout au fond, mais il n'avait jamais fait de plongée de sa vie. Il s'était donc assis sur le bord de ce puits naturel et, sans s'en rendre compte, il avait perdu conscience. Mystérieusement, le jeune homme s'était réveillé plusieurs heures plus tard dans la forêt d'Antarès, pile à l'endroit où son père lui avait demandé de patrouiller.

Cet épisode inexplicable de sa vie avait profondément changé le jeune sorcier. Il s'était tout à coup senti très puissant et avait eu le besoin de le prouver à son père. Il avait souvent entendu les Aculéos dire que les humains devaient tous mourir parce ce qu'ils étaient les créatures préférées des dieux. Alors, il avait décidé de leur donner un coup de main en assassinant le plus de membres possible des familles royales d'Alnilam.

C'est pour échapper à Olsson que Lizovyk était retourné à Inaccessibilis. Son père refusait de comprendre l'importance de sa nouvelle mission. Pire encore, il l'avait anesthésié au lieu de l'écouter !

Puisqu'il avait appris à se transporter à l'aide de la magie, Lizovyk n'eut pas besoin d'avoir recours au pont englouti. Il se rendit directement sur place. À sa grande surprise, il trouva une maison en pierre non loin du cratère. Quelqu'un était-il venu s'y installer entre-temps ? Il scruta tous les recoins de l'île sans trouver personne.

– *Tu es seul*, lui dit une voix caverneuse.

– Qui va là ? s'écria Lizovyk en faisant volte-face.

– *Je m'appelle Tramail. Cette maison, c'est moi qui te l'offre.*

– Pourquoi ?

– *Parce que tu m'appartiens désormais.*

– Certainement pas. Je suis mon propre maître.

Une force exerça une incroyable pression sur les épaules du sorcier, qui fut contraint de s'agenouiller.

– Laissez-moi partir ! hurla Lizovyk.

– *Il est trop tard pour ça, petit sorcier. J'ai encore besoin de ton corps pour semer le chaos dans ce monde que j'ai l'intention de dévorer.*

Lizovyk tenta de se dématérialiser, mais l'entité invisible l'écrasa face contre terre.

– *Tu as deux choix : tu fais ce que je t'ordonne ou tu meurs.*

Tramail traîna le jeune homme jusqu'à l'intérieur de la maison.

– *Regarde tout le confort que je t'ai procuré. Si tu acceptes de me servir, je ferai de toi un homme puissant.*

Lizovyk rampa jusqu'au fauteuil et réussit à s'y hisser. Un feu s'alluma dans l'âtre devant lui. Dans les flammes, il distingua le visage d'une hideuse créature qui ressemblait à un homme avec des traits de chèvre.

    – *Je suis content que nous en soyons venus à une entente.*

    L'entité disparut. Tremblant de tous ses membres, Lizovyk éclata en sanglots amers.

CŒUR INQUIET

Quelques jours à peine après son admission à l'hôpital de la forteresse d'Antarès, Skaïe se mit à tempêter pour obtenir son congé. Les infirmières firent de leur mieux pour le garder immobile dans son lit, mais il les menaça de décrocher le dernier tube qui l'alimentait si elles n'allaient pas chercher tout de suite le médecin. Elles échangèrent un regard découragé et obtempérèrent. Le docteur Eaodhin vint donc examiner l'inventeur un peu avant midi.

– Tu n'aimes plus notre nourriture ? lui demanda-t-elle après avoir écouté son cœur.

– Je me sens suffisamment bien pour continuer de contribuer à la société.

Eaodhin examina ses blessures et tâta ses côtes.

– Ça, je suis certaine que ça fait mal.

– Juste un peu, grimaça Skaïe.

– Je ne te laisserai partir qu'à condition que tu poursuives ton traitement toi-même.

– Oui, je peux bien faire ça.

– Écoute-moi attentivement, Skaïe, même si je te ferai remettre par écrit ce que je suis sur le point de te dire. Tu vas appliquer un sac de glace sur tes côtes pendant vingt minutes toutes les heures. Tout de suite après, je veux que tu fasses des exercices de respiration profonde pendant dix minutes, car je redoute une infection pulmonaire. Évite de bouger inutilement le torse et dors uniquement sur le dos. Ne soulève aucun objet lourd. Je vais te donner des comprimés antidouleur pour les moments où tu ne pourras plus endurer tes souffrances et des suppléments de calcium pour accélérer ta guérison. Aussi, tu dois bien t'alimenter.

– C'est beaucoup de choses à retenir.

– Tu peux aussi rester avec nous et laisser les infirmières s'occuper de tout ça.

– Non, il faut que je sorte d'ici avant de devenir fou.

– Je t'accorde ce congé, mais si tu es forcé de revenir parce que tu ne t'es pas bien occupé de ta santé, je ne te laisserai repartir de l'hôpital que lorsque je pourrai exercer une pression sur ces côtes sans que tu le sentes. Est-ce que je me fais bien comprendre ?

– Oui, madame.

– Je vais aller remplir les formulaires que tu devras signer. Entre-temps, je vais demander à quelqu'un de t'aider à t'habiller. Odranoel t'a acheté des vêtements amples pour le jour de ta sortie. Tu comprendras assez rapidement que tu devras t'en procurer davantage, car c'est tout ce que tu pourras porter durant les prochaines semaines.

– Merci mille fois. Je ferai bien attention.

Skaïe se laissa habiller, avala le comprimé que lui tendait l'infirmière et accepta même de s'asseoir dans le fauteuil roulant qu'elle poussa jusqu'à la sortie de l'hôpital.

Ses deux bouteilles de pilules dans les mains, il salua tout le monde sur son chemin. « N'importe quoi pour sortir d'ici… » songea-t-il.

– Le docteur Eaodhin a demandé aux ambulanciers de vous conduire jusque chez vous, lui dit l'infirmière.

– Pourquoi pas !

Il avait déjà mal aux côtes sans avoir fait un seul pas, alors il se laissa rouler jusqu'à son appartement. Les deux hommes l'aidèrent à se lever et à s'allonger sur son lit. Avant de partir, ils lui annoncèrent que quelqu'un du château lui apporterait son repas.

– Finalement, c'est la même chose qu'à l'hôpital, sauf que le décor n'est plus pareil, soupira-t-il.

Skaïe jeta un œil autour de lui et constata que sur le lambris qui donnait accès aux passages secrets, la police avait fait clouer deux planches en forme de croix.

– Comme si ça allait arrêter celui qui a tenté de me tuer…

Il somnola jusqu'à l'arrivée des domestiques. Ils l'aidèrent à s'asseoir, placèrent un gros oreiller dans son dos, puis roulèrent une table d'hôpital devant lui, à partir du pied du lit. Ils lui décrivirent ensuite en détail ce qui se trouvait sous chaque cloche en acier inoxydable.

– Vous êtes vraiment très aimables.

– C'est de la part de madame Orfhlaith, qui dirige une partie des servantes du palais. Elle vous souhaite un prompt rétablissement.

Skaïe se retrouva seul devant tous ces mets qui sentaient vraiment bon. Il mangea sans se presser, car il n'avait rien de mieux à faire, puis avala un autre comprimé et finit par se rendormir.

Au matin, il repoussa la table jusqu'à ses pieds et fit ses exercices de respiration. Il parvint à se lever et fouilla dans son petit frigidarium. Il trouva de la glace dans le compartiment de congélation. Il enveloppa les cubes dans un mouchoir et les appliqua contre ses côtes endolories. Il poussa aussitôt un soupir de soulagement. Il fit ensuite quelques pas en direction de sa fenêtre en se demandant s'il avait le droit de prendre une douche. Puisqu'il avait été lavé à la main pendant plusieurs jours, il jugea que c'était devenu nécessaire. Une bonne hygiène allait de pair avec une saine alimentation.

Une fois bien propre, il fureta dans ses tiroirs, mais ne trouva que des vêtements ajustés. Il dut donc remettre ceux qu'on lui avait fait enfiler à l'hôpital. Quelques boutiques se trouvaient entre chez lui et les laboratoires. Il fouilla donc dans ses affaires et prit quelques statères dans sa cachette. En marchant très lentement, Skaïe quitta son appartement.

Il regretta d'avoir amélioré la vitesse de l'ascensum lorsque celui-ci s'arrêta brutalement au rez-de-chaussée après une descente vertigineuse. En gémissant, il sortit de la cabine et serra les dents jusqu'à la mercerie. Il expliqua sommairement son problème de santé au préposé, qui lui trouva tout ce dont il avait besoin sans l'obliger à essayer quoi que ce soit. Il lui offrit même de faire porter son gros sac chez lui, ce que Skaïe accepta sur-le-champ.

Affamé, le savant se rendit au grand hall, où il n'aurait pas à attendre, assis sur une chaise inconfortable, qu'on prenne sa commande. Il se servit dans tous les plats en suivant les conseils du docteur Eaodhin, puis transporta son plateau tant bien que mal jusqu'à sa salle de travail, car il s'y sentait en sécurité. Il mangea en songeant à tout ce qui s'était passé. « Je ne savais pas que l'amour pouvait devenir aussi dangereux », soupira-t-il intérieurement. Une fois rassasié, il se pencha sur son projet de miniaturisation des movibilis pour occuper son esprit. Il n'alla pas très loin. Ses mains se mirent à trembler et il n'arriva plus à tenir ses outils.

Les apprentis qui avaient aperçu Skaïe par l'entrebâillement de la porte allèrent avertir Odranoel qu'il ne semblait pas en grande forme. Celui-ci laissa tomber son crayon et accourut.

— Mais pourquoi es-tu ici ? explosa Odranoel en marchant d'un pas furieux vers son collègue.

— Je vais bien.

— Ce n'est pas ce que me disent mes yeux, Skaïe. Tu n'es pas suffisamment remis pour reprendre le travail. Fais-moi plaisir et prends encore quelques jours de congé. Va te faire dorloter par ta famille.

— Je croyais t'avoir déjà dit qu'elle m'a renié parce que je n'ai pas voulu devenir vétérinaire.

– Une semaine dans une station balnéaire de Mirach, alors ?

– Je n'ai pas le droit de quitter la forteresse, rappelle-toi.

– J'intercéderai auprès de Kennedy. Ne reste pas ici dans un état pareil.

– Tu as raison, parce que ça doit faire au moins une heure que je remonte ce truc et que je n'arrive à rien…

– Profites-en pour lire dans ton lit. Appelle tes amis. Tu peux même leur parler pendant des heures si ça te chante.

Skaïe quitta les laboratoires avec sa petite valise noire, incapable d'avouer à Odranoel qu'il n'avait aucun ami. Son trajet pénible sur la longue avenue était sans doute suivi par les constables sur leurs écrans de surveillance. « Ils ne viendront certainement pas m'aider », grommela intérieurement l'inventeur. Il réussit à se rendre chez lui, appliqua de la glace sur ses côtes et fit ses exercices de respiration.

Prudemment, il s'assit sur son lit pour réfléchir à son avenir. Il n'était sûrement plus un suspect maintenant, même si personne ne le lui avait officiellement confirmé. Skaïe savait qu'il finirait par guérir physiquement, mais moralement il était terrifié. Les constables n'avaient pas encore réussi à appréhender le tueur, alors sa bien-aimée était toujours en danger.

Il ouvrit sa valise et en retira le movibilis qu'Odranoel avait retourné à sa salle de travail après le lui avoir apporté à l'hôpital. Malgré ses doigts tremblants, il arriva à composer un numéro à quatre chiffres sur le cadran.

– Ici Sierra.

– Commandante, c'est Skaïe. Je suis vraiment désolé de vous importuner encore une fois, mais mon rétablissement s'accélérerait considérablement si vous pouviez m'assurer que la princesse est toujours en vie.

– Elle va bien, rassure-toi. Je l'ai confiée aux meilleurs gardiens de tout Alnilam.

– Je vous en suis tellement reconnaissant.

À bout de nerfs, le pauvre homme éclata en sanglots.

– Skaïe, où es-tu en ce moment ?

– Chez moi, hoqueta-t-il. Je n'arrive même plus à travailler.

Il y eut un court silence.

– Cesse de t'angoisser, tenta de l'apaiser Sierra. Nous allons capturer l'assassin et le faire payer pour ses crimes. Ce n'est qu'une question de temps.

On frappa alors à la porte de l'appartement.

– Je dois mettre fin à cette communication, commandante. Encore une fois, merci.

– Courage et à très bientôt.

Skaïe pressa sur le bouton au centre du cadran, cacha le movibilis dans sa valise, essuya ses larmes de son mieux et alla ouvrir.

– Wellan ?

L'ancien soldat entra en le faisant reculer et ferma la porte derrière lui.

– On m'a dit que tu avais besoin de moi.

Il passa la main autour de son corps pour s'informer de son état et ressouda ses côtes.

– Mais c'est miraculeux… bredouilla l'inventeur.

– Ne me dis pas que tu vas aussi te casser la tête pour reproduire mes pouvoirs de guérison, le taquina Wellan.

– Je vais certainement essayer !

L'Émérien plaça ensuite la main sur son bras et le transporta dans la forêt, à quelques pas du campement des Chimères.

– Où sommes-nous ?

– Viens avec moi.

Skaïe le suivit et finit par reconnaître les rangées de tentes vertes.

– Pourquoi ici ?

Wellan lui pointa l'un des feux et lui fit un clin d'œil. Le savant plissa les yeux, à la recherche de ce que le soldat tentait de lui montrer. Plusieurs femmes Chevaliers étaient assises ensemble. C'est seulement lorsque la plus blonde d'entre elles releva la tête qu'il la reconnut enfin. Kharla laissa tomber son écuelle et courut se jeter dans les bras de son amant. Ils s'étreignirent sous les regards attendris des Chimères.

– Que viens-tu faire sur le front ? se troubla Kharla.

– Je n'en sais rien. Wellan est venu me chercher dans ma chambre.

Il se tourna vers l'Émérien, mais il n'était plus là.

– J'ignorais que j'aboutirais ici, mais je suis si heureux d'être dans tes bras. J'avais vraiment besoin de te revoir et de m'assurer que tu tenais le coup. Pourquoi te cache-t-on dans un endroit aussi dangereux ?

– Il ne s'y passe rien pour l'instant. D'ailleurs, le commandant Ilo m'a assuré que ses meilleurs soldats me conduiraient loin d'ici si les Aculéos se décidaient à les attaquer.

Kharla éloigna doucement Skaïe et aperçut l'ecchymose sur le côté de son visage.

– Qu'est-ce que c'est que cette marque ? voulut-elle savoir.

– Wellan en a oublié une ? s'étonna le savant.

– Que t'est-il arrivé ?

– J'ai rencontré ton frère.

– Il s'en est pris à toi ? s'alarma Kharla. Mais il ne te connaît même pas !

– Je suis stupidement parti à sa recherche dans les passages secrets parce que je trouvais que les constables tardaient à faire leur travail.

– Mais tu n'as aucune expérience policière, Skaïe.

– Je m'en suis rendu compte assez rapidement, oui.

319

– Viens t'asseoir et raconte-moi tout.

– Je ne sais pas combien de temps Wellan compte m'accorder auprès de toi.

– À mon avis, tu vas passer quelques jours chez les Chimères, prédit Antalya, parce qu'il est parti rejoindre Sierra.

Skaïe prit place près du feu avec Kharla, Antalya, Cercika et Cyréna. Cette dernière lui offrit du thé. L'inventeur leur raconta donc comment il s'était lancé aux trousses du meurtrier, armé d'une mistraille.

– Qu'est-ce que c'est ? demanda Cercika.

– Une arme que nous sommes en train de faire fabriquer pour les Chevaliers. Elle tire soixante-dix balles en quelques secondes.

– Des balles en caoutchouc ? s'enquit Cyréna.

– Non, non, en métal. Elles ne sont pas rondes, mais allongées et pas plus grosses que le bout de mon petit doigt. Ces balles sont éjectées du canon de l'arme à une si grande vitesse qu'elles peuvent transpercer le cœur d'un homme-scorpion à une distance de cinq mètres et le tuer instantanément.

– Donc, soixante-dix balles peuvent tuer soixante-dix Aculéos en quelques secondes ? voulut vérifier Cercika.

– C'est exact.

– Quand recevrons-nous ces mistrailles ?

– Je n'en sais rien. Je n'ai pas pris le temps de consulter le calendrier des usines de production.

Ilo arriva alors au campement avec ses archers.

– Monsieur Skaïe ? Y a-t-il des ennuis avec les movibilis ?

– Pas du tout, répondit Antalya pour lui. Il a été battu par le meurtrier de la haute-reine, mais heureusement Wellan l'a soigné.

– Wellan… grommela l'Eltanien. Est-ce Sierra qui vous a fait conduire ici ?

– Oui, se dépêcha d'affirmer Cyréna, avant que le nom de Wellan ne soit de nouveau prononcé.

– Je ne désire surtout pas m'imposer, s'excusa le savant.

– Un de plus, un de moins, plaisanta Antalya. Méniox prépare toujours trop de nourriture de toute façon.

– Dressez-lui une tente, ordonna Ilo. Avant le couvre-feu, monsieur Skaïe, nous discuterons des règlements de mon campement.

– Quand vous voudrez.

Le commandant continua d'un pas vif en direction de sa tente.

– Il n'est pas aussi sévère qu'il en a l'air, chuchota Antalya au savant. Il s'imagine seulement qu'un chef doit se comporter de cette façon.

– Elle dit vrai, l'appuya Kharla. Il n'est pas du tout méchant, juste très exigeant.

Encore ébranlé par tout ce qui lui était arrivé, Skaïe mangea en tremblant, ce qui chagrina beaucoup sa princesse.

– Je suis navrée que mon frère t'ait malmené de la sorte.

– Wellan m'a soulagé de mes douleurs physiques, mais j'ai oublié de lui parler du mal de tête qui affecte tous mes mouvements.

– Est-ce que je pourrais essayer de le faire disparaître tout à l'heure ? lui offrit Cyréna. Je ne suis certes pas aussi douée que Wellan, mais je m'améliore de jour en jour.

– Je ne demande pas mieux.

Après le repas, Slava installa une tente pour Skaïe et y gonfla son lit. Cyréna y fit asseoir l'inventeur. Elle alluma ses paumes et les plaça au-dessus de son crâne. Debout près de lui, Kharla lui souriait pour le rassurer.

– Ça me fait vraiment du bien, avoua-t-il.

– Je suis contente que ça fonctionne. Prochain rendez-vous demain. Je vous laisse en tête à tête, les amoureux.

La Chimère sortit de la tente. Kharla en profita pour s'asseoir sur les genoux de Skaïe et l'embrasser.

– Je ne sais pas encore si je dois te complimenter pour ton audace ou te gronder pour ton manque de jugement, chuchota-t-elle dans son oreille. Tu aurais pu te faire tuer.

– Je voulais juste que cette chasse à l'homme prenne fin pour que tu puisses revenir au palais…

– Ne recommence jamais, tu entends ? C'est le travail de Kennedy et de ses constables, pas le tien.

– Je te le promets.

Ils continuèrent d'échanger de langoureux baisers, heureux de se retrouver enfin.

LE FOURBE

Sans comprendre pourquoi, Lizovyk se réveilla dans la neige. Il battit des paupières et se redressa en refermant son manteau autour de lui. N'arrivant pas à trouver un seul repère sur cette immense étendue blanche, il utilisa sa magie pour tenter de savoir où il était. Il se doutait bien que c'était quelque part sur les terres des Aculéos, mais il y avait peut-être d'autres pays semblables recouverts de neige sur la planète. Tout son corps le faisait souffrir et l'effort qu'il déploya pour localiser le volcan de son père lui causa une cuisante douleur dans le crâne.

– *Tu m'appartiens, petit sorcier…* chuchota Tramail dans son esprit. *Oublie ton ancienne vie. Ce que je t'offre maintenant est bien plus excitant…*

– Je n'ai jamais accepté cet odieux marché ! hurla Lizovyk.

– *Oh mais je ne respecte jamais la volonté de ceux que j'ai choisis pour me servir. Maintenant, sois sage et laisse-moi faire. Nous avons beaucoup de pain sur la planche.*

Le jeune homme tenta de fuir vers le nord, mais il fut encore une fois écrasé sur le sol par la créature invisible. Il se débattit en vain, puis sentit qu'il perdait son combat. Comme un robot, il se leva, se retourna et se mit plutôt à marcher vers le sud. Lorsqu'il commença à avoir vraiment froid, un chaud manteau de fourrure apparut sur ses épaules et, quand il eut faim, une grosse cuisse de dinde apparut dans sa main. Lizovyk ne sut pas combien de temps il marcha, mais lorsqu'il arriva en vue des premiers pics qui signalaient les entrées des galeries des Aculéos, il était mort de fatigue. Il se creusa un trou dans la neige et se coucha en boule. Il sentit alors une apaisante chaleur s'emparer de tout son corps.

Il poursuivit sa route quelques heures plus tard, sans vraiment savoir où il allait. Plus le temps passait, plus il n'était qu'un pantin à la merci du mal. Olsson lui avait toujours relayé les ordres du roi des hommes-scorpions, mais Lizovyk ne l'avait jamais rencontré. Pourtant, c'était chez lui qu'il semblait se rendre.

Son arrivée sur la place délimitée par de hauts rochers causa tout un émoi. Les enfants Aculéos qui jouaient dans la neige furent aussitôt poussés à l'intérieur des tunnels par leurs gouvernantes. Quelques minutes plus tard, des guerriers surgirent des mêmes ouvertures, armés de glaives. Ils entourèrent rapidement l'intrus.

– Je suis ici pour m'entretenir avec votre roi, annonça Lizovyk.

– Il ne parle pas aux humains, gronda le général Genric.

– Oh ! Mais il acceptera de me parler à moi.

– Retourne d'où tu viens ou tu mourras.

Lizovyk éclata d'un grand rire qui déconcerta les Aculéos.

– Est-ce que tu aimes les fleurs, dis-moi ? fit le sorcier.

– C'est quoi, les fleurs ?

Le glaive de Genric se changea en une gerbe de marguerites qu'il laissa aussitôt tomber sur le sol en bondissant vers l'arrière.

– À moins que vous préfériez les roses ?

Toutes les autres armes se changèrent en bouquets de roses rouges.

– Comment fais-tu ça ? se fâcha le général.

– C'est de la magie et elle me permet d'accomplir de grands exploits. Mais je suis certain que vous ne voulez pas vraiment voir ce dont je suis capable, car je peux être très cruel.

Les hommes-scorpions, maintenant désarmés, regardaient silencieusement du côté de Genric. Ils ne savaient plus comment se défendre sans pinces ni dard.

— Si tu me conduis à ton roi, je te promets d'être sage, ajouta Lizovyk.

— Il faut d'abord l'avertir. C'est comme ça qu'on fait.

— Envoyez quelqu'un, alors.

Genric fit signe d'y aller à l'Aculéos qui se tenait près de lui. Il voulait garder l'œil sur l'étranger.

— En attendant, messieurs, avez-vous envie de boire quelque chose ? Aimez-vous le vin ?

Le sorcier fit apparaître devant chacun un large bock rempli jusqu'au bord d'un liquide rouge dont l'odeur leur était tout à fait inconnue. Le plus jeune des hommes-scorpions ramassa le sien et le flaira.

— Ne bois pas ça, lui ordonna Genric. C'est peut-être du poison.

— Vraiment ? fit mine de s'offenser Lizovyk. Pensez-vous sincèrement qu'un homme qui désire négocier avec votre souverain empoisonnerait ses guerriers avant même de se rendre jusqu'à lui ? De toute façon, si je voulais vous tuer, je ne m'y prendrais pas de cette façon. Il s'agit d'une offrande de paix. Apparemment, vous avez décidé de vous comporter comme des humains, alors voilà ce que boivent les humains.

Le plus jeune en but une petite gorgée.

— C'est meilleur que le sang.

— En passant, les humains n'en boivent pas, leur apprit Lizovyk.

Ils se mirent tous à boire de moins en moins prudemment.

— Avouez que je suis un invité bien élevé.

Le messager qu'avait dépêché Genric auprès du roi revint quelques minutes plus tard.

— Il aurait aimé savoir le nom de celui qui veut le voir, déclara-t-il au général.

– Je ne vous l'ai pas dit ? répliqua moqueusement le sorcier.

– Mais il veut le voir quand même.

Genric donna sa chope au messager et fit signe à Lizovyk de le suivre. Ils marchèrent pendant un long moment dans un tunnel éclairé par des pierres lumineuses en descendant dans les entrailles de la terre. Le sorcier garda le silence, étudiant les lieux avec ses sens invisibles. Ils aboutirent dans une vaste caverne où l'attendait, debout devant son trône, le roi des Aculéos. Ses yeux bleus le fixaient si intensément que si Zakhar avait été une créature magique, il lui aurait certainement percé un trou au milieu du front. Genric laissa Lizovyk s'avancer seul vers le chef des hommes-scorpions, mais son visage exprimait sa désapprobation.

– Mes respects, Votre Majesté, fit le jeune homme en se courbant légèrement.

– Qui es-tu et pourquoi te trouves-tu chez moi ? tonna Zakhar.

– Je suis venu vous offrir mes services.

– Je n'emploie aucun humain. Ne l'as-tu pas déjà remarqué ?

– Permettez-moi de me présenter. Je m'appelle Lizovyk et je suis le fils d'Olsson.

– C'est donc toi.

– Mon père ne possède pas la moitié de ma puissance.

– Est-ce lui qui t'envoie ?

– Non. Il ne sait même pas que je suis ici. Si vous me permettez d'aller droit au but, je suis venu vous offrir de prendre sa place.

– Je suis pleinement satisfait des services que me rend Olsson.

– Vous a-t-il déjà dit qu'il avait fait un pacte avec ses frères sorciers pour que jamais personne ne gagne cette guerre que vous menez contre les Chevaliers d'Antarès depuis des lustres ?

– Pourquoi aurait-il fait une chose pareille ?

– Ils pensent qu'en conservant sur cette planète un état perpétuel de désordre, les dieux ne penseront pas à envoyer leurs soldats les capturer. Vous n'êtes pas sans ignorer que leur tête a été mise à prix, n'est-ce pas ?

– Ce que tu dis est faux, fils d'Olsson. Il y a à peine quelques jours, ton père a mis en déroute à lui seul toute une armée de ces soldats divins. Ne vas surtout pas penser que je ne sais pas ce qui se passe dans mon royaume.

– Savez-vous ce qui se passe dans le monde ?

– J'ai des espions dont c'est le rôle de me le rapporter.

– Je le sais bien, puisque j'ai été l'un d'eux. Mais j'ai des yeux pour voir et des oreilles pour entendre. Vous ne l'emporterez jamais sur les humains si vous continuez de suivre les conseils de mon père.

– Jeune homme, tout comme Olsson, j'ai eu des enfants, et tout comme lui, j'ai souvent été aux prises avec de jeunes ingrats qui étaient prêts à tout pour prendre ma place sur le trône. Je sais reconnaître un envieux quand j'en vois un. Retourne auprès de ton père et profite de sa sagesse plutôt que de tenter de le trahir.

– Très bien. Je vous aurai donné votre chance.

Il salua Zakhar sans exprimer le moindre déplaisir et tourna les talons. Genric voulut le suivre, mais d'un geste le roi l'en empêcha.

– Tu ne devrais pas lui faire confiance, Zakhar.

– Ne t'inquiète pas, mon fidèle général. Ce n'est qu'un jeune fou qui essaie de se faire un nom.

– Il pourrait offrir ses services aux Chevaliers.

– Et que sait-il vraiment faire ?

– Il a changé nos armes en quelque chose qu'il appelait des fleurs !

– C'est vraiment terrifiant, ironisa Zakhar.

– Et il a fait apparaître du vin.

– S'il se met à saouler mes troupes, alors là, nous pourrions avoir des problèmes.

– Saouler ?

– Cet alcool, lorsqu'on le consomme en grande quantité, trouble l'esprit et anéantit les réflexes. Avertis tout le monde de ne plus jamais en accepter de qui que ce soit.

– D'accord… Mais pourquoi les humains en boivent-ils ?

– Pour oublier leurs problèmes. Nous, les Aculéos, nous les affrontons et nous les réglons. C'est ce qui nous a permis de devenir la puissante nation que nous sommes.

– Vive le roi !

Au même moment, Lizovyk atteignait la sortie du tunnel. Il n'allait certainement pas partir sans se venger. En passant près des hommes-scorpions qui terminaient leur vin, il leva la main, les étranglant tous d'un seul coup. Les guerriers s'écrasèrent sur le sol en gigotant, puis s'immobilisèrent. Le sorcier poursuivit sa route sans leur accorder un seul regard. Ceux qu'il voulait vraiment tuer, toutefois, c'était son père et tous les autres sorciers qui nuisaient à son avenir. Il se dirigea donc vers le nord en examinant une dernière fois ces lieux où il avait l'intention de revenir, avant de se transporter magiquement dans l'antre d'Olsson.

– Attends ! s'écria un jeune homme en s'élançant devant lui.

– Qui es-tu ?

– Je m'appelle Quihoit et je suis l'un des nombreux fils de Zakhar.

– Et moi, je suis Lizovyk, le fils du sorcier Olsson.

– C'est toi qui as fait disparaître les glaives pour les remplacer par autre chose ?

– De la magie élémentaire. Je n'ai pas voulu les effrayer outre mesure.

– Mais tu viens de les tuer…

– Pour montrer à ton père qu'il m'a fait un affront.

– J'ai besoin d'un sorcier, moi aussi.

– À quelles fins ?

– Pour détrôner mon père qui n'a plus le bien-être des Aculéos à cœur. Si je ne l'arrête pas bientôt, il nous fera tous périr dans une guerre qu'il ne peut pas gagner.

– Tu es le premier Aculéos doté d'intelligence que je rencontre aujourd'hui. Continue.

– Je ne sais pas comment m'y prendre, mais ce doit être fait.

– J'avoue que c'est un projet qui m'intéresse grandement, Quihoit, mais si nous voulons te mettre sur le trône à la place de ton père, il y a encore beaucoup de travail à abattre. Je dois encore tuer plusieurs personnes avant que tu deviennes roi. Sauras-tu attendre ?

– Oh oui, mais promets-moi juste une chose : je veux le voir mourir sous mes yeux.

– Entendu. Maintenant que je sais où te trouver, je te ferai signe.

Lizovyk disparut sous le regard étonné de Quihoit.

Il aurait donné n'importe quoi pour pouvoir informer sa mère qu'il allait bientôt venger sa sœur et tous les Aculéos qui avaient été mutilés par leur roi.

Mais Orchelle avait décidé de ne pas attendre que Zakhar continue de sacrifier ses propres enfants à ses projets insensés. Elle avait absorbé le poison qui empêchait la fécondation de ses œufs pour ne plus jamais mettre de bébés au monde. Puisque, en tant que préférée du roi, elle avait le droit d'aller où elle le désirait, elle avait observé les allers et retours des serviteurs du palais à toute heure de la journée.

Sa patience fut récompensée quand elle découvrit que, pendant quelques heures au milieu de la nuit, plus personne ne circulait dans les souterrains. Elle attendit donc que Zakhar se décide à aller rejoindre une autre de ses femmes pour passer à l'action.

À force de cajoleries, elle avait convaincu la jeune Eiram de lui confectionner une robe comme la sienne. La jeune Aculéos était maintenant si douée pour la couture qu'elle lui offrit en plus une belle cape avec un capuchon. Orchelle avait rangé ces vêtements sous ses fourrures pour que personne ne les voie. Elle attendit d'être certaine que tout le monde dormait dans le palais avant de se changer, puis se dirigea vers le grand hall.

En écoutant les conversations des serviteurs, elle avait appris qu'un nouveau tunnel menait jusqu'à la base de la falaise, où Zakhar conservait une grande chaloupe. Orchelle ne savait pas naviguer, mais elle voulait à tout prix fuir le tyran qui n'avait cessé de lui faire des enfants sans jamais les aimer et qui lui avait traîtreusement enlevé sa fille adorée.

Orchelle marcha pieds nus dans ce couloir moins bien éclairé que les autres. Ses sens aiguisés de scorpionne lui indiquèrent qu'il y avait de l'eau loin devant elle.

Jamais elle n'avait quitté la terre où elle était née. Contrairement à ce qu'elle avait d'abord cru, elle n'avait pas peur. Elle rêvait d'une nouvelle vie dans laquelle elle se sentirait vraiment utile. La première étape serait de demander asile aux Chevaliers d'Antarès. Eux seuls pourraient lui dire s'il y avait une place pour elle parmi les humains. « Je veux m'occuper des enfants qui n'ont plus de parents », se dit-elle en arrivant au bout du tunnel.

Elle examina la barque que les hommes avaient tirée à l'intérieur de la falaise. Non seulement Orchelle n'avait pas la force physique de la remettre à l'eau, mais si elle l'empruntait, Zakhar devinerait rapidement où elle était allée. Il était préférable qu'elle ne l'utilise pas afin qu'il la fasse plutôt chercher dans les centaines de kilomètres de galeries pendant des jours.

Elle décida donc de marcher sur le rebord du canal jusqu'à ce qu'elle découvre une façon de franchir ce cours d'eau, et il lui faudrait y parvenir avant le lever du jour. « Je le fais à la mémoire de ma fille », se répéta-t-elle en avançant pas à pas.

Lizovyk apparut au pied du volcan où se terrait son père depuis qu'il avait échappé aux dieux. Olsson et sa bande de sorciers avaient suffisamment fait la pluie et le beau temps à Alnilam.

Tramail n'était arrivé sur le continent que depuis peu de temps grâce aux portails qui réunissaient les mondes et il avait vite compris qu'il n'aurait aucune difficulté à anéantir ses dieux, mais les sorciers représentaient un puissant front commun auquel il ne s'était pas attendu. Son but était de faire disparaître toute la lumière de l'univers, alors ils devraient périr les premiers.

Tramail se servait rarement d'humains pour s'infiltrer chez ses victimes, mais chaque fois, il trouvait cela très divertissant. Habituellement, il refermait son étau sur les planètes qui finissaient par exploser. La dernière à laquelle il s'attaquerait, ce serait celle de Patris…

Lizovyk tenta de traverser l'épaisse couche de glace pour aller rejoindre Olsson et le provoquer en duel. Il se heurta à un obstacle inattendu. La surface gelée refusa de lui céder le passage. Il s'y cogna le nez, tituba et tomba à la renverse dans la neige.

Avec l'aide de l'entité qui se trouvait en lui, le jeune sorcier tenta de percer un tunnel qui lui permettrait de pénétrer dans le volcan, mais il ne parvint même pas à érafler la surface du roc.

– *Père, quelqu'un te retient-il prisonnier ?* demanda Lizovyk en utilisant la télépathie.

Il attendit sa réponse, mais elle ne vint pas.

Si tu as besoin de mon aide, laisse-moi entrer !

Debout devant son âtre, Olsson ouvrit ses yeux bleus qui brillaient d'une intense lumière.

– Jamais…

LEXIQUE

Ascensum – ascenseur

Boliscalum – météorite

Candelas – feux d'artifice

Détector – caméra de surveillance

Frigidarium – réfrigérateur

Horologium – horloge

Kithara – guitare

Locomotivus – locomotive

Maskila – bombe de cristal

Mistraille – mitraillette

Movibilis – téléphone sans fil

Muruscom – interphone

Notarius – notaire

Ordinis – ordinateur

Palaistra – salle d'entraînement physique

Pallaplage – volleyball de plage

Parabellum – pistolet

Parafoudre inversé – paratonnerre inversé

Pendulus – réveille-matin

Radel – radeau d'Antenaus

Réflexus – photographie

Scanographie – radiographie

Statères et drachmes – monnaie d'Alnilam

Stationarius – téléphone fixe

Véhiculum à chenille – tracteur

Vidéoxus – vidéo

Vous êtes curieux de savoir
comment Wellan et Nemeroff
se sont retrouvés sur Alnilam ?

Découvrez-le en lisant la
saga des Héritiers d'Enkidiev !